Sur le fil de la violence

Du même auteur

Aventures chez les transhumanistes, *L'Échappée, 2018*

Mark O'Connell

Sur le fil de la violence

Une histoire de vérité, d'invention et de meurtre

Traduit de l'anglais (Irlande) par Charles Bonnot

Stock
la cosmopolite

TITRE ORIGINAL :
A Thread of Violence

Ce livre a été publié avec le soutien de Literature Ireland.

Graphisme couverture : © Julia Bourdet
Photographie couverture : © Collins Photos

ISBN : 978-2-234-09713-1

« Et mon avocat, en retroussant une de ses manches,
a dit d'un ton péremptoire : "Voilà l'image de ce procès.
Tout est vrai et rien n'est vrai !" »

Albert Camus, *L'Étranger*

PREMIÈRE PARTIE

C'est pour de vrai ?

1

Un dimanche du début du mois de mai 2022, je suis allé me promener avec mon fils à Sandycove, une petite ville balnéaire de la banlieue sud de Dublin. C'était une belle journée ensoleillée et l'on sentait les premiers signes de l'été : la plage était pleine de familles qui pique-niquaient et d'enfants qui se jetaient en criant dans la mer glaciale. Nous avons gravi la pente après la zone de baignade du Forty Foot puis nous avons fait une pause à la tour Martello, l'édifice trapu que James Joyce a choisi comme décor pour le premier chapitre d'*Ulysse*. Tandis que j'exposais consciencieusement à mon fils l'importance de ce bâtiment historique et qu'il m'écoutait avec toute l'attention que cela méritait, mon regard a glissé le long de la côte pour se poser sur un ensemble d'immeubles de trois étages perchés au bord des falaises qui surplombaient la baie. Je connaissais bien cette résidence, même si je n'y étais pas retourné depuis mon enfance.

J'ai montré les immeubles à mon fils en lui expliquant que mes grands-parents y vivaient quand j'étais petit, et que j'en avais gardé un vif souvenir. Je me rappelais particulièrement la vue de la baie depuis la fenêtre de la cuisine et mon grand-père qui disait toujours que, par temps très clair, on pouvait voir de l'autre côté de la mer d'Irlande, jusqu'au pays de Galles. J'étais fasciné par la possibilité d'apercevoir la Grande-Bretagne depuis leur cuisine.

Chaque fois que j'allais chez eux, j'attrapais les jumelles suspendues à une patère et je les braquais vers les flots qui s'étendaient à l'est mais, l'Irlande étant ce qu'elle est, la vue n'était jamais suffisamment dégagée.

Je voulais montrer les lieux à mon fils, nous avons donc marché dix minutes de plus le long des rangées de belles maisons victoriennes qui s'étirent entre Sandycove et Dalkey, avant de retrouver la mer à Bullock Harbour. La résidence, Pilot View, était fermée par un grand portail automatique. C'était le genre d'endroit que les agents immobiliers décrivent en général comme « un lotissement de standing » ou « un quartier très prisé ». À l'époque de mes grands-parents, beaucoup de personnes aisées y vivaient : des couples dont les enfants avaient grandi ou des cadres âgés restés célibataires. (Enfant, j'adorais les voitures de luxe et je me souviens que j'étais très impressionné par les Jaguar et les Mercedes-Benz garées sur le parking.)

Depuis l'entrée du lotissement, j'ai montré à mon fils la porte de l'immeuble de mes grands-parents. Comme la plupart des garçons de son âge, il aimait entendre des histoires sur l'enfance de ses parents et cela lui plaisait de m'écouter raconter mes jeux dans le jardin derrière leur appartement du rez-de-chaussée, avec la pelouse qui descendait vers les rochers et au loin la mer d'Irlande.

Pourtant, j'avais l'esprit ailleurs. Ce n'était pas vraiment à mes grands-parents que je pensais, ni même à mon enfance à proprement parler, mais à un événement qui avait eu lieu en 1982, alors que j'avais trois ans. Un meurtrier avait été arrêté dans l'immeuble voisin. Cet assassin était l'un des plus célèbres du pays et le récit de ses crimes et de leurs conséquences compte parmi ceux qui m'ont obsédé, de différentes façons, depuis l'enfance. Il hante aussi la mémoire nationale. Je savais que cette histoire aurait intéressé mon fils – plus que James Joyce, sans doute, et plus que mes souvenirs – mais je ne lui en ai rien dit.

Tout en lui parlant de mes grands-parents, j'observais une des fenêtres du grand appartement au dernier étage de l'immeuble voisin et j'imaginais le meurtrier jetant un regard dans notre direction, à la fois distrait et vigilant. Je savais que c'était à cette fenêtre que les policiers venus l'arrêter avaient vu apparaître son visage tandis qu'ils préparaient leur coup de filet. C'était comme si l'image de ce criminel – la connaissance de ce qu'il avait fait et des circonstances de son arrestation – avait écrasé mes souvenirs de ce lieu.

De la même manière, le meurtrier et ses crimes en étaient venus à se superposer à mon quotidien dans la ville. J'allais courir au Phoenix Park et, en passant devant le Wellington Monument, je l'imaginais en train de peler puis manger une orange, quelques minutes avant d'agresser sa première victime. J'atteignais plus loin la résidence de l'ambassadeur américain et, tandis que je m'arrêtais pour m'étirer avant de rentrer, je revoyais ce qui s'était produit ici quarante ans plus tôt. Je voyais cet homme pousser une jeune femme sur la banquette arrière de sa voiture. Je voyais la soudaine éruption de violence, le marteau, la voiture démarrant en trombe sur le parcours de footing, les vitres mouchetées de sang.

*

C'est par mon père que j'entendis parler pour la première fois de ce meurtrier nommé Malcolm Macarthur. Je devais avoir neuf ans, l'âge de mon fils aujourd'hui. Sur le parking devant chez mes grands-parents, mon père me fit un bref résumé des événements dont le finale se joua à Pilot View. Il m'expliqua que l'un des voisins de mes grands-parents, Patrick Connolly, avait été un homme politique de premier plan. Il habitait dans un appartement au dernier étage et, tel que je le comprenais, mes grands-parents le connaissaient de loin, un voisin à qui ils disaient bonjour quand ils se croisaient.

Quelques années plus tôt, me raconta mon père, cet homme et son appartement s'étaient retrouvés au cœur d'un scandale bizarre. Un ami de Connolly, Malcolm Macarthur, avait assassiné deux personnes, et quand, au bout de deux semaines d'une enquête et d'une chasse à l'homme qui avaient captivé les foules, la Gardaí l'avait enfin retrouvé, celui-ci se planquait chez Connolly. Les policiers avaient arrêté Macarthur dans la résidence de mes grands-parents, à l'endroit même où j'allais passer le week-end quand mes parents sortaient, là où je jouais dans le couloir, dans le jardin et sur les rochers du rivage. À compter de ce jour j'eus des images de film d'action plein la tête à chaque fois que nous leur rendions visite : commandos d'élite héliportés qui descendaient en rappel le long des façades de l'immeuble, fusillades sur le parking, snipers postés sur le toit de la maison de retraite de l'autre côté de la rue.

Rien de tout cela ne s'est produit, bien sûr, mais aujourd'hui encore, quand je pense à l'arrestation de Macarthur, il m'est difficile de ne pas l'imaginer ainsi, de la façon dont je l'avais construite dans mon esprit. Je vais pourtant m'efforcer de laisser mon imagination en dehors de tout cela. La réalité est bien suffisante.

*

Les gens de Dublin connaissent bien ce fait divers. Mais il n'est pour nous guère plus qu'une histoire que l'on se raconte. Bien que Macarthur ait été condamné pour meurtre, c'est à peine s'il y eut un procès. Il plaida coupable et aucune déposition ne fut faite au tribunal.

Les quelques détails qui sortirent à l'époque dans la presse furent surtout des fuites ou des témoignages de son entourage recueillis par les journalistes durant les jours et les semaines qui avaient suivi sa condamnation. Le dossier passa en justice très rapidement, le procès fut terminé aussitôt commencé et, du fait de l'implication du procureur général, on a longtemps soupçonné le gouvernement d'être intervenu pour étouffer des révélations embarrassantes.

C'est n'est que des années plus tard que je suis parvenu à une compréhension plus globale des événements mais l'histoire de Macarthur conservait quelque chose d'opaque et d'insaisissable, comme si elle tenait autant de la légende urbaine que du fait historique. Au moment des meurtres, il avait trente-sept ans et c'était alors une figure bien connue de la ville – moins qu'aujourd'hui, cependant, et pour des raisons bien différentes. Les Dublinois d'un certain âge se souviennent encore de lui à l'époque : un homme séduisant et érudit au discours raffiné, qui sortait dans les bars les plus chic et frayait avec un cercle d'habitués bohèmes ou aisés. Ils se rappellent un personnage à la suavité incongrue, qui lisait, croyez-le ou non, son exemplaire du *Monde* en sirotant un verre de vin tout seul dans un coin. Ils le décrivent en train de franchir l'arche qui se dresse à l'entrée de Trinity College, plongé dans ses pensées. Les nœuds papillons en soie, les richelieus de goût, les costumes en tweed. Et ses cheveux : sombres, bouclés, dégagés de son haut front d'aristocrate.

Il descendait d'une famille de propriétaires terriens du comté de Meath, où il avait grandi dans un vaste domaine avec une gouvernante, un jardinier et une préceptrice. Il se considérait, et était considéré, comme un membre de la noblesse terrienne. Quand il avait une vingtaine d'années, il avait reçu un héritage important et vivait de cette manne. Sa vie était un projet consacré à un hédonisme raffiné. Il avait ses journées entières pour lui. C'était un homme libre.

Mais, comme de bien entendu, l'argent vint à manquer. Il prêta trop grassement, dépensa trop largement et découvrit à l'orée de la quarantaine, alors qu'il n'avait jamais travaillé de sa vie, qu'il allait se retrouver sur la paille. Et cela, c'était hors de question.

Il résolut que le moyen le plus rapide et le plus efficace de se sortir de cette mauvaise passe était de commettre un braquage. On entendait beaucoup parler de ces vols à main armée à l'époque : l'IRA avait lancé une série de hold-up pour financer la lutte. C'était un homme intelligent, se disait-il, et capable : il n'y avait pas de raison qu'il ne réussisse pas un coup de ce genre.

Il vivait depuis quelques mois à Tenerife, une île espagnole au large des côtes du Maroc, avec sa compagne et leur fils. Prétextant d'une affaire à régler, il rentra à Dublin. Deux semaines plus tard, il n'avait toujours pas accompli son braquage, mais dans sa tentative d'obtenir une arme et un véhicule, il avait assassiné deux complets inconnus. Sa première victime était une infirmière, Bridie Gargan, qu'il tua à coups de marteau au Phoenix Park pour lui voler sa voiture. La deuxième était un agriculteur, Donal Dunne, qui avait accepté de lui vendre un fusil et qu'il assassina d'une balle tirée à bout portant dans le visage, à Edenderry, dans le comté d'Offaly. Tous deux étaient âgés de vingt-sept ans.

Après avoir commis ses meurtres, Macarthur n'était pas plus avancé. Il s'était même éloigné de la concrétisation de son projet puisque ses crimes faisaient l'objet d'une enquête fort publique et d'un grand intérêt médiatique. Comme il se disait qu'il lui fallait une meilleure planque que la chambre d'hôte où il logeait, il accepta l'invitation de son ami Paddy Connolly, qui ignorait tout de ses crimes et lui avait proposé d'occuper la chambre d'ami de son luxueux appartement.

Quand Macarthur fut finalement arrêté, près de trois semaines plus tard, la nouvelle fit grand bruit et provoqua un scandale considérable, non seulement parce que le meurtrier s'était enfin fait prendre mais aussi à cause du lieu de son arrestation et de l'identité de son logeur. Patrick Connolly n'était pas qu'un ami de Macarthur : il était aussi procureur général, le magistrat le plus haut placé du pays, un homme en vue au sein d'un gouvernement en difficulté.

*

Près de quarante ans après les faits, la fascination du public pour cette histoire n'a pas décru, et par certains aspects elle s'est même intensifiée depuis la libération de Macarthur, en 2012, après trente ans de réclusion. Il fait partie des meurtriers les plus connus chez les Irlandais en âge de se souvenir de l'été 1982, et bien que son nom ne soit pas nimbé de l'aura de monstruosité perverse qui peut accompagner ceux de Peter Sutcliffe au Royaume-Uni ou de Jeffrey Dahmer aux États-Unis, il est comme eux, dans son pays, un marqueur générationnel.

L'intérêt qu'il suscite tire sa force du paradoxe : Malcolm Macarthur, la brute distinguée, l'intellectuel barbare. L'une des plus célèbres photos de lui, prise au moment de son procès, saisit cette tension un peu surréaliste entre les signes d'appartenance à l'aristocratie et ceux de la criminalité. On le voit sortir du tribunal, le poignet droit menotté à un Garda, suivi d'un autre agent, mais si l'on recadre très légèrement la photo, jamais on ne pourrait imaginer qu'il s'agit d'un criminel et encore moins d'un homme qui a tabassé à mort une parfaite inconnue et tiré une balle dans la tête d'un autre malheureux au cours d'un même week-end meurtrier. Il porte un blazer chic avec une pochette, une chemise blanche amidonnée et un nœud papillon en soie. Il est séduisant, dans le genre guindé, et arbore un air interrogateur, comme s'il méditait à une question abstraite particulièrement ardue : un sourcil haussé, les narines dilatées. Il semble à la fois présent et absent : menotté à un flic et pourtant distant, détaché de la scène au centre de laquelle il se trouve. Ce n'est pas un nouveau riche mais un homme de classe.

La classe sociale et le pouvoir, le milieu d'origine de Macarthur et sa proximité avec l'establishment politique ne sont pas de simples éléments contextuels, ils sont au cœur de la curiosité durable qu'il suscite. Si l'assassin avait été un toxicomane des bas-fonds de Dublin ou même un cadre moyen pris d'un accès de folie, il est peu probable que son geste eût laissé une trace aussi profonde. Dans sa version la plus succinte, l'histoire de l'héritier qui assassine une infirmière puis un fermier a quelque chose de la fable. Pour complexe et déconcertante que se révèle cette histoire, il est toujours tentant de la lire comme une allégorie énigmatique dont le sens demeure résolument inaccessible.

Si cet homme et les meurtres qu'il a commis semblent toujours appartenir au domaine du mythe, c'est en grande partie parce que son histoire n'a jamais été réellement racontée. Ou plutôt qu'elle a été rabâchée dans tous ses détails sordides, avec la même incrédulité fébrile, sans que l'on puisse jamais percer le silence mélancolique niché au cœur de celle-ci.

*

C'est ce silence qui m'a attiré vers Macarthur, qui l'a fait entrer dans ma vie et m'a fait entrer dans la sienne.

J'avais vu d'innombrables photos de lui : les clichés anthropométriques de son arrestation, des photos de presse montrant la cohue qui l'attendait à la sortie du tribunal, des photos de paparazzis où on le voyait marcher dans la rue quelques semaines après sa libération. J'avais lu des romans inspirés de sa vie et de ses crimes, j'avais assisté à un spectacle, un seul en scène, dont le protagoniste était une version de Macarthur tirée de l'un de ces romans : l'adaptation de la fictionnalisation d'une réalité que l'on connaissait à peine. J'avais lu des quantités d'interviews de connaissances et d'amis de la famille au sujet de son enfance, de son éducation, de son style de vie. J'avais regardé des documentaires sur les meurtres, l'enquête, leurs conséquences politiques complexes. Et, durant les années qui avaient suivi sa libération, je l'avais même croisé en ville, bien des fois, alors qu'il se promenait dans un état de liberté abjecte. Mais je n'avais jamais lu ou entendu un mot de sa bouche au sujet de ce qu'il avait fait, ou des raisons pour lesquelles il avait agi ainsi. Pas un mot sur ses victimes, leurs familles, ou sur la façon dont il vivait avec le poids de ses gestes.

Je voulais percer ce silence et atteindre ce qui pouvait se cacher dessous. Pour naïf que cela puisse m'apparaître aujourd'hui, je voulais connaître la vérité de cette histoire qui m'avait hanté pendant tant d'années. Je voulais savoir qui était cet homme, ce qu'il était.

J'ai bel et bien fini par le connaître et il y a eu des moments où j'ai eu le sentiment d'avoir aperçu cette vérité. Mais il y en a eu d'autres, bien plus fréquents, où j'ai compris qu'une telle connaissance était impossible, que je m'étais aventuré dans un labyrinthe de fictions aux ramifications infinies. C'étaient, je crois, cette incertitude, cette connaissance et cette méconnaissance, qui m'ont dissuadé, alors que nous nous tenions à l'entrée de la résidence de Pilot View, de parler à mon fils de

Macarthur. Autrement, j'aurais été poussé à lui dire que je connaissais cet homme, ce meurtrier, et que j'avais au cours de l'année écoulée passé énormément de temps en sa compagnie, que je consacrais mes journées à écrire un livre sur lui et sur ses crimes. Il m'aurait demandé comment était cet homme – si j'avais peur de lui, s'il était méchant – et je n'aurais pas su quoi lui répondre. À ce jour, je ne sais pas vraiment quoi en penser.

2

Davantage que mon infime lien familial avec les meurtres et l'arrestation de Macarthur, c'est une représentation fictionnelle de ces crimes qui a été à l'origine de ma fascination. J'ai passé la fin de ma vingtaine et une bonne partie de ma trentaine en doctorat à Trinity College, à rédiger une thèse sur l'œuvre de l'écrivain irlandais John Banville. L'un de ses ouvrages les plus connus est *Le Livre des aveux*. Dans ce roman écrit à la première personne, le personnage principal est Freddie Montgomery, un aristocrate oisif qui rentre à Dublin criblé de dettes après avoir vécu à l'étranger. Alors qu'il essaie de résoudre son problème d'argent en volant un tableau à une connaissance fortunée, il est interrompu par une domestique, qu'il tue à coups de marteau. Il se cache alors chez un ami, un marchand d'art réputé, avant d'être arrêté et jugé. *Le Livre des aveux* est son témoignage, un texte hybride, stylisé et insaisissable oscillant entre autojustification et confessions. Freddie est un Humbert Humbert irlandais : l'héritier intelligent, cultivé et suprêmement narcissique d'une riche famille anglo-irlandaise dont le crime est la conséquence d'une sorte de dérive morale. Il est librement, mais très clairement, inspiré de Malcolm Macarthur. (Deux autres romans de Banville ont ensuite eu pour protagoniste Freddie Montgomery, *Le Monde d'or* et *Athéna*, bien que la trilogie s'éloigne progressivement de la vie de Macarthur.)

Au moment où je finissais mon doctorat, on parlait beaucoup de Macarthur dans les journaux, la question de sa libération étant devenue source d'intenses spéculations médiatiques. Il était détenu depuis quelques années dans un établissement pénitentiaire à sécurité minimale et son comportement au cours de ses trois décennies d'incarcération avait été, de l'avis de tous, irréprochable. Il avait droit régulièrement à des sorties temporaires, celles-ci – visites de galeries d'art, de musées, ou autres – faisaient souvent l'objet d'articles, lesquels étaient invariablement illustrés par des photos de Macarthur sur un quai de gare ou sortant d'un magasin, l'air distrait.

Je me souviens d'un gros titre de l'époque à cause de son mélange de sensationnalisme et de banalité : « Quand le serial killer Macarthur rencontre McWilliams ». Le papier racontait comment Macarthur avait croisé « l'économiste star » David McWilliams à l'entrée d'un magasin de Dún Laoghaire. D'après une source citée dans l'article, Macarthur avait apparemment reconnu l'économiste, qui passait souvent à la télévision, lequel n'avait montré aucun signe laissant penser qu'il savait qui était Macarthur. « Les deux hommes se sont excusés et ont poursuivi leur route sans incident, précisait l'article, mais Macarthur s'est retourné quand il a cru reconnaître [McWilliams]. »

Le propos de ces articles était toujours le même : relever sa présence dans un magasin ou une rue était l'occasion de rappeler que cet homme se promenait parmi nous malgré les choses terribles qu'il avait faites. Chaque fois que je voyais les photos qui accompagnaient ces scoops, je me disais, Voilà Freddie Montgomery qui attend le train, ou qui fait les boutiques. De la même façon, quand je lisais *Le Livre des aveux* et que j'essayais d'imaginer Montgomery, c'était Macarthur que je voyais, avec son nœud papillon, son arrogance pensive, son casque de cheveux sombres et ondulés.

En septembre 2012, plus de trente ans après les faits, Macarthur a fini par être libéré. J'avais alors terminé mon doctorat et, faute de projet plus constructif, j'étais retourné à Trinity College pour un postdoctorat dont le but était de préparer la publication de ma thèse, un livre qui, une fois sorti, m'assurerait un recrutement dans une prestigieuse université britannique ou irlandaise.

Par une chaude soirée d'octobre, j'émergeais de la pénombre de la bibliothèque universitaire et traversais la cour pavée quand j'ai remarqué, venant vers moi, un homme que je n'arrivais pas à resituer mais dont le visage m'a immédiatement semblé familier. Il devait avoir une soixantaine d'années. Il arborait une crinière de cheveux très blancs mais vigoureux. Il était pâle et portait une veste en tweed avec une pochette de soie. J'ai d'abord cru que j'avais suivi un de ses cours en licence, et j'étais sur le point de lui adresser un signe de tête neutre en guise de salutation d'une tiédeur raisonnable. Puis j'ai compris d'où je le connaissais. C'était Macarthur.

Mon expression, quand nous nous sommes croisés au pied du campanile, devait trahir ma surprise, car il m'a jeté un regard en coin dénotant une méfiance et une culpabilité presque caricaturales, posant les yeux sur moi puis les détournant avant de les reporter d'un coup vers moi. Il comprenait bien pourquoi je le regardais. Il savait que je savais qui il était. Ce qu'il ne pouvait pas savoir, cependant, c'était que je ne réagissais pas ainsi seulement parce que je venais de voir un assassin célèbre se balader sur le campus mais parce que je croisais un personnage de roman matérialisé dans le monde sensible, le royaume de ce que l'on tient pour vrai. Je ne pouvais m'empêcher d'y voir un accroc dans le fin voile qui sépare la fiction de la non-fiction.

*

Peu de temps après l'avoir croisé cette première fois, j'ai lu dans la rubrique potins d'un journal du dimanche le compte-rendu d'un événement qui s'était tenu dans le bâtiment où se trouvait mon bureau. C'était un institut d'humanités dites numériques dédié à la recherche interdisciplinaire en lettres et sciences humaines, situé à côté de l'Old Library de Trinity College. J'avais un petit espace de travail tout en haut de ce vaste bâtiment lumineux, vitré du sol au plafond. Mon poste donnait sur un atrium dans lequel étaient organisés divers événements : conférences, rencontres, présentations d'ouvrage. Un soir, pendant mon postdoctorat, une table ronde sur l'œuvre de l'essayiste irlandais Hubert Butler était organisée en l'honneur de la publication posthume d'un volume de ses travaux. Les invités étaient John Banville et le journaliste Fintan O'Toole. Il s'avérait que Macarthur était présent dans le public.

À un moment donné, alors qu'il regardait l'assistance, Banville a eu la surprise de découvrir Macarthur qui l'observait depuis le fond de la salle. Une fois la table ronde terminée, au lieu de rester à la réception, Banville est parti le plus vite possible. Il a vu que Macarthur se tenait près de la porte, probablement pour lui parler, mais il est sorti à la hâte en évitant de croiser son regard.

L'idée de cette quasi-rencontre me séduisait, comme si la réalité elle-même avait eu recours à ce trope postmoderne légèrement usé qu'est la rencontre entre un auteur et son personnage. Je venais de lire *Lunar Park* de Bret Easton Ellis, une sorte d'autométafiction dans laquelle Ellis lui-même est harcelé par sa plus célèbre création, le banquier d'affaires et serial killer Patrick Bateman. La présence de Macarthur à une rencontre où intervenait Banville me paraissait être une manifestation dans le réel de ce procédé un peu facile (et une nouvelle preuve étayant ma conviction selon laquelle la réalité n'est jamais qu'un sous-genre mineur de la fiction).

La question de la vérité et de la fiction s'est toujours trouvée au cœur de mon intérêt pour Macarthur et ses crimes. Après tout, dès l'instant où j'ai eu connaissance de la descente de police dans la résidence de mes grands-parents, celle-ci s'est mêlée dans mon esprit d'enfant aux clichés issus des séries policières et des films d'action.

La confusion entre ce qui est réel et ce qui ne l'est pas a aussi joué un rôle dans les crimes eux-mêmes. Dans la déposition qu'il a faite auprès de la Gardaí suite à son arrestation, Macarthur a décrit les derniers instants qui ont précédé le meurtre de Bridie Gargan. Il disait avoir remarqué une voiture garée devant l'entrée de la résidence de l'ambassadeur des États-Unis et une personne étendue dans l'herbe à côté de celle-ci. En s'approchant à un mètre environ, il avait vu que c'était une femme qui bronzait, il avait braqué son pistolet sur elle et lui avait ordonné de monter dans la voiture. « Elle était très calme, a-t-il déclaré, et elle m'a demandé : "C'est pour de vrai ?" et j'ai répondu : "Oui." »

C'est cette question, *C'est pour de vrai ?*, qui me semble traverser tous ces événements et la longue traîne qu'ils laissent derrière eux. Elle a dû la poser car ce qui lui arrivait ne semblait pas réel et ressemblait plus ou moins à une mise en scène, une plaisanterie ou un jeu.

*

Plusieurs années plus tard, j'ai rencontré Trevor White, un journaliste et ancien rédacteur en chef de magazine qui avait assisté à la table ronde à Trinity, et qui se rappelait avoir remarqué Macarthur sans comprendre d'abord qui il était. Il avait raconté la soirée dans son journal et il m'a transmis une copie de ses notes. Il avait été frappé, écrivait-il, par la prestance et la tenue de ce vieil homme. Il y avait « quelque chose de littéraire », disait-il, chez « ce personnage raide et guindé ». Il avait d'abord trouvé que cet homme « semblait sortir d'un film de Wes Anderson » puis qu'il ressemblait plutôt à un écrivain célèbre. Lors du cocktail qui avait suivi la rencontre, il avait engagé la conversation avec lui.

« Excusez-moi mais vous ressemblez beaucoup à John Banville. Vous êtes de sa famille ?

— Non, avait répondu Macarthur. Mais j'ai bel et bien un lien avec lui. »

Macarthur avait marqué un silence, comme pour goûter cet instant de suspense.

« Je figure comme personnage dans trois de ses romans. »

Une femme entre deux âges s'était alors extraite d'un petit groupe de buveurs pour demander à l'homme s'il était Malcolm Macarthur et sa remarque avait pris tout son sens.

*

Dans les années qui ont suivi sa libération, il est plus ou moins devenu de notoriété publique que Macarthur assistait à ce genre d'événement. Un soir, il s'est présenté au lancement de l'autobiographie d'un ancien dirigeant politique, Alan Shatter. C'était Shatter qui, alors qu'il était ministre de la Justice, avait autorisé la libération anticipée de Macarthur.

Des journalistes et des photographes étaient présents à ce lancement, et dans les jours suivants il y a eu des articles, plus ou moins sensationnalistes, sur cette rencontre insolite. Un papier publié dans l'*Irish Independent*, accompagné d'une photo de Macarthur faisant dédicacer son exemplaire du livre par Shatter, signalait qu'il « semblait comme chez lui dans ce public », vêtu « d'une veste de lin blanc et d'un pantalon décontractés ». Une fois que Macarthur avait fait signer son livre, un journaliste est venu le voir pour lui demander son opinion sur Shatter.

« J'ai la plus grande estime pour lui, a répondu Macarthur. C'est un fin connaisseur du droit. »

Il a aussi affirmé s'être présenté à Shatter pendant que celui-ci écrivait sa dédicace. D'après Macarthur, son nom ne lui disait rien.

*

J'ai plusieurs fois croisé Macarthur en ville après sa libération. Je ne me suis jamais réellement habitué à le voir, car il était toujours troublant de tomber sur lui, mais cela se produisait assez régulièrement pour que j'en vienne à plus ou moins m'y attendre.

Je me souviens qu'un soir, alors que je m'étais arrêté à la librairie Hodges Figgis, je l'ai aperçu au moment où je ressortais dans Dawson Street. Je ne l'avais pas vu depuis un moment, six mois ou un an. Il a remarqué que je le dévisageais et m'a rendu mon regard, qu'il a soutenu pendant un moment inconfortablement long. Et puis nous nous sommes croisés, et il a disparu, d'un pas lent et méthodique, la tête baissée, en direction de Stephen's Green.

Comme toujours après de telles rencontres, je me suis senti curieusement excité, à la fois troublé et euphorique, ce que j'imagine être la sensation que j'éprouverais si je voyais un fantôme. J'avais l'impression qu'il n'aurait pas dû se trouver là, comme si sa présence avait quelque chose d'anormal.

J'ai continué mon chemin pour rentrer chez moi et, tandis que j'arrivais près du fleuve, il s'est mis à pleuvoir.

J'ai mis ma capuche et me suis demandé si lui aussi avait été surpris par l'averse. Habitait-il dans le quartier ? Vivait-il seul ? Forcément, pensais-je, c'était impossible de l'imaginer partager un logement avec quelqu'un. Peut-être s'abritait-il dans la librairie dont je venais de sortir, hantant le rayon *true crime*, conscient qu'il était observé, se sachant connu. Et ce n'était pas la première fois que je me demandais ce que ça faisait d'être reconnu, que les gens sachent qui vous êtes, qu'ils connaissent le mal que vous avez fait. J'ai pensé à l'abjection rare et étrange que cela devait être.

À cette réflexion s'est ajoutée une prise de conscience : j'allais écrire sur Macarthur. Et non seulement allais-je écrire à son sujet mais j'allais aussi lui parler. Il aurait été possible de raconter son histoire, ou une version de celle-ci, sans lui parler directement. En interrogeant les personnes impliquées – enquêteurs, personnalités politiques, journalistes, proches du meurtrier ou des victimes – et en fouillant les archives, j'aurais sans doute pu dépeindre un tableau raisonnablement évocateur des meurtres et des événements qui les ont entourés. Mais j'avais compris qu'une telle histoire m'intéressait finalement peu parce qu'elle ne pouvait que réaffirmer et embellir ce que tout le monde savait ou croyait savoir au sujet de Macarthur.

Je voulais découvrir des choses que j'ignorais encore, des choses que je pouvais à peine concevoir. Le mobile de Macarthur, tel qu'il le décrit dans sa déposition, était froidement rationnel : il avait mal géré ses finances et il avait eu l'intention de commettre un vol à main armée pour remédier à la situation. « L'objectif, a-t-il déclaré, était de se procurer de l'argent. » Mais il y avait tant de choses dans ces crimes qui n'avaient pas de sens. À l'évidence, il existait des moyens plus simples pour un homme comme Macarthur – un homme instruit, privilégié et bénéficiant d'innombrables relations – de rétablir sa situation financière. Même en suivant sa logique criminelle, les meurtres étaient totalement superflus et en réalité contre-productifs. (En d'autres termes, il n'était pas nécessaire que Bridie Gargan ou Donal Dunne meurent pour que Macarthur obtienne ce qu'il voulait.) Sous l'explication froide de ses meurtres demeurait quelque chose de sauvage et d'insensé que l'on ne pouvait réduire à des considérations financières ou psychologiques. C'était la force de ce paradoxe, cette folie rationnelle, qui m'attirait vers Macarthur. Et ce n'était qu'en parlant avec lui que je pourrais avoir une idée de ce qui lui était passé par la tête avant les meurtres et au cours des jours qui avaient précédé son arrestation. Était-il écrasé par le poids de ses actes ? Est-ce que le souvenir du visage de ses victimes, les souffrances de leurs familles le tourmentaient et hantaient encore ses rêves ? Comment faisait-il pour vivre, ou se promener en ville, sachant que nous savions qui il était et ce qu'il avait fait ?

Quand je me demande aujourd'hui ce qui chez Macarthur m'a poussé à écrire sur lui, j'ai tendance à renverser la question et me demander ce qui *chez moi* m'a poussé à le faire. Cela peut sembler frivole, mais il n'en demeure pas moins que je suis écrivain et que son histoire était extraordinaire, riche d'une violente absurdité et d'une intrigue politique, et que j'ai donc été attiré par elle comme un prospecteur par un gisement de pétrole inexploité. Il approchait des quatre-vingts ans, et il ne serait sans doute pas de ce monde pour très longtemps, et donc, si je n'essayais pas de lui parler tout de suite, son histoire, cette précieuse ressource narrative, disparaîtrait avec lui.

Mais il y avait un autre niveau de ma fascination qui avait moins à voir avec le pur opportunisme de celui qui cherche un bon filon qu'avec ma proximité à divers égards. Macarthur avait été là, pendant mon enfance, une présence intermittente aux marges de mon existence, ce meurtrier qui s'était caché dans la résidence de mes grands-parents. Il était là, des années plus tard, comme personnage fictif dans une série de romans que j'avais lus et relus avec une attention experte et à propos desquels j'avais disserté pour obtenir mon doctorat. Et il était là, une présence étrangement physique dans les rues, un vieil homme en veste de tweed qui se baladait dans la ville dont il avait entaché le souvenir du sang de ses victimes. Quelque chose dans ces différents niveaux de proximité, dans les différentes façons dont il semblait suffisamment proche pour que je puisse l'atteindre, me perturbait et me poussait à agir comme une hantise.

J'étais aussi attiré par ce que je savais de lui – ses privilèges, ses manières et leur raffinement apparent, sa réputation d'intellectuel oisif – non pas parce que j'étais intéressé par ces qualités en tant que telles, mais parce qu'elles me semblaient le rendre plus abordable. (Je connaissais des gens comme ça, peut-être faisais-je moi-même partie de cette société.) Et ce que je voulais approcher, c'était, faute d'un terme plus adéquat, le mal. L'horreur même de ce qu'il avait fait semblait impénétrable et j'avais pourtant la conviction que nous pouvions partager une langue dans laquelle il m'en parlerait. J'étais bien décidé à essayer.

3

Peu de temps après que j'eus pris la décision d'écrire sur Macarthur, celui-ci a disparu. Il n'était pas le seul : le monde entier avait disparu. C'était le printemps 2020 et, du fait de la pandémie, tout le pays se terrait. L'absence s'était généralisée dans toute l'Irlande. Je m'étais montré trop sûr de moi en supposant que je finirais tôt ou tard par le croiser dans la rue et qu'il me suffirait de l'alpaguer pour le convaincre de me parler. Mais comme tout le reste du monde, il était désormais introuvable.

Ce n'est pas tout à fait vrai. Je l'ai vu une fois. Un jour, vers la fin mai, deux mois et demi après le début du premier long confinement en Irlande, je roulais à vélo dans Dame Street pour rendre visite à un ami à l'autre bout de la ville. J'étais près de l'entrée principale de Trinity College quand j'ai aperçu, tournant à l'angle de l'autre côté de la rue, la silhouette masquée mais inimitable de Macarthur. J'ai traversé et me suis arrêté sur le trottoir, non loin du passage piéton qu'il s'apprêtait à traverser, et j'ai pris mon courage à deux mains pour aller lui parler, me demandant ce que je pourrais lui dire, comment me présenter. (En y repensant, deux ans plus tard, je me revois hésiter au seuil de la fiction, cherchant à me présenter comme le personnage d'un récit qui n'avait absolument rien à voir avec moi.)

À cet instant, un vigile est apparu à côté de moi et m'a réprimandé, bien trop sèchement à mon goût, parce que j'étais à vélo sur le trottoir. Je lui ai fait remarquer que je n'étais pas en train de rouler mais il n'a rien voulu savoir et, le temps que je descende et que je mette un terme à l'échange avec ce vigile tatillon, Macarthur s'était volatilisé. J'ai envisagé un instant de partir à sa recherche – il n'avait pas pu aller bien loin, me disais-je, puisque ma conversation avait duré moins d'une minute – mais j'étais déjà en retard à mon rendez-vous avec mon ami, alors je me suis remis en selle et je suis parti.

Sur le moment je me suis dit que je finirais par recroiser Macarthur d'ici peu et qu'il faudrait que j'aie préparé mon accroche, que j'aie un pitch qu'il trouve convaincant. Mais durant ce long confinement si strict, je n'ai eu que de rares occasions de sortir de mon quartier et j'ai fini par comprendre que la seule façon de tomber sur lui serait de provoquer la rencontre.

*

Pendant plusieurs mois, j'ai ainsi passé deux ou trois après-midi par semaine à déambuler dans la ville abandonnée en espérant croiser Macarthur lors de sa sortie quotidienne. Je rejoignais le centre-ville à vélo, je l'attachais, et traînais dans les rues désertes pendant une heure ou deux. Je me cantonnais surtout au quartier où je l'avais aperçu par le passé, une zone de deux bons kilomètres carrés au sud du centre-ville, entre Trinity College et Stephen's Green. J'arpentais le secteur, conscient – parfois pleinement, parfois de façon plus diffuse – du ridicule de mon projet. Je me faisais l'impression d'une présence pathétique, errant dans les rues rendues glissantes par le crachin comme un amant éconduit espérant croiser l'objet de ses empressements infructueux.

L'été est passé, puis l'automne. Je me souviens d'avoir entendu un après-midi de la fin novembre, alors que je remontais Grafton Street dans la lumière déclinante, de la musique diffusée depuis Brown Thomas, le grand magasin. C'était un swing riche en cuivres, une version enjouée de « Santa Claus Is Coming to Town ». Il s'était mis à pleuvoir et toute cette portion de la rue était quasiment déserte, à l'exception de trois sans-abri qui se disputaient âprement, leur capuche serrée pour se protéger de la pluie. J'ai remarqué qu'une somptueuse vitrine de Noël avait été installée chez Brown Thomas pour attirer l'œil des passants et à cet instant un absurde sentiment de perte m'a envahi.

Alors que je tournais à l'angle de Wicklow Street, j'ai remarqué un homme qui marchait vers moi. Il avait un parapluie noir, une veste en tweed verdâtre et un imperméable beige. Il avait les cheveux très blancs et assez longs et j'ai senti mon cœur s'emballer en le scrutant de loin, mais quand nous nous sommes croisés, j'ai vu que ce n'était pas Macarthur mais un homme qui avait plus ou moins son âge et s'habillait à peu près comme lui.

Ce n'était pas la première fois qu'une chose pareille se produisait. Ça m'arrivait à chacune de ces sorties, pour ainsi dire. Je voyais quelqu'un au loin et j'étais convaincu, aussi fermement que brièvement, qu'il s'agissait de Malcolm Macarthur. Je pressais le pas, trottinant presque, et je découvrais que ce n'était qu'un type de son âge vaguement habillé comme lui. J'avais développé une hypersensibilité aux septuagénaires aux cheveux blancs. Ma femme elle aussi était contaminée. Elle m'appelait à la fenêtre de notre chambre, me montrait un vieil homme qui faisait la queue devant le café en face de chez nous en respectant la distanciation physique et me demandait s'il s'agissait de Macarthur. Ou encore, lorsque nous allions déposer notre fils à l'école, elle me désignait un homme qui marchait le long des quais et me demandait si c'était lui. Ce n'était jamais lui.

Je vivais la ville d'une manière inédite : chaque coin de rue, chaque intersection semblaient chargés de la possibilité de sa présence. Alors que je déambulais plus ou moins au hasard et à l'instinct, je me persuadais parfois, sans raison objective, qu'il était tout près mais hors de mon champ de vision. Je l'imaginais à l'intérieur d'un magasin devant lequel je venais de passer ou dans une étroite ruelle parallèle à celle où je me trouvais. Je tournais à l'angle d'une rue et j'avais soudain une vision cinématographique, un plan aérien de moi en train de marcher. J'imaginais le plan s'élargir tandis que le drone qui me filmait s'élevait au-dessus des bâtiments pour révéler la silhouette de Macarthur tournant au carrefour par lequel je venais de passer, marchant dans la direction opposée. Voilà comment je visualisais ma frustration obsessionnelle vis-à-vis de sa proximité. Je savais qu'il était là, j'en avais la certitude absolue et irréfutable, et pourtant il demeurait introuvable.

Mes recherches infructueuses se mêlaient dans mon esprit à l'expérience des rues de Dublin pendant le confinement, l'un des plus longs et des plus stricts du monde. Tout était fermé. Dublin ressemblait à un labyrinthe entièrement composé d'impasses. La ville entière était comme un village *Potemkine*, comme si sa vitalité, ses bruits et son humour d'autrefois n'avaient été qu'une illusion, et que les rues et les bâtiments se révélaient un simple décor de carton-pâte. Il devenait difficile de croire que tout ceci avait un jour été réel.

*

J'ai commencé à raconter autour de moi, dès lors que la situation me semblait un tant soit peu appropriée, que je comptais écrire sur Macarthur, partant du principe que plus j'en parlerais, plus j'avais de chances que quelqu'un sache où le trouver. Dublin est une petite ville après tout et j'étais sûr que je connaissais quelqu'un qui le connaissait ou qui connaissait quelqu'un qui le connaissait.

Un jour, lors d'un échange de mails avec une écrivaine de ma connaissance qui avait dû me demander poliment des nouvelles de mon travail, j'ai exposé mon projet de livre sur Macarthur. Elle m'a dit qu'elle l'avait vu, à vélo, quelques mois plus tôt. («Je n'ai pas compris pourquoi John Banville faisait du vélo sur le front de mer», écrivait-elle.) Je lui ai répondu avec un empressement et un enthousiasme excessifs pour qu'elle me donne plus de détails. Il s'avérait qu'elle l'avait vu passer assez souvent au même endroit, que c'était «l'un de ses trajets». Elle avait plutôt cherché à l'éviter, sans doute parce qu'elle trouvait dérangeant de le voir.

Peu de temps après, une autre personne à qui j'avais parlé de l'affaire m'a envoyé un mail en me faisant remarquer qu'il y avait un certain «E. MacArthur» dans l'annuaire. Or, le deuxième prénom de Macarthur était Edward, et il n'était pas inconcevable, puisqu'il était l'un des meurtriers les plus célèbres du pays, qu'il l'utilise. Ça m'avait semblé hautement improbable que Macarthur figure dans l'annuaire mais l'adresse se trouvait dans un quartier relié par une piste cyclable à la banlieue de bord de mer où l'écrivaine me disait l'avoir vu.

C'est donc comme ça que je me suis retrouvé, par un matin d'automne pluvieux, à rôder aux alentours d'une petite maison avec vue sur la mer dans l'espoir que Macarthur en sorte pour sa promenade quotidienne. J'ai dû déambuler une heure dans cette rue en tentant de passer inaperçu tout en revenant sans cesse au même endroit sans quitter le bâtiment des yeux. À un moment, une femme d'une trentaine d'années est sortie par une porte latérale avec à la main un sac-poubelle qu'elle a jeté à la benne.

Raté, ça ne pouvait pas être la maison de Macarthur. Qu'est-ce qu'une trentenaire serait allée faire chez lui en pleine pandémie ? Je savais qu'il n'avait qu'un enfant, un fils d'une quarantaine d'années. Il était à peine concevable qu'il ait une compagne et encore moins une femme beaucoup plus jeune que lui. (Brenda Little, la mère de son fils, était sa compagne à l'époque de ses meurtres, et je savais qu'elle lui avait régulièrement rendu visite durant son incarcération. Il me semblait tout à fait possible qu'elle soit encore présente dans sa vie, mais elle aurait alors eu plus de soixante ans.)

Il m'est soudain apparu que cette femme était peut-être une infirmière. Plus j'y pensais, plus ça me semblait vraisemblable et plus je me persuadais que Macarthur était malade, très malade, voire à l'article de la mort, et que je l'avais retrouvé pile au moment où c'était trop tard.

Une fois la femme retournée à l'intérieur, j'ai continué de guetter, enhardi par ma conviction grandissante qu'elle était infirmière et que Macarthur était son patient. Une demi-heure plus tard, j'ai distingué une silhouette à une fenêtre de l'étage. C'est une femme âgée cette fois, elle devait avoir soixante-dix ou quatre-vingts ans. Elle se tenait debout dans l'encadrement de la fenêtre, des feuilles de papier dans les mains. Elle portait des gants de plastique bleus. Bien qu'elle fût trop éloignée pour que je voie ce qu'étaient ces documents, j'ai immédiatement succombé à un désespoir par anticipation et conclu que cette femme était probablement un membre de sa famille ou une vieille amie qui triait les papiers de Macarthur parce qu'il venait de mourir. Comment expliquer les gants bleus autrement ? D'ailleurs, ceux-ci laissaient penser qu'il était mort du Covid-19. Oui, cette femme était une proche, peut-être une cousine, venue mettre de l'ordre dans ses affaires et organiser sa succession. Il avait dû mourir le jour même, sinon les médias en auraient déjà parlé. Je jouais de mal chance. La chose que je redoutais le plus venait de se produire. Macarthur était mort du Covid avant que je puisse lui parler, il était déjà en route pour l'enfer et emportait son histoire avec lui.

Au bout d'un certain temps, il m'est venu à l'esprit que cette femme pouvait très bien être l'occupante de la maison. J'ai sorti mon téléphone, j'ai googlé le nom « Elizabeth Macarthur », qui semblait le plus vraisemblable compte tenu de l'initiale indiquée dans l'annuaire, avec l'adresse de la maison. Parmi les premiers résultats, il y avait une vieille demande d'autorisation de travaux pour une extension. J'avais passé la matinée à épier une vieille dame qui n'avait probablement aucun rapport avec Malcolm Macarthur en dehors de leur patronyme commun.

*

Quelques semaines plus tard, en allant au supermarché, j'ai rencontré l'une de mes anciennes professeures de littérature. Même si nous vivions dans la même partie de la ville, je ne l'avais recroisée que très rarement depuis que j'avais quitté le monde universitaire, sept ans plus tôt. Après quelques mots sur les sujets d'usage en temps de pandémie – le télétravail, l'enseignement en ligne, la chance d'habiter à proximité de Phoenix Park, notre profonde lassitude des sorties à Phoenix Park –, elle m'a demandé sur quoi je travaillais. Je lui ai dit que j'avais pris « un virage assez radical » et que je me consacrais à un projet de livre qui, pour faire simple, s'apparentait à du *true crime*. Elle a d'abord paru surprise, puis, quand je lui ai expliqué que le projet portait sur Malcolm Macarthur, elle a hoché la tête d'un air entendu et remarqué qu'il était intéressant que je revienne ainsi à mes racines. Il m'a fallu un moment pour comprendre qu'elle faisait référence à mon ancienne vie de chercheur et plus précisément à mon travail sur Banville.

À propos de Macarthur, dit-elle, étais-je au courant de son histoire avec le département de littérature ? En fait, je n'en avais pas entendu parler. Peu de temps après sa libération, il avait commencé à se présenter à la scolarité du département pour voir s'il était possible de s'inscrire en licence dans le cadre d'une reprise d'études. D'après elle, ça devait correspondre à l'époque de mon postdoctorat, quand je donnais un cours sur le roman contemporain, il était donc étonnant que je n'aie pas eu vent de cette anecdote. La secrétaire de la scolarité avait d'abord pris ce vieil homme élégant et érudit pour un retraité, peut-être un avocat ou un médecin qui voulait profiter de ses vieux jours pour suivre des cours magistraux sur la poésie en moyen anglais ou les tragédies de vengeance jacobéennes. Il était déjà venu au bureau deux ou trois fois, m'a dit mon ancienne professeure, prenant des plaquettes et des formulaires et s'attardant pour papoter, quand un professeur plus âgé a demandé à la secrétaire, qui avait une trentaine d'années, si elle savait que cet homme qui venait discuter de sa reprise d'études se trouvait être le meurtrier le plus connu de l'histoire irlandaise contemporaine.

Il est revenu une ou deux fois après ça. Même s'il était très courtois, la secrétaire de la scolarité était perturbée par cet homme qui avait tué deux personnes et n'arrêtait pas de poser des questions sur la licence de littérature. Mon ancienne professeure m'a dit qu'on avait trouvé un moyen de lui faire comprendre qu'il ne pourrait pas s'inscrire. Elle ne savait plus bien ce qui s'était passé, mais il lui semblait que les étudiants avaient fini par apprendre qui il était et que quelqu'un était allé lui dire un mot. Il n'était plus revenu.

*

En remontant mon fil Twitter un après-midi, je suis tombé sur un lien vers un article d'un tabloïd consacré à Macarthur. « LE MAL MASQUÉ », proclamait le titre. « Le double assassin Malcolm Macarthur soutient les restrictions sanitaires, les qualifiant de "précautions nécessaires". » Il était illustré par une photo d'un Macarthur masqué marchant dans une rue du centre-ville en pardessus beige et coulant un regard inquiet en direction de l'objectif. Au vu de l'invraisemblable largeur de ses revers, son imperméable devait dater d'avant son emprisonnement.

L'article indiquait en ouverture : « Le célèbre meurtrier croit que les règles sanitaires actuelles sont fondées sur des "faits scientifiques" et il est convaincu qu'elles sont efficaces. » Après un bref rappel des meurtres et du scandale politique qui s'était ensuivi, le papier revenait au point de vue fort raisonnable de l'impassible Macarthur au sujet du confinement en cours.

Depuis sa libération, disait l'article, le tueur avait « passé le plus clair de son temps loin des projecteurs. Mais, se confiant à l'*Irish Sun* cette semaine, Macarthur soutient les actuelles restrictions de niveau 6, ainsi que la stratégie du gouvernement face à la pandémie. "Je crois aux faits scientifiques, insiste-t-il. Je crois aussi que le confinement est une précaution nécessaire. Je pense également que, pour ce qui est du vaccin, des rappels seront indispensables à moyen terme." »

Vers la fin de l'article le journaliste lui demandait ce qu'il faisait de ses journées. « Je suis à la retraite, mon vieux ! répondait Macarthur. Je marche dans la ville, j'écoute beaucoup la radio et je lis les journaux. »

J'ai retrouvé le contact du journaliste et je lui ai téléphoné en lui expliquant que j'espérais écrire un livre sur

Macarthur. Je lui ai demandé comment il était et comment il avait réagi quand il l'avait abordé. Le journaliste s'est montré agréable et disert. Nous avons discuté une dizaine de minutes et il a mentionné en passant le supermarché devant lequel il l'avait sollicité. Pendant que nous parlions, il m'est apparu qu'il n'avait pas dû le croiser par hasard, qu'il avait dû l'y attendre et que Macarthur devait donc vivre près de ce magasin ou en tout cas s'y rendre régulièrement.

4

J'étais sur le point de laisser tomber et de rentrer chez moi. J'avais passé la matinée à déambuler sur un bout de trottoir en changeant régulièrement de côté en vertu de l'idée, quelque peu illusoire, que traverser la rue avant de revenir sur mes pas me donnerait l'air moins suspect. C'était l'heure du déjeuner, j'avais faim et aucune envie de manger un sandwich debout à un carrefour ; j'allais donc rentrer à pied quand j'ai vu, tournant à l'angle au croisement, une silhouette masquée dont j'ai immédiatement su qu'elle était celle de Macarthur. Malgré toutes les fois où, voyant un homme bien mis aux cheveux blancs marcher seul dans la rue, je m'étais demandé si c'était lui, ça ne faisait pour moi aucun doute. Au cours de l'année écoulée, pendant mes journées d'errance et de traque au ralenti dans les rues silencieuses, je m'étais souvent demandé comment je réagirais quand enfin je le verrais. Je m'inquiétais parfois qu'une improbable inhibition, un mélange complexe de timidité, de peur et de honte m'empêchent de lui parler et que, au lieu de l'aborder, je me contente de le suivre de près, l'observant dans ses déambulations tandis que j'essayais de trouver le courage de l'approcher. Mais ce n'est pas ce qui s'est produit. Je me suis posté de l'autre côté de la chaussée alors qu'il attendait à un passage piéton. C'était comme si je ne contrôlais plus mes mouvements, comme si quelque chose de plus fort que ma volonté m'avait fait me diriger vers lui.

Je me suis approché d'un pas hésitant et je lui ai poliment demandé s'il était bien Malcolm Macarthur. Il a eu l'air un peu surpris, puis il s'est arrêté pour laisser passer des gens. Il avait une peau étonnamment lisse et claire pour un homme de son âge. Il m'a interrogé : étais-je au courant qu'il passerait ici, l'avais-je suivi ? Sa voix m'a paru étrange. Elle était étranglée, comme si elle devait surmonter une restriction, traînante et précise. Il parlait d'une façon qui évoquait une imitation imparfaite de la prononciation et des cadences de la bonne société anglaise. Je lui ai dit que non, mais que j'espérais le croiser depuis un moment. Je lui ai expliqué que son affaire m'intéressait grandement, qu'elle me fascinait depuis de nombreuses années.

Il m'a demandé si j'étais journaliste. J'avais anticipé cette question et j'avais le sentiment qu'il était important de me présenter comme quelqu'un qui n'était pas de la profession, pour donner autant que possible l'impression que mon intérêt pour lui n'était pas aussi voyeur que celui des spécialistes de faits divers et des tabloïds, dont je savais qu'ils avaient cherché à le contacter au fil des années. Je lui ai répondu que je ne me voyais pas comme un journaliste mais plutôt comme un essayiste. Je me suis senti rougir en prononçant ces mots, trop conscient de leur absurdité. Ça avait beau être vrai, la formulation n'en était pas moins ridicule.

J'ai retiré mon sac à dos et fouillé dedans, remarquant au passage que j'avais les mains qui tremblaient un peu. J'étais surpris d'être aussi nerveux, et j'espérais que cela ne se voyait pas trop. J'ai sorti un exemplaire de l'un de mes livres que j'avais toujours sur moi lors de ces sorties. C'était une édition poche de mon premier ouvrage, une enquête sur le transhumanisme, le mouvement social qui promeut l'amélioration technologique de l'espèce humaine. J'avais aussi un numéro récent de la *New York Review of Books* dans lequel j'avais publié un article et je le lui ai donné pour qu'il se dise que j'étais quelqu'un de sérieux. Ma stratégie consistait à flatter sa vanité intellectuelle et me présenter comme le genre de personnage qu'il serait content de fréquenter. Dans l'ouvrage, j'avais glissé une lettre écrite en vue de notre rencontre, dans laquelle je lui expliquais mon intention de lui consacrer un livre, j'exposais mon espoir qu'il collabore à la rédaction de celui-ci et je prenais soin de mentionner mes liens avec Trinity College et le nombre de langues dans lesquelles mes travaux avaient été traduits.

Il m'a immédiatement dit qu'il n'avait pas l'intention de parler. Il avait été condamné à une peine de prison à perpétuité, et les termes de sa liberté faisaient qu'il pouvait être immédiatement renvoyé derrière les barreaux s'il en enfreignait les conditions. L'une d'elles stipulait qu'il n'était pas autorisé à parler de ses crimes aux médias.

Il aurait été absurde de lui demander si son contrôle judiciaire mentionnait explicitement les contacts avec les essayistes. Je lui ai assuré que je comprenais, mais que si ça pouvait aider, j'étais disposé à limiter nos échanges à des sujets autres que ses crimes et son incarcération. Je serais heureux, insistais-je, de l'entendre parler de son enfance, des années qui avaient mené aux événements de 1982 et de sa vie depuis sa sortie de prison.

« Ce sera peut-être faisable, a-t-il dit. Nous verrons cela. »

Malgré sa réticence première, Macarthur était étonnamment volubile. Il s'agissait manifestement d'un homme qui aimait parler et n'en avait pas si souvent l'occasion. Il semblait prêt à me faire un bref récit de toute sa vie, là, en pleine rue. Il a évoqué son enfance, le domaine où il avait grandi dans le comté de Meath, il m'a raconté diverses anecdotes sur les familles de sa mère et de son père. Il a mentionné son amour des bibliothèques et m'a expliqué qu'avant la pandémie il passait plusieurs heures par jour à la bibliothèque municipale à lire des journaux, des livres et des périodiques.

Tandis qu'il parlait, son masque n'arrêtait pas de glisser sur l'arête de son nez et tombait sur sa lèvre supérieure, et d'un geste délicat de la main il le remettait en place. Il fixait sur moi ses yeux pâles avec intensité. Je me suis demandé pourquoi il me racontait tout ça puis si c'était même à moi qu'il parlait.

*

J'étais curieux de savoir si Macarthur était souvent reconnu dans la rue. Il m'a dit que même si les gens voyaient qui il était, il se faisait rarement aborder par des inconnus, et il était encore plus rare, selon lui, que l'échange devienne déplaisant. Ce n'était arrivé qu'une ou deux fois depuis sa remise en liberté.

Il y avait eu un incident étrange quelques années plus tôt, a-t-il poursuivi. Peu après sa sortie de prison, il était assis à un bureau dans la salle de lecture de la bibliothèque municipale, quand il avait senti quelqu'un lui enfoncer le doigt entre les omoplates. Lorsqu'il s'était retourné, un homme de son âge le toisait et le traitait de salaud, affirmant qu'il devrait avoir honte de se montrer en public. Macarthur s'était levé et, aussi poliment que possible, lui avait demandé de ne pas faire de scène. L'homme s'était mis encore plus en colère. *Vous avez mis ce pays à genoux*, avait-il dit. *Vous avez détruit toute l'économie*. Macarthur avait été surpris par le caractère de cette accusation. Il avait tué, certes, mais il était injuste de prétendre qu'il avait par la même occasion détruit l'économie irlandaise. Il s'est finalement avéré que l'homme l'avait confondu avec Seán FitzPatrick, l'ancien patron de l'Anglo Irish Bank, arrêté en 2011 pour des prêts frauduleux qui l'avaient conduit à la banqueroute, nécessitant une intervention du gouvernement et une nationalisation de la banque.

« J'ai fini par le convaincre que je n'étais pas Seán FitzPatrick et j'ai repris ma lecture, a conclu Macarthur. Mais je n'ai pas osé lui dire qui j'étais. »

Ce que cette anecdote semblait signifier, c'était que si j'imaginais que Macarthur, aussitôt qu'il sortait de chez lui, se trouvait confronté à des gens qui lui reprochaient le meurtre de deux innocents, je me trompais. Non seulement c'était très rare mais, quand cela arrivait, c'était une erreur sur la personne.

Quarante minutes plus tard, alors que nous étions toujours au même endroit et que le torrent autobiographique de Macarthur ne semblait pas se tarir, cette version a été sévèrement battue en brèche. Macarthur s'est interrompu au milieu d'une phrase et a soudain fixé quelque chose par-dessus mon épaule. Quand je me suis retourné, j'ai vu un homme assez grand en imperméable qui nous regardait, un appareil photo Panasonic compact à la main. Il avait une barbe épaisse et devait approcher la soixantaine. Tout d'abord je me suis écarté, supposant bêtement, l'espace d'un instant, qu'il photographiait le bâtiment fort banal devant lequel nous nous trouvions. Quand il a pointé son appareil, Macarthur lui a demandé, avec une grande politesse, si c'était nous qu'il prenait en photo. L'homme a dit que oui, et Macarthur lui a réclamé de bien vouloir arrêter.

« Tu lui as laissé aucune chance à cette pauvre fille, hein ? » a répondu l'homme.

Macarthur paraissait surpris mais pas ébranlé.

« Merci, ça ira, a-t-il rétorqué avec une courtoisie brusque, comme si l'homme venait de lui proposer de regarder la carte des vins.

— Tu lui as vraiment laissé aucune chance, a lentement répété l'homme d'une voix menaçante. Espèce d'enfoiré.

— Je dois vous avertir, a dit Macarthur, que vous risquez de causer un trouble à l'ordre public. »

Je ne suis en général pas à l'aise dans les situations de conflit mais ce scénario était en outre particulièrement complexe. Je sentais une violence qui pouvait déborder à tout moment. Ce n'était pas tant la fureur de cet homme qui me troublait mais le fait qu'il semblait y prendre plaisir, goûter cette rencontre impromptue avec une personne à qui on pouvait tout dire et peut-être même tout faire.

Ma propre réaction n'a rien eu de glorieux, elle fut même tout à la fois lâche et opportuniste. J'avais l'impression que je devais m'extraire de la situation, sans mettre en péril mon contact avec Macarthur. Il fallait qu'il sente, consciemment ou inconsciemment, que j'étais digne de confiance – plus encore, qu'il pouvait compter sur moi. Alors même que je sentais que cela était nécessaire, je savais que c'était une forme de lâcheté.

Je me suis tourné vers lui et lui ai suggéré qu'on s'en aille, indiquant la direction de Temple Bar. Macarthur et moi nous sommes mis en marche, mais quand nous nous sommes arrêtés à un carrefour, je me suis retourné et j'ai vu que l'homme nous suivait d'un pas lent mais décidé. Il n'avait clairement pas fini de dire tout ce qu'il avait sur le cœur. Macarthur a proposé que l'on poursuive notre conversation en sécurité dans son immeuble, qui était tout proche. Nous pourrions rester dans le hall, a-t-il précisé. Je convins que c'était une bonne idée et nous avons fait demi-tour pour remonter la rue. Nous avons été forcés de recroiser l'homme et d'autres paroles ont été échangées – furieuses et menaçantes de sa part, laconiques et juridiques côté Macarthur – mais nous avons atteint l'immeuble sans autre incident.

Macarthur m'a fait remarquer qu'il n'avait rien à objecter à ce que l'homme avait dit. Beaucoup de gens avaient, selon lui, de tels sentiments, et ce monsieur faisait partie des très rares personnes qui les exprimaient.

Nous sommes restés près d'une heure dans le hall de son immeuble mais j'avais du mal à rester concentré et j'arrivais à peine à suivre le fil de son monologue. J'avais été choqué par l'incident et j'y revenais sans cesse. L'intensité de cette rencontre ne provenait pas uniquement de la confrontation en soi et de la violence potentielle qui avait flotté autour de celle-ci, mais de la complexité de mon propre rôle. Pendant les deux bonnes heures que nous avions passées à parler, j'avais pu conserver l'impression que je n'étais qu'un narrateur-observateur face à Macarthur qui donnait le spectacle de ses justifications. Même si je m'étais contenté d'écouter une bonne partie du temps, j'avais eu la sensation d'être en contrôle, de recevoir le matériau brut que je pourrais plus tard modeler à ma guise pour former mon récit.

Mais au moment où cet homme avait fait irruption dans la scène avec son appareil photo et son langage d'une vérité obscène, j'avais perdu ce contrôle. Ce n'était plus moi qui composais le tableau, j'avais été entraîné de force dans son récit à lui. Je ne sais pas du tout s'il a en fin de compte réussi à prendre une photo de Macarthur et moi. Mais si un tel cliché existe, j'y figure non pas comme un écrivain entrant enfin en contact avec le sujet qu'il poursuit depuis des mois et se reposant autant que possible sur sa mémoire pour créer plus tard, assis à son ordinateur, sa propre scène et lui donner du sens mais comme un type lambda qui papote avec Malcolm Macarthur – voire pire, comme un ami à lui. Que ça me plaise ou non, j'étais impliqué.

5

Le dimanche suivant, alors que je prenais mon petit-déjeuner, mon téléphone a vibré dans ma poche. Le nom « Macarthur » est apparu à l'écran, une intrusion soudaine et bizarre dans cette paisible matinée. Je ne m'attendais pas à avoir de ses nouvelles. Quand je l'avais laissé dans le hall de son immeuble quelques jours auparavant, nous avions convenu que je lui laissais un peu de temps pour réfléchir à ma proposition et décider s'il souhaitait me parler pour le livre que je comptais écrire. Nous avions échangé nos numéros et je lui avais dit que je le rappellerais d'ici une semaine environ. Fixant son nom sur mon écran, je suis sorti dans la rue, laissant les enfants au salon devant les dessins animés. J'ai décroché.

« Allô, ici Macarthur. »

Il avait la voix pâteuse et un peu enrouée et je me suis demandé s'il avait parlé à voix haute depuis que nous nous étions quittés un peu plus tôt dans la semaine. Il avait lu mon livre. Il avait quelques notions sur le transhumanisme, ce qu'il avait pu lire ici et là, et il avait trouvé l'ouvrage très intéressant et bien mené. Il était disposé à discuter davantage. Si je comptais écrire ce livre avec ou sans sa coopération, ainsi que je le lui avais expliqué, autant que je le fasse avec des éléments factuels, disait-il, des éléments que lui seul était en mesure de me fournir. Il voulait mettre au clair certains éléments sur son passé, des choses erronées qui avaient été diffusées après son arrestation et qui s'était sédimentées au fil des années en une version communément admise de sa vie et de ce qu'il appelait son « épisode criminel ».

Je lui ai précisé que j'étais d'abord intéressé par son enfance mais que j'espérais que, lors de notre conversation, nous pourrions aborder l'ensemble de sa vie de façon plus ou moins chronologique.

« Eh bien, a-t-il repris, s'empressant de plaider sa cause, la première chose à savoir est que j'ai vécu une vie irréprochable jusqu'en 1982. Tout à fait irréprochable. Si vous deviez représenter mon existence morale sous la forme d'un graphique, vous verriez une ligne plate pendant les trente-sept premières années puis un pic très soudain au milieu, suivi d'une nouvelle ligne totalement plate jusqu'à aujourd'hui.

— Puisque cela semble être le cas… ai-je commencé.

— Oh, tel est bel et bien le cas, m'a-t-il coupé.

— Eh bien, je me suis dit que nous pourrions essayer de parler des raisons pour lesquelles cela est survenu.

— Très bien. Mais il ne faut pas oublier qu'il s'agissait d'une question d'ordre financier. Ce n'était pas ce que l'on pourrait décrire comme un geste irrationnel ou une perte de contrôle. Il y avait un problème à résoudre. Vous vous demandez peut-être, ma foi, pourquoi le résoudre en ayant recours à cette *technique* particulière ? Et c'est une question légitime. Mais ce n'était pas un acte de démence. »

Après avoir raccroché, je suis resté assis sur le banc pour réfléchir à ce qu'avait dit Macarthur. Je relisais les expressions et les mots que j'avais griffonnés dans mon cahier pendant nos échanges. Avec mon stylo, j'ai entouré le mot « problème » puis le mot « technique ». Je savais que ce terme désignait le braquage qu'il avait prévu, davantage que les meurtres qu'il a commis, mais j'avais tout de même l'impression que l'emploi de ce vocabulaire révélait un certain détachement à l'égard de ses actes et de leurs conséquences.

Nous avons convenu de nous voir le jeudi suivant. Ce matin-là, j'ai déposé mon fils à l'école primaire et j'ai marché une vingtaine de minutes jusqu'à l'immeuble de Macarthur. Même si nous nous étions déjà rencontrés et avions déjà parlé longuement au téléphone, j'appréhendais ce rendez-vous. S'il se passait comme je l'espérais, ce serait le début d'une longue série d'entretiens. C'était ce que je souhaitais et je ne pouvais y couper si je voulais répondre à mon questionnement de départ, mais les conséquences de tout ce temps passé avec cet homme restaient malgré tout une source d'inquiétude.

En arrivant à son immeuble, j'ai aperçu Macarthur sur le pas de la porte : il m'attendait en scrutant la rue. Il portait encore un masque et la même veste beige que la dernière fois. Il m'a fait entrer et m'a dit de prendre l'ascenseur jusqu'à son étage tandis qu'il emprunterait l'escalier. Il venait seulement de se faire injecter sa première dose de vaccin, m'a-t-il indiqué, et il fallait être prudent avec ces choses-là.

Quand je suis sorti de l'ascenseur, il était déjà sur le palier, légèrement essoufflé. Même si c'était avant tout par souci de distanciation sociale qu'il avait évité l'ascenseur, il comptait beaucoup sur l'escalier pour faire de l'exercice. Il le montait et le descendait pendant trente minutes chaque jour, généralement en milieu de matinée, ce qui lui évitait de croiser trop de voisins qui partaient travailler.

C'était un petit appartement avec une seule chambre et un modeste salon-kitchenette. Une fois dans le salon, il m'a invité à m'asseoir à une petite table en verre dépoli entourée de chaises en bois pendant qu'il prenait place en face de moi dans un canapé chocolat. Il n'y avait pas beaucoup de lumière naturelle dans la pièce dont l'unique fenêtre donnait sur un immeuble de l'autre côté d'une ruelle. Sur le canapé, un seul coussin vert en forme de grosse fleur. Je me suis efforcé de dissimuler ma curiosité, mais tandis que je posais ma veste sur le dossier ma chaise, j'ai jeté un coup d'œil vers la kitchenette. Elle se trouvait de l'autre côté d'une arche, qu'un rideau couleur pêche permettait de fermer. Le plan de travail était vide, à l'exception d'un mixeur et d'un large plateau sur lequel était empilée une quantité considérable d'oranges et de citrons.

Je me suis assis. J'ai fouillé quelques instants dans mon sac à dos et j'en ai sorti mon carnet, un stylo et mon enregistreur MP3 que j'ai soigneusement disposés devant moi sur la table. Je l'ai prévenu que je comptais enregistrer notre conversation, uniquement pour mes archives personnelles, et que je prendrais aussi des notes pendant que nous parlerions. J'étais conscient de me comporter avec plus de formalité que d'habitude dans de telles situations. Je me montrais poli mais sérieux, voire zélé. (À un moment, je me suis même entendu lui demander s'il trouvait que cet immeuble était « convivial ».) Difficile de dire si cette posture était délibérée ou instinctive, mais ce n'en était pas moins une posture, une façon de dresser une barrière de professionnalisme entre lui et moi.

Mon attention s'est bientôt portée sur un aspect assez remarquable de la pièce. Il y avait dans l'angle le plus proche de la fenêtre une console basse sur laquelle était posé un objet qui semblait être une télévision intégralement empaquetée dans des sacs-poubelle noirs attachés avec du ruban adhésif. Entre la table où j'étais assis et le canapé où se trouvait Macarthur, il y avait un autre meuble long et bas, également couvert de sacs-poubelle.

J'ai montré la télévision dans le coin et je lui ai demandé pourquoi elle était emballée ainsi. Il m'a expliqué que l'appartement était très poussiéreux et que c'était la méthode la plus efficace pour protéger le poste. Je lui ai demandé ce qu'était le meuble posé entre nous, il m'a dit que c'était la vitrine dans laquelle il rangeait ses livres et autres documents. Quand il voulait un livre, il retirait la couverture en plastique, prenait le volume et remettait la housse. De cette façon, il protégeait sa bibliothèque de la poussière. Idem pour le téléviseur. S'il voulait regardait le journal télévisé ou une autre émission, il lui suffisait de retirer la housse plastique et il n'avait pas à épousseter l'écran.

J'ai eu du mal à masquer mon étonnement.

« Ce ne serait pas plus simple de faire la poussière ?

— Je ne m'attendais pas à ce que vos questionnements soient aussi poussés », a-t-il rétorqué, un peu sèchement. Je ne détectais aucune ironie dans sa voix et son masque rendait son visage assez illisible.

Soucieux de ramener la conversation sur un terrain moins glissant, je lui ai demandé ce qu'il faisait de son temps libre, dont il devait disposer en quantité, puisque je supposais qu'il ne regardait pas beaucoup la télévision. Il lisait, m'a-t-il dit, et il écoutait également beaucoup la radio. Il a alors montré le petit poste qui se trouvait au bout de la table en verre. C'était un appareil à l'ancienne, avec une antenne et un bouton pour changer de fréquence manuellement. Le samedi, il achetait l'*Irish Times* et consultait le programme radio de la semaine à venir, notant les émissions qu'il avait envie d'écouter. Il a sorti de la poche intérieure de sa veste plusieurs petits papiers, qu'il avait découpés au format adéquat et sur lesquels il avait noté le titre et l'horaire des émissions qu'il comptait suivre. Ses programmes préférés passaient en général sur la BBC. Il aimait tout particulièrement Radio Four. Il a parcouru ses petits papiers, les maniant avec tendresse, s'arrêtant sur les titres et les horaires de ces programmes, peut-être pour se rappeler des divertissements qui l'attendaient ou pour repenser à ceux qui étaient déjà passés.

*

Quand j'ai raconté à Macarthur que j'avais fait ma thèse sur les romans de John Banville et que travailler sur *Le Livre des aveux* avait renforcé ma fascination pour son affaire, il m'a répondu qu'en règle générale la fiction ne l'intéressait pas beaucoup. Il aimait les faits, il était vraiment une *personne très factuelle*, m'a-t-il dit. Mais il avait fait une exception pour *Le Livre des aveux*, parce que le roman était inspiré, certes librement, de faits de sa propre vie. Il semblait surtout intéressé, ou même amusé, par la façon dont Banville avait altéré ceux-ci pour créer le personnage fictionnel de Freddie Montgomery. Selon lui, le nom de Montgomery était un jeu sur son patronyme : Macarthur et Montgomery étaient, n'est-ce pas, les noms de fameux généraux de la Deuxième Guerre mondiale, l'un américain, l'autre britannique.

Mais ce qui avait le plus attiré son attention dans le roman, c'étaient les moments où Banville avait sans le savoir écrit la vérité. Parmi les détails les plus cités suite à son arrestation, il y avait par exemple le fait que, alors que la police s'apprêtait à lui mettre le grappin dessus, un taxi s'était garé devant l'immeuble du procureur général pour livrer des objets commandés par Macarthur, notamment des lames de scie à métaux, un exemplaire de la très chic revue *Town & Country* et plusieurs bouteilles de Perrier. L'histoire du Perrier avait tourné en boucle dans les médias, probablement parce que la marque était associée à l'époque à un certain goût du luxe, ce qui, en plus de *Town & Country*, renforçait son image publique d'aristo en nœud papillon.

Il y a une scène dans *Le Livre des aveux*, m'a rappelé Macarthur, où son alter ego boit une bouteille d'eau gazeuse chez Charlie French, le célèbre marchand d'art chez qui il se cache après avoir commis un meurtre.

Mais, ce qui était intéressant, d'après lui, c'était que Banville avait changé d'eau gazeuse, qui n'était plus du Perrier mais de l'Apollinaris, une autre marque assez chère de l'époque. Macarthur supposait que le but de Banville était de détacher quelque peu son récit des éléments supposés factuels de son affaire. Or, la presse s'était trompée au sujet du Perrier et c'était bien de l'Apollinaris qu'il avait fait livrer chez Paddy Connolly. Connolly en était apparemment friand parce que c'étaient des bulles très *fines*. Il en avait bu une certaine quantité pendant le temps qu'il avait passé chez lui et il voulait donc remettre à niveau la réserve qu'il avait entamée. Ainsi, en essayant de transformer un fait en fiction, Banville avait involontairement rétabli la vérité de ce qui était devenu une microfiction.

*

En repensant aux housses en sacs-poubelle, je me suis demandé si celles-ci pouvaient s'expliquer par l'enfance de Macarthur. Il avait grandi dans une grande demeure à la campagne, avec des employés à plein temps chargés de toutes les tâches domestiques de la famille. Il est peu probable qu'il ait jamais vu ses parents faire la poussière et encore moins probable qu'il ait lui-même eu à s'en occuper. Dans de si grandes demeures, dont des ailes entières peuvent rester inutilisées pendant de longues périodes voire ne pas être chauffées durant les mois d'hiver, il était commun de protéger les meubles avec des draps pour éviter qu'ils ne finissent recouverts d'épaisses couches de poussière. Une personne qui avait passé ses jeunes années dans cet environnement, puis une bonne partie de sa vie en prison, était susceptible d'adopter cette approche excentrique de ce qu'il appelait « le problème de la poussière ». Quand j'ai appris à connaître Macarthur, cette technique m'a semblé caractéristique de son approche singulière dans la résolution de problèmes, laquelle était souvent si logique qu'elle en devenait presque totalement irrationnelle.

Quand je parlais de Macarthur à mes amis, ils étaient souvent curieux de savoir comment il vivait et à quoi ressemblait son appartement, et je finissais parfois par mentionner les sacs-poubelle. Ils trouvaient à tout coup ce détail troublant. Que cachait-il ? Pourquoi des sacs-poubelle ? Il ne m'était pas venu à l'esprit qu'il couvrait peut-être les meubles de son salon pour éviter les taches quand il me fracasserait le crâne ? N'avais-je pas vu *American Psycho*, quand le trader-serial killer Patrick Bateman invite l'un de ses collègues dans son appartement dont tous les meubles sont couverts de bâches en plastique avant de le tuer à coups de hache ?

Mais ce qui me troublait avec les sacs-poubelle, ce n'était pas la possibilité que Macarthur puisse avoir prévu de me tuer, ce qui me semblait de toute façon une perspective de moins en moins probable, mais le fait qu'ils laissaient deviner une dissimulation plus profonde. Chaque fois que je vais chez quelqu'un, je suis attiré par sa bibliothèque. En regardant les livres d'une personne, on voit à quoi elle s'intéresse. Une bibliothèque est un autoportrait, une sorte d'autobiographie disparate. Comme le masque qui couvrait le bas du visage de Macarthur, les housses qui protégeaient ses livres dissimulaient quelque chose de crucial, de réel.

*

Au cours de l'une de mes premières conversations avec Macarthur, la complexité – voire l'impossibilité – de mon projet m'est apparue. Cette prise de conscience est venue d'une discussion sur des notes manuscrites que les enquêteurs avaient retrouvées, glissées dans un manuel de médecine, lors de la fouille de l'appartement de Connolly qui avait suivi l'arrestation de Macarthur. Sur ces pages arrachées à un cahier, il avait rédigé ce qui ressemblait à un plan méticuleux, accompagné d'un schéma, visant à électrocuter une femme de sa famille en trafiquant son chauffage électrique. À la suite de l'arrestation de Macarthur, ces feuillets avaient été présentés dans les médias comme la preuve qu'il prévoyait d'assassiner sa mère pour toucher le reste de son substantiel héritage.

C'est Macarthur qui a lui-même abordé ce sujet lors de l'un de nos premiers entretiens, le citant comme exemple des nombreuses rumeurs absurdes que les gens croyaient à son propos. Il ne niait pas l'existence de ces notes, ni qu'il en était l'auteur. Mais l'idée qu'elles aient quoi que ce soit à voir avec la préméditation d'un meurtre, et à plus forte raison celui de sa mère, était un quiproquo risible.

Il m'a alors expliqué qu'il était cinéphile. Il aimait les classiques du septième art : le cinéma français, Luis Buñuel, John Cassavetes. Certains de ses amis partageaient sa passion. Un soir, lors d'un dîner, l'un d'eux avait dit avoir récemment vu et aimé *Noblesse oblige*, une comédie britannique de 1949. Le film met en scène un jeune homme issu d'une famille aristocratique, déshérité après avoir épousé une roturière. À la mort de sa mère, le protagoniste décide d'assassiner plusieurs membres de sa famille qui se trouvent avant lui dans l'ordre de succession afin de récupérer le titre de duc.

Macarthur m'a expliqué que le film avait fait l'objet d'un débat au cours du dîner. L'un de ses amis, que

Macarthur décrivait comme un « puriste du cinéma », trouvait l'intrigue peu convaincante et s'est mis à imaginer des façons dont les meurtres auraient pu être plus efficacement perpétrés. En fin de compte, comme dans une sorte de jeu de société, il a été décidé que chacun devrait concevoir une version plus plausible d'un meurtre commis par le protagoniste. Or, ces notes retrouvées par les enquêteurs, ces notes censées prouver son projet d'assassinat contre sa mère, n'étaient, affirmait-il, que des griffonnages dans le cadre de ce jeu.

Ce soir-là, après notre entretien, j'ai regardé *Noblesse oblige*. J'ai apprécié la cruauté frivole du film mais j'ai surtout été frappé par sa grande naïveté. On aurait dit un film pour enfants élégamment construit. Bien que l'intrigue soit structurée par huit meurtres, dont la majorité sont montrés à l'écran, ceux-ci sont dénués de violence, dans leur matérialité comme dans l'atmosphère qui les entoure. Chacune des huit victimes, toutes jouées par Alec Guinness, est éliminée de façon gaguesque (l'une grâce à un carreau d'arbalète tiré dans une montgolfière depuis la fenêtre d'un appartement, une autre à l'aide d'une boîte de caviar explosive), si bien que le meurtrier qui se trouve au cœur du film – Louis d'Ascoyne Mazzini, dixième duc de Chalfont – semble plus proche de Vil Coyote que du psychopathe que dépeindrait une représentation un tant soit peu réaliste. Quoi que l'on puisse dire sur l'alibi de Macarthur, il paraît curieux de s'arrêter sur le manque de vraisemblance de ces meurtres, puisque leur absurdité semble être plus ou moins le principe du film.

J'ai par la suite pu consulter une copie de ces notes. Si l'intention de Macarthur était réellement d'inventer un meurtre plus plausible dans le cadre d'un jeu de société, le moins que l'on puisse dire est qu'il s'était immergé très profondément dans la psychologie du personnage. Déjà, ses notes étaient rédigées à la première personne, dans un style sinistrement déterminé : « Radiateur électrique avec prise défectueuse. Adaptateur dans le mur, peut-être équipé d'un fusible. Prise de l'adaptateur débranchée. Aucune empreinte digitale à moi. M'assurer que les siennes sont sur le bouton. Retirer l'un de ses fusibles s'il semble y en avoir trop. »

Les notes comprenaient une liste des éléments nécessaires : testeur de tension, pinces, tournevis, bâillon, bandeau pour les yeux et « davantage de corde pour ligoter au niveau de la poitrine ». Il y avait aussi un plan détaillé de ce qu'il faudrait faire immédiatement après le meurtre. « Attendre un moment pour m'assurer que le choc a été fatal, avait-il écrit. Pendant ce temps, récupérer quelques éléments clés, certaines petites photos. Faire un inventaire des autres éléments importants, une liste, et vérifier leur présence quand j'arriverai pour l'enterrement. »

J'étais persuadé que ces notes n'avaient rien à voir avec un jeu. Le « je » dont il était question n'évoquait pas le « je » d'un personnage imaginaire. Rien dans ces pages ne donnait l'impression qu'il s'agissait des notes préparatoires pour une fiction ludique. Ça ressemblait à quelque chose de plus louche et de plus troublant.

Quelques mois plus tard, Macarthur a tenté d'expliquer ces bizarreries. Il m'a dit que ces notes étaient rédigées à la première personne car *Noblesse oblige* était structuré par un récit dans lequel Mazzini écrit ses confessions depuis sa cellule, à la veille de son exécution. Il a aussi affirmé qu'il existait plusieurs autres pages de notes, dans lesquelles il apparaissait plus clairement que les intentions de Macarthur étaient purement fictionnelles, et qu'elles avaient apparemment disparu quand les enquêteurs avaient relevé des pièces à conviction.

Bien que tout cela ne me parût pas crédible, j'avais le sentiment que lui croyait réellement à ce qu'il me racontait et que dans un sens, certes étrange et perturbant, il ne me mentait pas. Ce fut là mon premier véritable aperçu du territoire douteux que j'avais choisi d'explorer.

DEUXIÈME PARTIE

Le fil de la violence

6

Nous nous sommes revus de nombreuses fois au cours de l'année qui a suivi et nous avons beaucoup parlé au téléphone. Pourtant, à l'issue de ce premier entretien, nous nous étions seulement mis d'accord pour un petit nombre de rendez-vous, durant lesquels Macarthur me parlerait de sa jeunesse et de la période qui a précédé les meurtres. Il disait ne pas avoir encore décidé s'il allait parler des crimes en eux-mêmes, de ses motivations ou de son état psychologique à l'époque. Il déciderait le moment venu. Il devait réfléchir à la façon dont cela serait perçu par les autorités. Il avait le sentiment qu'il ne fallait pas qu'il parle publiquement de sa peine de prison, car le risque serait que les journalistes des tabloïds se concentrent sur ces détails pour critiquer le laxisme supposé du gouvernement à l'égard des criminels. Il tenait surtout à éviter de donner l'impression qu'il cherchait à faire un récit sensationnaliste. Il disait aussi redouter de choquer les familles des personnes qu'il avait tuées. (Il ne le présentait jamais en ces termes, il ne parlait que des « endeuillés » ou des « défunts » et il a même une fois employé l'expression « personnes décédées »). Nous pouvions déjà commencer là où débutait son histoire. Durant nos premiers entretiens, un tableau de l'enfance de Macarthur dans le comté de Meath a émergé.

Le début de sa vie avait été marqué par une forme de fragile privilège. Sa famille possédait un domaine d'environ soixante-dix hectares baptisé Breemount. La demeure, bâtie au début du XVIIIe siècle, était d'une architecture assez peu remarquable mais elle était très spacieuse : seize chambres, et même dix-huit si on comptait les deux petites chambres de bonne sous les toits. Lorsqu'il me décrivait la maison, il donnait l'impression de parler d'un monde à part entière. Il y avait un grand parc, des bois, des courts de tennis sur gazon, des écuries. À la périphérie du domaine s'élevait une grosse colline, que le père de Malcolm s'était mis à exploiter pour son calcaire quand il avait sept ans. Il était fils unique et passait de longs après-midi dans la carrière à jouer parmi les blocs rocheux. Il trouvait parfois des fossiles, des coquilles en spirale, des trilobites et d'autres créatures éteintes, préservées dans le ventre de la colline éviscérée. Curieux de comprendre comment ces animaux marins s'étaient retrouvés ici, à près de cinquante kilomètres de la côte, il lut tous les volumes qu'il put trouver sur la géologie et la biologie de l'évolution dans la grande bibliothèque du manoir.

C'était une bibliothèque extraordinaire, avec des livres que son grand-père avait rapportés de ses nombreux voyages en Angleterre, beaucoup étant à l'époque introuvables en Irlande, où l'Église enserrait l'imagination et l'intellect de ses ouailles dans une poigne de fer. Malcolm y passait le plus clair de son temps. Il se passionnait pour la science et l'histoire, mais il aimait aussi beaucoup les romans, il avait encore en mémoire sa lecture, adolescent, du *Portrait de l'artiste en jeune homme* de Joyce, un livre qui, bien qu'il ne fût jamais officiellement interdit en Irlande, était de fait presque introuvable. C'était la première fois qu'il lisait un roman dans lequel il reconnaissait des décors de sa propre vie.

Malcolm jouait parfois avec les enfants des environs et les enfants des employés de ses parents, mais il avait conscience que sa famille et lui étaient différents, qu'ils appartenaient à un monde à part. À la maison, la radio était constamment branchée sur BBC World Service. En de rares occasions on mettait la RTE ou une autre station irlandaise, mais on revenait toujours à la BBC. Seuls quelques champs séparaient Breemount des ruines du château de Dangan : la demeure d'enfance d'Arthur Wellesley, premier duc de Wellington, qui avait vaincu Napoléon à Waterloo avant de devenir Premier ministre de la Grande-Bretagne. Les Macarthur étaient particulièrement fiers de la cheminée néoclassique du petit salon, récupérée à Dangan après que le château avait été détruit par un incendie au début du XVIIIe siècle. La cheminée était un symbole de leur lien avec ce monde, avec cette histoire impériale. Ses parents ne se considéraient pas comme irlandais, ils aimaient le pays et ses habitants mais ils ressentaient toujours un lien constant et distinct avec la Grande-Bretagne.

Ses parents, m'a-t-il raconté, lisaient le *Times* de Londres et le *Guardian*. Ils ne se reconnaissaient dans aucun parti politique irlandais mais ils se considéraient appartenir à la tradition du libéralisme britannique. On organisait des parties de tennis à Breemount, on chassait et on montait à cheval. Quand j'imagine le décor dans lequel a grandi Macarthur, je vois l'avant-poste oublié d'un empire exsangue.

*

Un malentendu au sujet de Macarthur, relayé dans les journaux à l'époque de son arrestation et fréquemment répété depuis, était qu'il descendait d'une famille anglo-irlandaise. Les Macarthur n'étaient pas les héritiers des protestants anglais qui avaient « conquis » l'Irlande et qui, à partir du XVIIe siècle, avaient établi une domination coloniale. Ils étaient en fait catholiques et ne venaient pas d'Angleterre mais d'Écosse. C'étaient d'ailleurs des transfuges assez récents puisqu'ils étaient arrivés dans le comté de Meath en provenance du Lanarkshire en 1907.

Bien que les Marcarthur ne répondissent pas à la célèbre définition que l'écrivain Brendan Behan donnait des Anglo-Irlandais, « des protestants qui montent à cheval », ils s'identifiaient bien plus à cette classe oisive qu'aux catholiques ruraux qui les entouraient dans le comté de Meath. Ils se voyaient comme des membres de l'aristocratie terrienne dont le catholicisme les distinguait, sans les exclure, au sein de la bonne société majoritairement protestante.

Quand le grand-père de Macarthur, Daniel Macarthur, un homme qui avait hérité d'une fortune considérable, avait acheté le domaine en 1907, il s'y était établi avec quelques employés ramenés d'Écosse. (Parmi eux se trouvait Lizzy, la nurse, qui finit par épouser Jack, le jardinier du domaine.) Ils avaient aussi apporté deux voitures, ce qui, en Irlande, faisait automatiquement d'eux une famille fortunée.

Malgré toute cette richesse et cette distinction, Daniel Macarthur, surnommé Old Dan dans la région, était perçu comme un personnage distant et lunatique. Il était connu pour son intense ferveur religieuse, jugée extrême, même à l'époque. Sa religiosité faisait l'objet d'une légende locale. Quand les Macarthur avaient racheté Breemount, racontait-on, l'une des chambres était condamnée car hantée. « Le vieux Macarthur a laissé le fantôme se balader dans le manoir, a déclaré un habitant de la région à un journaliste, et ils ont dû faire venir un exorciste pour purifier les lieux. » Le prêtre lui avait imposé une pénitence pour ce péché : il devait assister à la messe chaque matin et à la dévotion chaque soir, jusqu'à la fin de ses jours.

Breemount fit partie des premières habitations du comté à être entièrement modernisées. Il y avait l'électricité dans toutes les pièces, le réseau était alimenté par un gros générateur à essence. (Le château voisin de Dunsany, demeure de Lord Dunsany – un bon ami de Daniel Macarthur et influence majeure de l'écrivain H.P. Lovecraft – n'avait même pas de système d'évacuation des eaux usées à l'époque.) Outre la gouvernante, quelques domestiques vivaient à Breemount. Les cinq enfants, trois garçons et deux filles, furent tous envoyés en pensionnat : les garçons en Écosse, les filles en Suisse.

Old Dan était d'habitude conduit à l'église par le majordome, qui assistait au service avec lui. Mais il se rendait seul, à bicyclette, aux dévotions des premiers vendredis, car c'était généralement le jour de repos du majordome. Un vendredi soir au début du mois de février 1936, Old Dan se rendit à l'église, dévalant la colline sur laquelle était perché Breemount. La pente était raide, il faisait sombre, et au bas de la côte marchait une femme, une ancienne employée du domaine, qui se rendait elle aussi à la messe. Elle faisait tournoyer sa canne avec une désinvolture distraite, et quand Dan passa à toute allure, elle la coinça involontairement dans les rayons de sa roue avant, ce qui le catapulta par-dessus son guidon. Il atterrit assez loin sur la route de l'église et se fracassa le crâne.

Jack, l'aîné, était l'héritier putatif et il aurait reçu le domaine s'il n'avait pas émigré aux États-Unis à l'âge de vingt ans et quelques. Ce fut donc Daniel, le cadet et seul enfant de la fratrie resté en Irlande, qui en hérita. Alors qu'il avait une trentaine d'années, Daniel épousa une femme de onze ans sa cadette, Irene Murray, qu'il avait rencontrée à un bal de chasseurs.

Les Murray étaient eux aussi une famille de propriétaires terriens catholiques, plus riches et plus anciennement ancrés que les Macarthur puisqu'ils étaient arrivés en Irlande dans les années 1630. Ils avaient été les plus grands propriétaires du comté, jusqu'à ce que la Commission des Terres de l'État libre d'Irlande les oblige à démanteler leur domaine de trois cents hectares au début des années 1930.

*

Daniel et Irene passaient très peu de temps avec leur jeune garçon. Ni l'un ni l'autre n'avaient de métier à proprement parler. Irene avait suivi des études d'infirmière avant de rencontrer Daniel mais elle n'avait jamais exercé. (Pour reprendre les mots de Macarthur, elle était la *châtelaine*[1] d'une vaste propriété et il n'était donc pas attendu d'elle qu'elle travaille.) Daniel supervisait un peu l'exploitation et conduisait parfois un tracteur, mais c'était une petite équipe d'hommes du coin qui travaillait sur le domaine, épaulée par quelques saisonniers quand c'était nécessaire, ce qui lui permettait de consacrer le plus clair de son temps à ses loisirs. Il pêchait beaucoup dans la Kingsbrook, la rivière qui traversait le parc, et dans la Boyne voisine. Il lisait énormément. C'était un homme oisif, ce qui était tout l'intérêt d'appartenir à l'aristocratie terrienne. On ne travaillait pas, du moins pas pour de l'argent. Les revenus provenaient de la terre, que l'on possédait, et du travail que d'autres fournissaient dessus.

1. En français dans le texte. (*N.d.T.*)

Irene s'adonnait aussi à ses passe-temps. Elle avait une passion pour les chevaux. (Le père de Macarthur ne partageait pas cet enthousiasme et assimilait l'obsession équestre des Anglo-Irlandais à du philistinisme.) Quand Irene n'était pas en selle ou auprès de ses montures, on pouvait la trouver en train de cultiver son jardin ou sur les courts de tennis de Breemount. Ces hobbies étaient une manifestation de son appartenance à un milieu social et un espace de sociabilité. Elle admettrait par la suite que, même après avoir eu Malcolm, les enfants ne faisaient guère partie de ses centres d'intérêt. « Je n'ai jamais été très à l'aise avec les enfants, déclara-t-elle dans une interview radiophonique peu de temps après la condamnation de son fils. J'ai appliqué l'éducation traditionnelle que j'avais reçue, à savoir que les enfants doivent être vus plutôt qu'entendus. »

Elle affirmait n'avoir jamais changé une couche. On peut raisonnablement supposer que son mari non plus. Ils avaient une domestique qui s'occupait de tout cela : une femme nommée Kate McCann, la deuxième épouse de Jack, le regretté jardinier du domaine, laquelle habitait dans un cottage proche du manoir. Malcolm passait beaucoup de temps avec Kate pendant que ses parents se consacraient à leurs loisirs. Il dormait souvent chez elle.

Sa mère lui apprit certes à monter à cheval, ce qu'elle estimait indispensable pour un jeune homme de leur milieu, mais Malcolm ne monta jamais avec enthousiasme. Cela vient peut-être d'une blessure qu'il a subie alors qu'il était enfant. D'après Irene, Malcolm était passé derrière l'un des chevaux de l'équipage maternel et lui avait fait peur, et il aurait reçu un coup de sabot qui lui avait fendu le cuir chevelu. Dans cette même interview à la radio, Irene mentionnait la cicatrice qu'il avait toujours.

Un ancien ouvrier agricole a lui aussi évoqué l'accident auprès d'un journaliste : « Il s'est pris un coup de sabot. En plein front. Je pensais qu'il était foutu mais il s'en est remis. Le pauvre Malcolm, il était comme son père, il avait trop d'intelligence. C'est pas bon du tout, ça. Il était trop intelligent. »

*

J'ai un jour interrogé Malcolm sur cette blessure et il m'a répondu que, malgré les versions concordantes de sa mère et de l'ancien employé, il n'avait jamais reçu de coup de sabot. Certes il avait subi une blessure et un cheval était impliqué, mais indirectement. Il n'avait alors que cinq ans mais il s'en souvenait très bien. Il m'a raconté l'incident en déambulant dans son salon, s'arrêtant de temps à autre en se frottant les mains avec un geste d'une vigueur incertaine qui produisait un murmure sec, comme le frottement de feuilles mortes sous la brise.

« C'était au début de l'année 1950, m'a-t-il raconté. Ma mère gardait un cheval de chasse nommé Scarlet dans un paddock de Breemount. Et dans ce paddock, se trouvait aussi l'un de mes animaux de compagnie, un coq nain avec des plumes crème qui lui descendaient sur les pattes. J'avais toutes sortes d'animaux domestiques : des chiens, des chats et même un faisan apprivoisé. Le coq était un cadeau d'une famille que mes parents connaissaient, des fermiers de Waynestown. J'étais entré dans le paddock pour le nourrir. Et le cheval de chasse de ma mère s'est mis à manger ses graines. J'ai accouru pour l'arrêter. Or il fallait remonter une petite pente, sur laquelle j'ai glissé. De cela, je me souviens très clairement. Une petite pierre saillait du sol. Ma tête a cogné contre cette pierre. Il n'y a pas eu de coup de sabot. Mais un certain Joe Cox, qui travaillait pour nous et vivait à l'époque dans la loge à l'entrée du domaine, trayait sa vache à l'étable quand il m'a entendu pleurer. Il s'est précipité au-dehors, il a vu le cheval et a supposé que j'avais pris un coup de sabot. D'où cette histoire, que mes parents ont crue. Et je ne sais pas pourquoi elle est restée, mais c'est ainsi. En tous les cas, non, je n'ai jamais pris de coup de sabot. »

Parfois, m'a-t-il dit, les gens ont considéré cette blessure à la tête comme une explication possible des meurtres commis par la suite. Certains chercheurs ont avancé l'hypothèse selon laquelle les traumas crâniens, surtout ceux reçus pendant l'enfance, peuvent être la cause de décisions socialement et moralement répréhensibles. Toutefois, Macarthur ne souscrivait pas à cette explication et maintenait qu'il n'avait pas de séquelles cognitives de cette chute.

Sa mère avait au moins raison sur un point : il arborait toujours la cicatrice. Elle n'était pas proéminente mais si on la cherchait, on finissait par la remarquer : une ligne toute droite, toute blanche au-dessus de l'œil droit.

*

Quand Malcolm fut en âge d'aller à l'école, il reçut des leçons particulières d'une préceptrice, comme son père et sa mère avant lui. Miss Mangan venait à Breemount chaque matin pour lui faire la classe et repartait l'après-midi à vélo pour enseigner à un autre garçon d'un domaine voisin. Malcolm appréciait Miss Mangan et aimait ses leçons. Celle-ci fut triste de le voir partir quand il fut inscrit à l'école du village.

D'après sa mère, dans cette même interview radiophonique, son père (lequel « décidait de tout ») avait d'abord prévu de l'envoyer dans une école privée en

Grande-Bretagne, mais la famille rencontrait des soucis financiers et l'école communale s'avéra la seule option envisageable. Pendant ses années dans l'école de la ville voisine de Trim, gérée par la congrégation des Frères chrétiens, il s'entendit assez bien avec ses camarades, même si chacun était conscient de la différence sociale. Il n'allait pas jouer chez eux et eux ne venaient certainement pas chez lui. Quand on organisait des petits tournois de tennis à Breemount, c'était avec les grandes familles terriennes de la région. Les garçons de sa classe n'étaient jamais invités.

Sa scolarité dans l'école voisine ressemble à une fausse note dans l'enfance de Macarthur, un fait en totale contradiction avec la fortune et les privilèges familiaux. Il semblerait que la famille ait rencontré des difficultés importantes. L'école où son père avait prévu de l'envoyer, Bedales, était un établissement privé huppé du Hampshire, dans le sud de l'Angleterre. C'était assez typique des familles anglo-irlandaises d'inscrire leurs enfants dans des écoles anglaises et si Macarthur était effectivement allé à Bedales, cela aurait consolidé sa position (et celle de sa famille) au sein de leur classe. Mais l'argent manquait et il dut donc aller à l'école des Frères chrétiens avec les enfants des environs.

Quand j'ai demandé à Macarthur pourquoi le projet d'inscription à Bedales n'avait jamais abouti, il s'est montré évasif. On avait simplement décidé qu'il valait mieux qu'il aille à l'école près de la maison. Cela ne changeait pas grand-chose. De plus, a-t-il ajouté, cela lui permettait de finir sa scolarité plus tôt que s'il était allé à Bedales.

Mais la différence entre l'établissement privé et l'école du coin, en termes d'opportunités sociales, était telle que cette décision n'avait pas dû être prise à la légère. Les bonnes familles irlandaises ne confiaient généralement pas leurs enfants aux Frères chrétiens, pas plus qu'elles ne les envoyaient apprendre un métier du bâtiment à leurs quinze ans.

Ainsi une fissure apparaît-elle dans la structure de distinction de classe que les Macarthur avaient bâtie autour d'eux. Les difficultés financières ayant conduit Malcolm à l'école voisine avaient pu révéler, à ses yeux et à ceux de ses parents, une réalité gênante, voire inavouable : que sa famille n'était peut-être pas aussi solidement établie qu'elle le croyait au sein de la classe supérieure.

*

Pour des raisons liées à ces soucis financiers, le mariage des Macarthur n'était pas heureux. Daniel et Irene se disputaient à cause de l'argent et cela dégénérait parfois. Quand Malcolm était adolescent, Irene en eut assez. Elle partit s'installer dans une maison à quelques kilomètres de Breemount et Malcolm resta vivre avec son père.

Même s'ils n'habitaient plus sous le même toit, ils maintinrent leurs relations et Irene venait fréquemment au domaine. Un jour, alors qu'ils rentraient tous trois à Breemount en fin d'après-midi, une dispute éclata pour savoir s'il était encore temps de demander au cuisinier de préparer un déjeuner dominical. Irene a relaté l'incident dans son interview à la radio. La dispute s'était envenimée, affirmait-elle. Ils en vinrent aux mains dans le parc et Daniel aurait mordu Malcolm à la main. Il fallut emmener le garçon à l'hôpital et lui faire cinq points de suture.

Selon elle, Daniel avait « hérité des étranges manières de son père », il avait une « tendance sadique » qui se manifestait surtout contre elle. « Malcolm, concluait-elle, a été exposé à la violence dès son plus jeune âge. »

*

Quand Irene a obtenu le divorce, Malcolm a lui aussi témoigné devant un avocat des « choses qu'il avait vues ». Elle dit dans l'interview radio qu'il y mentionnait un incident au cours duquel son mari avait renversé une cruche de lait sur la tête d'Irene. « Il y a eu divers petits incidents comme celui-là », affirme-t-elle avec une désinvolture crispée qui m'a fait me demander de quel genre de petits incidents elle parlait, et quelle douleur son apparent stoïcisme dissimulait.

« Cela ne fait aucun doute, conclut-elle, il a probablement absorbé davantage de choses que je ne l'avais imaginé à l'époque. »

*

J'ai retrouvé dans les archives du *Sunday Independent* un article de 2010 intitulé « Personne n'imaginait que le garçon à la lavallière était un assassin ». Après l'habituel rappel sur les meurtres, l'auteur y expliquait que lorsqu'il était adolescent, sa famille était amie avec les Macarthur. Irene venait souvent jouer au tennis sur leur court en gazon et Malcolm l'accompagnait parfois à ces petits tournois. « Irene, écrit-il, venait d'une bonne famille assez bon chic bon genre et n'avait aucun instinct maternel. Malcolm était pour elle un poids qui l'interrompait quand elle voulait chasser, jardiner ou jouer au tennis. » L'article disait que Malcolm ne jouait pas mais qu'il se joignait aux invités après les matchs pour partager les sandwichs au concombre et le thé. Même lors des chaudes journées d'été, il se promenait dans le parc en lourd costume de tweed et nœud papillon ou lavallière. Le papier se conclut sur un tableau singulier :

le souvenir de l'auteur, assis sur le toit de la maison pour avoir une vue d'ensemble sur le court et qui aperçoit le jeune Malcolm se promenant dans les jardins avec son épais costume « et son éternelle lavallière », observant attentivement toutes les espèces de fleurs et humant leur parfum.

Je la trouve très frappante, cette image du jeune Macarthur, elle le matérialise sur l'écran blanc de l'enfance. Non pas comme un meurtrier, pas encore, mais comme un adolescent affecté, étrange, esseulé. Il me semble prendre vie, pour la première fois, penché maladroitement pour essayer d'identifier les fleurs. Il me semble animé et réel.

Peut-être cette image paraît-elle si réelle, si évocatrice, parce que c'est une fiction. Selon Macarthur, du moins, elle est totalement factice. L'auteur de l'article, dit-il, le connaissait à peine et l'a confondu avec quelqu'un d'autre, le fils adoptif de l'une des familles du voisinage. L'auteur de l'article, soutient-il, ne l'a jamais vu sentir le parfum des fleurs en marge d'un match de tennis et, plus important, il n'a jamais été « un poids » pour sa mère.

C'est là tout le problème avec lui. Dès que je commence à le voir, dès que je crois l'avoir saisi comme sujet, il se volatilise dans les ténèbres, et je n'en sais pas plus, voire j'en sais encore moins, qu'au départ.

*

Après que sa condamnation eut fait de Macarthur une figure publique, d'autres portraits de son enfance ont émergé dans les médias. S'est alors formée l'image d'un garçon négligé, voire maltraité. Un ancien employé du domaine disait qu'ils « prenaient souvent le petit » pour éviter qu'il ne se retrouve « tout seul dans la grande maison ». « Au début, disait cet employé, il ne pouvait ou ne voulait pas parler et si on lui adressait la parole, il courait se cacher et mettait la tête dans ses mains. Le pauvre petit gars avait la pétoche de tout le monde. Et puis il a fini par sortir de sa coquille et jouer avec nos gosses. Et même s'il était du genre taiseux, ça se voyait bien qu'il était très, très intelligent. »

Un autre homme, un ancien ouvrier agricole à Breemount, disait : « Sûr que le pauvre gosse a eu une enfance affreuse, à jamais savoir si ses parents voulaient de lui ou pas. Quand il était à Saint Michael's, à Trim, il était studieux mais ses parents auraient pu passer à côté de lui sur la route qu'il pleuve, qu'il vente ou qu'il neige et jamais ils ne l'auraient fait grimper. »

Dans le deuxième volume de ses mémoires, l'historien de l'art anglo-irlandais Homan Potterton raconte avoir appris l'arrestation d'un assassin présumé chez le procureur général et s'être alors aperçu qu'il connaissait le suspect. Son père avait été commissaire-priseur et agent immobilier à Trim. Daniel Macarthur était son client et ami. « Parfois, pendant les vacances, écrit-il, mon père nous emmenait, mon frère Alan et moi, quand il allait voir des clients et nous restions dans la voiture ou bien nous allions faire des bêtises pendant que mon père parlait affaires. À Breemount, c'était différent, car il y avait un garçon de notre âge – le fils de Mr Macarthur – avec qui nous pouvions jouer dans la cour de la ferme. Il s'appelait Malcolm et il était fils unique : c'était un enfant très solitaire. Le mariage de ses parents n'était pas heureux – c'était pour tout dire un désastre – et sa mère, Irene, était rarement à Breemount. Malcolm était totalement délaissé. Mon père et ma mère en discutaient parfois et moi, petit garçon, j'entendais ces conversations. Je n'ai jamais revu Malcolm adulte mais je garde de bons souvenirs de nos après-midi de jeux au soleil à la ferme de Breemount. À la lumière de ce qui s'est produit par la suite, il est évident que des démons y étaient tapis. »

*

Cette hypothèse des démons tapis dans l'enfance de Macarthur – avancée par la police et les médias à la suite de sa condamnation et soutenue par sa mère dans ses interviews de l'époque – faisait partie de celles auxquelles le principal intéressé disait ne pas souscrire. Dans les semaines et les mois qui ont suivi ma première visite chez lui, nous en parlions souvent. Il était peiné et fâché par les affirmations selon lesquelles son père et sa mère n'étaient pas de bons parents. Il n'était pas « régulièrement battu » par son père, ainsi que le prétendait un article, et il n'était pas non plus négligé par sa mère. Bien au contraire : ses parents étaient des personnes douces et attentionnées, peu portées sur les excès, émotionnels ou autres.

Comme il était fils unique et que ses parents ne travaillaient pas, ils avaient, insistait-il, beaucoup de temps à lui consacrer. Sa mère lui apprenait à monter à cheval. L'été, il pêchait dans la Boyne avec son père, et l'hiver ils jouaient au billard dans la salle de jeux de Breemount. Il grimpait sur une petite caisse pour être à la bonne hauteur. Ils faisaient tous trois de longues balades en voiture le dimanche, vers des sites historiques ou naturels, ou bien rendaient visite à des amis dans leurs vastes propriétés, ne rentrant à Breemount que tard dans la nuit.

Il admettait avoir passé beaucoup de temps tout seul quand il était enfant, mais on ne pouvait pas le décrire comme asocial. Il aimait explorer le domaine, se promener dans les bois et grimper aux arbres. Quant à la violence évoquée par les personnes qui avaient connu la famille, comment savoir d'où provenaient ces histoires ? Il n'était pas rare que l'on cherche des *signes avant-coureurs* dans l'enfance des personnes qui, comme il le disait, se trouvaient dans sa situation. Les Irlandais, m'a-t-il dit un jour, entretenaient une fidélité assez relative à la vérité. (J'avais remarqué qu'il parlait souvent « des Irlandais » comme s'il s'agissait d'un peuple étranger au sein duquel il était arrivé depuis peu et dont il avait remarqué les particularités.) « Pour le dire sans détour, a-t-il poursuivi, les gens ne sont parfois ni plus ni moins que des affabulateurs. »

Et ces gens, croyait-il savoir, étaient sans cesse à la recherche d'une version cohérente de son histoire, soucieux qu'une chose découle logiquement d'une autre, et ainsi une enfance malheureuse pouvait-elle expliquer les actions terribles d'un homme. Mais, selon lui, il n'y avait pas de logique aussi simple à sa vie. Malgré les déclarations de sa mère dans l'interview – sur la violence à laquelle Malcolm aurait été exposé dès son plus jeune âge et sur les tendances sadiques de son père – il ne se rappelait aucun incident traumatisant de cette époque. Il avait certes dû y avoir des dissensions entre ses parents, puisqu'ils s'étaient séparés quand il était encore enfant, mais si elles avaient pris un tour « physique », cela n'avait jamais eu lieu en sa présence.

*

Un après-midi, peu après notre première rencontre, je suis allé voir Macarthur chez lui. C'était la fin du printemps, ma femme et moi étions allés chercher notre fille, qui venait d'avoir trois ans, à la sortie de sa première journée à la maternelle. Ma femme et ma fille sont retournées à la voiture pour rentrer et je suis allé chez Macarthur à pied. Tandis que je traversais le centre-ville, j'ai senti mon humeur tourner, passant d'un sentiment de fierté et de contentement à un pressentiment un peu menaçant. Cela me paraissait bizarre, voire malsain, de consacrer un chaud après-midi de printemps à deux activités aussi antithétiques.

Un Macarthur masqué m'a accueilli avec raideur à la porte de l'immeuble et nous sommes montés chez lui comme les fois précédentes, moi dans l'ascenseur et lui par l'escalier. Une fois évacuées les amabilités d'usage, il a sorti de sa poche intérieure une feuille de papier pliée comme une voiture emboutie en annonçant qu'il voulait clarifier certaines ambiguïtés au sujet de son enfance. (Il débutait souvent nos entretiens ainsi, par une clarification point par point de sujets qu'il estimait encore en suspens.)

Il a pris une posture d'orateur, a jeté un œil à ses notes et a fait la déclaration suivante :

« Exception faite de 1982, et c'est une exception considérable, je n'ai jamais, au cours de ma vie, fait l'expérience de la violence. Je ne l'ai jamais perpétrée et je n'en ai jamais été victime. Je ne me rappelle pas non plus l'avoir observée ou en avoir été témoin dans des proportions significatives. Il a pu y avoir des bagarres dans la cour de récréation mais rien de plus. Mes parents n'ont en tout cas jamais levé la main sur moi, ce qui aurait été contraire à leur philosophie. Je n'ai jamais été exposé à une manifestation de violence entre mes parents, autrement que ce que l'on pourrait qualifier de *bousculade à la porte de la serre*. J'avais alors seize ans. Une dispute a éclaté et, pour une raison ou une autre, mon père refusait de laisser ma mère entrer dans la serre. J'y ai assisté de loin, depuis l'autre côté du jardin. Mais personne n'a jamais vu quiconque assener un coup. Les gens essaient de trouver des explications dans le passé en le déformant. Toutefois, il n'a jamais existé ce que l'on pourrait appeler un fil de violence conduisant à l'année 1982. Ce n'a tout simplement pas été le cas. »

Quand j'ai parlé à Macarthur de l'histoire de la morsure à la main évoquée par sa mère, il m'a dit qu'il s'agissait là aussi d'un malentendu. Son père n'avait jamais fait usage d'une violence délibérée contre lui. L'incident de la morsure, disait-il, s'était produit un soir alors que son père et lui rentraient à Breemount après avoir rendu visite à une autre famille de propriétaires. En descendant de la voiture, son père s'est soudain effondré dans la cour et s'est mis à convulser, apparemment à cause d'une attaque. Craignant qu'il se morde la langue ou, pire, qu'il l'avale, Macarthur lui avait mis la main dans la bouche.

C'était donc vrai que son père l'avait mordu à la main, disait-il, et qu'il avait fallu lui poser cinq points de suture, mais le contexte de la morsure avait été effacé dans le récit de l'incident. Selon lui, là encore la recherche incessante de signes avant-coureurs était à la racine de ce récit faussé. Il m'a montré la cicatrice : une petite ligne blanche légèrement gonflée autour du bout de son index.

Peu de temps après avoir parlé avec Macarthur de son enfance et du malentendu supposé autour de l'incident de la morsure, j'ai retrouvé dans les archives de la RTE un enregistrement original, non monté, de l'interview radiophonique de sa mère. C'est un document extraordinaire d'une quarantaine de minutes dans lequel Irene Macarthur parle longuement et sans détour de l'enfance et des crimes de son fils, de ses relations avec son père et avec elle. David Hanley, l'intervieweur, est posé, précis et subtilement tenace. Vers la fin de l'interview, il l'interroge sur le rapport qu'entretient son fils avec la vérité :

David Hanley : *Est-ce qu'il inventait quand il était petit ? Est-ce un trait de caractère dont il a hérité ?*
Irene Macarthur : *Je pense que tous les enfants rêvent et se racontent des histoires, et puis au bout d'un moment ils y croient eux-mêmes. Mais je pense qu'en grandissant il a hérité de ce trait paternel. C'est-à-dire que quand ils ont une chose en tête, et quand ils y pensent depuis suffisamment de temps, ils finissent littéralement par y croire eux-mêmes.*

David Hanley : *Son père inventait des histoires auxquelles il finissait par croire ?*
Irene Macarthur : *Oh oui, tout le temps ! Et bien sûr, on s'en rend compte, il suffit qu'ils oublient ce qu'ils vous ont dit et la fois d'après ils racontent autre chose. Cela étant, dans le cas de Malcolm, je suis sûre que je me suis bien souvent montrée injuste. Je le pense sincèrement. Même quand il me disait la vérité je ne le croyais probablement pas. Parce qu'il arrive un moment où on ne cherche même plus à savoir.*

David Hanley : *Vous dites que son père inventait ou fabriquait des histoires et qu'il a probablement hérité de ce trait.*
Irene Macarthur : *Oh oui, son père racontait des histoires à tout le monde. C'était assez fréquent... Mais vous savez, quand on est confronté à ce genre de personne, c'est très difficile, parce que lorsqu'ils disent la vérité, on ne sait pas quoi penser. Malcolm, lui, je dirais que c'était surtout un rêveur.*

Dans une autre interview, Irene décrivait son fils comme « un vrai Macarthur, le digne héritier de la famille. Je l'ai perçu chez lui, pas quand il était enfant, mais une fois devenu adulte. Et je me suis rendu compte à diverses occasions que j'avais en réalité peur de lui. Son père se faisait appeler "le Gouverneur" à la maison. Malcolm a par la suite repris ce titre. »

J'ai un jour suggéré à Macarthur que les gens auraient peut-être plus d'empathie pour lui et qu'ils auraient moins tendance à le prendre pour un monstre s'ils pensaient qu'il avait eu une enfance bizarre et difficile et qu'il avait été confronté à la violence dès son jeune âge, ainsi que sa mère l'affirmait. C'était sans doute vrai, a-t-il admis, mais de fait il avait eu une enfance heureuse et n'avait pas souffert ni été témoin de violence. Ce ne serait pas vrai de prétendre le contraire et ce serait de plus injuste vis-à-vis de sa mère et son père, qui avaient été d'excellents parents.

Pourquoi, malgré toutes les preuves du contraire, était-il si attaché à cette version de son enfance ? Peut-être parce qu'elle était vraie. Ou peut-être parce qu'elle éliminait l'explication psychologique de ses crimes. Les meurtriers sont après tout souvent des gens qui ont souffert dans l'enfance. Les hommes violents découvrent la violence jeunes, souvent des mains de leur père. Si Macarthur avait tué à cause de ce qu'il avait vu ou enduré quand il était petit, alors on pouvait avancer qu'il n'avait pas été totalement en maîtrise de ses actes.

Pour curieux que cela puisse paraître, Macarthur tenait fermement à ne pas être considéré comme un homme violent. Pour lui, les événements de 1982 étaient une aberration, une tache sombre et sanglante sur la surface par ailleurs virginale de son existence. Son « épisode », comme il l'appelait. Même s'il comprenait bien qu'aux yeux du public il serait toujours défini par les meurtres de Bridie Gargan et Donal Dunne, il ne croyait pas que ces meurtres fussent issus d'une ténébreuse source de violence au fond de lui. Il ne voulait pas que cette violence soit l'expression de sa personnalité réelle. Et si son enfance avait été heureuse – si sa mère n'avait pas été distante et négligente, si son père n'avait pas été alcoolique ou abusif –, alors nul ne pourrait dire que sa vie avait suivi une trajectoire psychologique inexorable, un « fil de violence », comme il l'appelait.

Il disait que les médias avaient tendance à présenter les gens comme lui – soit, tel que je le comprenais, les assassins – comme « des méchants autant que des victimes abîmées ». Ce qu'il sous-entendait, c'était qu'il n'était ni l'un ni l'autre.

Il maintenait que la séparation de ses parents s'était faite à l'amiable. Il évoquait un orgueil blessé, des sentiments heurtés des deux côtés, des positions de principe. Mais pas d'hostilité. Il avait une manière de laisser entendre que la noblesse de caractère de ses deux parents était d'une certaine façon à l'origine de leurs déboires, davantage qu'une quelconque antipathie mutuelle. On évoquait peut-être leurs différends au sein de leur cercle social mais il avait quant à lui été exposé à bien peu de choses, des manifestations assez anodines de dissensions conjugales. Il n'y avait eu, selon ses termes, nulle coucherie. Pas d'excès de boisson.

« Pas de violence, pour tout dire, en dehors de bousculades et, peut-être une fois ou deux, une gifle. Mais je n'ai assisté à rien de tout cela. »

*

Plusieurs mois après que j'eus pour la première fois évoqué le sujet avec lui, son discours sur son enfance a finalement changé. Il a admis avoir été témoin de violences domestiques – quoique « admettre » ne soit probablement pas le mot juste, puisque ce qu'il m'a raconté se voulait une défense de son père. Celui-ci était, selon ses dires, un parfait gentleman. Sa mère était elle aussi d'une prestance et d'un raffinement plus ou moins infaillibles. Mais elle était connue pour ses « reparties cinglantes ». Or, quand ils se disputaient, c'était toujours en rapport avec l'argent et sa mère pouvait parfois se montrer dure avec son père au sujet de sa gestion de la ferme et des finances familiales.

En de telles occasions, m'a-t-il dit, il avait vu son père frapper sa mère. Il l'avait giflée, précisait-il, mais seulement la main ouverte, jamais le poing fermé.

Je lui ai fait remarquer que, coup de poing ou gifle, ça n'en demeurait pas moins de la violence conjugale et, de plus, qu'en présentant ces actes comme provoqués par les reparties cinglantes de sa mère, il perpétuait la logique de l'agresseur. Il ne m'a pas contredit mais a affirmé que les standards de ce qui pouvait être considéré comme réellement violent avaient évolué depuis la génération de son père.

J'ai également relevé le fait que la violence dont il avait été témoin enfant, pour anodine qu'elle ait pu lui paraître, était toujours le résultat de tensions autour des erreurs de gestion supposées de son père et que les difficultés financières étaient la raison qu'il avait invoquée pour expliquer les meurtres qu'il avait commis.

« Ma foi, a-t-il répondu, voilà qui est intéressant. Vous soulevez un point très pertinent ! »

Il semblait étonné, voire séduit, comme si j'avais proposé une interprétation intelligente d'un roman ou d'un film plutôt que de deux meurtres inexplicables et brutaux qu'il avait lui-même commis quarante ans plus tôt. Je ne mentionne pas cet échange pour faire le portrait d'un Macarthur froid et détaché de ses crimes, mais pour souligner l'étrange ouverture d'esprit dont il pouvait faire preuve quant à ses motivations et leur complexité. Cette curiosité quasi scientifique entrait dans une tension étrange et insoluble avec ce qui me semblait être une réticence à parler franchement des aspects les plus sombres de son histoire familiale.

J'avais trouvé remarquable l'incident au cours duquel son père aurait versé une cruche de lait sur la tête de sa mère, événement au sujet duquel Macarthur avait témoigné lors du divorce de ses parents. Il ne m'en a jamais parlé, peut-être parce qu'il aurait été plus délicat pour lui de minimiser la portée de l'incident. Ce n'était certes pas un acte de violence au même titre qu'une gifle, mais il est difficile de passer à côté de sa cruauté et de son caractère humiliant. Un fils qui voit son père saisir une cruche de lait sur la table et la vider sur la tête de sa mère. Difficile d'oublier cette image, le lait qui coule sur le visage de sa propre mère, se mêlant à ses larmes. Ou peut-être n'y a-t-il pas eu de larmes. Peut-être n'était-elle pas du genre à pleurer, même en pareille situation, même lors de ces « petits incidents », comme elle les appelait.

7

En 1963, alors âgé de dix-sept ans, Macarthur partit étudier en Californie. Il vécut d'abord chez le frère aîné de son père, Jack Macarthur, et son épouse, Hilda. Jack aurait normalement dû hériter de Breemount mais il avait renoncé à son droit d'aînesse pour partir aux États-Unis et suivre des études à Stanford. Il avait pris un boulot et s'occupait des chevaux d'une riche famille d'origine allemande, les Gehringer. En 1930, il épousa la fille de son patron. À la sortie de Stanford, Jack fut embauché chez U.S. Steel pour travailler aux relations patronat-syndicats. Sa femme et lui habitaient dans la petite ville de Concord, dans l'East Bay. Ils n'avaient pas d'enfant et vivaient confortablement.

Macarthur fut frappé par la différence de richesse entre la Californie et l'Irlande. Quand il avait quitté le comté de Meath, tout le monde ou presque se déplaçait à vélo, en Californie ce n'étaient que décapotables et Cadillac qui surconsommaient. Jamais de sa vie il n'avait vu une voiture comme celle de son oncle Jack, une Lincoln Continental 1961. (« Une automobile magnifique, se souvenait Macarthur. Très basse. C'est d'ailleurs dans ce modèle que le président Kennedy a été assassiné. »)

Jack avait une grande et luxueuse maison. Chaque semaine, une équipe de Japonais venait s'occuper du jardin d'un hectare. Par la suite, Macarthur y fit quelques travaux lui aussi : tondre la pelouse, ramasser les feuilles, etc. Il fréquentait les enfants des collègues de son oncle et allait parfois au drive-in avec eux. On organisait des week-ends au lac Tahoe. Il devint membre associé du Contra Costa Country Club, où il allait se baigner et où il débuta le golf.

Après une année à Diablo Valley, l'université de premier cycle la plus proche, Macarthur fit un an à Oregon State puis les deux dernières années de son diplôme à l'université de Californie à Davis. Il profita d'un programme de transfert de crédits de l'université pour suivre des séminaires à Berkeley. Les bibliothèques du campus étaient bien meilleures que celle de Davis, si bien que Macarthur y passait autant de temps que possible. L'établissement possédait à l'époque sa chaîne de télévision interne, qui permettait aux étudiants d'un campus de suivre en direct les cours magistraux d'un autre. Ce système permit à Macarthur de suivre des conférences du philosophe marxiste Herbert Marcuse, qui venait de publier *L'Homme unidimensionnel*, et dont les idées étaient une influence majeure de la gauche radicale américaine.

Bien que Berkeley fût au cœur de la contre-culture, l'implication de Macarthur au sein de celle-ci ne fut jamais plus directe que lors de ces conférences qu'il suivit à distance. À son arrivée, en 1963, ce n'étaient que coupes en brosse à perte de vue, et en 1967, quand il rentra en Irlande, tout le monde jurait par les cheveux longs et l'amour libre. Il ne prit jamais de drogue, n'avait aucun désir d'enfreindre la loi et n'aimait pas l'idée de renoncer au contrôle de lui-même. Pour cette même raison, il ne buvait pas beaucoup. L'âge légal pour consommer de l'alcool aux États-Unis était de vingt et un ans. Très occasionnellement, il pouvait prendre un verre de vin avec son oncle et sa tante, mais il ne s'adonnait ni aux bacchanales alcoolisées des fraternités étudiantes, ni à l'hédonisme contestataire de la scène hippie de la baie de San Francisco.

Il évitait les rassemblements pacifistes sur le campus du Berkeley. Bien qu'il fût opposé à la présence américaine au Vietnam, il avait le sentiment qu'il aurait été fondamentalement déplacé d'aller brandir le poing contre les décisions de politique étrangère d'un pays qui l'accueillait.

Il considérait les hippies comme irrationnels et primaires. L'ensemble du mouvement était, de son point de vue, un peu irréaliste, et certains aspects – notamment les communautés – frôlaient le pathologique. Il se sentait assez éloigné du spectacle de la contre-culture, même s'il lui arrivait de le trouver amusant.

Un soir, alors qu'il marchait dans le quartier de Haight-Ashbury à San Francisco, il rencontra une troupe de mimes qui se produisait à un carrefour. Il n'avait aucune idée de qui étaient ces gens, mais il trouva leur numéro suffisamment divertissant pour les regarder pendant une heure. Il apprit plus tard que c'était une troupe anarchiste baptisée les Diggers, qu'ils organisaient des happenings avant-gardistes dans le quartier, et qu'ils étaient perçus comme une force culturelle majeure du mouvement hippie. À l'instar des précurseurs de l'anarchisme anglais du XVIIe siècle dont ils avaient repris le nom, les Diggers entendaient établir une communauté totalement libérée des lois et ayant décidé de se passer de l'argent.

*

J'ai du mal à imaginer tout cela : Macarthur présent, certes en retrait, aux conférences de Herbert Marcuse, aux manifestations pour la liberté d'expression à Berkeley, devant des troupes de théâtre hippies arpentant les rues de San Francisco uniquement vêtues de masques d'animaux. Je l'imagine hésitant entre condescendance et confusion, ne sachant s'il devait se considérer comme un observateur détaché ou un spectateur gêné. Je pense à cet article dépeignant Macarthur en jeune homme – un article dans lequel il ne voyait qu'une invention fantaisiste – où il était décrit comme traînant ses guêtres non loin d'un tournoi de tennis, examinant et humant les fleurs du jardin.

Cela évoque aussi *Le Livre des aveux*, dans lequel Freddie Montgomery étudie à Berkeley dans les années 1960. Il y a un passage qui m'a marqué bien avant que je rencontre la source d'inspiration du personnage, où Freddie sort d'une galerie d'art dans le soleil de la Shattuck Avenue, dans le centre de Berkeley, et remarque « une odeur de cyprès mêlée de gaz d'échappement, ainsi qu'une légère bouffée de gaz lacrymogène émanant du campus[1] ». Ce détail m'avait frappé à l'époque, et me frappe aujourd'hui encore, car j'y vois une allusion subtile au solipsisme narcissique de Freddie. L'Histoire, dans toute son immédiateté et sa violence, se déroule en temps réel à quelques centaines de mètres à peine et elle n'affecte sa conscience que sous la forme d'un « léger parfum » à peine plus remarquable que l'odeur des cyprès ou des gaz d'échappement. Il n'est fait aucune autre mention du gaz lacrymogène ou du pourquoi de son utilisation.

Dans cette même galerie de Berkeley, Freddie rencontre une femme nommée Anna, une connaissance de son enfance, la fille d'une famille aristocratique connue de ses parents. Quand elle présente Freddie à sa colocataire, une autre Anglo-Irlandaise de la haute nommée Daphné, ils commencent à former un ménage à trois. Leur relation est autant fondée sur leur impression de supériorité

---

1. John Banville, *Le Livre des aveux*, traduction Michèle Albaret, Babel [Flammarion, 1990], p. 93

partagée à l'égard de leur environnement culturel que sur leurs pulsions érotiques : « Nous passions ensemble des moments très drôles, à rire des Américains qui entraient tout juste dans cette phase de gaieté hédoniste sans issue que nous autres, représentants de la jeunesse dorée de cette pauvre vieille Europe vilainement fardée, avions déjà vécue, du moins le croyions-nous. Comme ils nous semblaient innocents, avec leurs fleurs et leurs bâtons d'encens, et l'embrouillamini de leurs convictions religieuses[1]. »

Macarthur n'a apparemment pas connu les péripéties sexuelles de son avatar fictionnel, un personnage qui m'a toujours semblé tenir au moins autant de son créateur que de son modèle vivant. (Banville a vécu dans la baie de San Francisco à la fin des années 1960, et il est possible qu'il ait injecté une version romancée de ses expériences dans l'histoire de Freddie.)

Macarthur s'est décrit comme « un observateur plutôt qu'un participant » de cette contre-culture politiquement et sexuellement radicale. Quand je lui ai demandé s'il avait eu des petites amies pendant qu'il vivait en Californie, il a hésité et fait part de sa surprise, voire d'une légère irritation quant au degré de détail dans lequel je rentrais. Il avait des amies, m'a-t-il dit. Il avait l'air pressé de changer de sujet, je n'ai donc pas insisté, mais durant notre conversation suivante, il est revenu sur ma question.

« Je n'avais pas de petite amie en Californie, au sens romantique du terme. Mais j'avais beaucoup d'amies. Des *copines* même. J'ai toujours considéré les femmes comme des *personnes*, et je les traitais comme des égales. »

Il était perturbé, à l'évidence, par les implications de ma question et je supposais que cela avait à voir avec les spéculations sur sa sexualité qui avaient suivi son arrestation.

1. *Ibid.*, p. 98.

L'homosexualité était encore illégale en Irlande et, malgré l'absence d'élément démontrant l'existence de relations sexuelles entre Macarthur et Connolly, une partie du scandale qui a suivi les meurtres peut s'expliquer par un voyeurisme à peine voilé sur le sujet. Irene Macarthur n'a pas aidé à faire taire ces rumeurs dans son interview avec David Hanley :

> DAVID HANLEY : *Vous pensez qu'il aimait la compagnie des femmes ?*
> IRENE MACARTHUR : *Je n'aurais pas du tout dit ça.*
>
> DAVID HANLEY : *Pourquoi ?*
> IRENE MACARTHUR : *Eh bien, peut-être parce qu'aucune mère ne peut voir son propre fils, euh, sous cet angle.*
>
> DAVID HANLEY : *Vous pensez qu'il préférait la compagnie des hommes ?*
> IRENE MACARTHUR : *Eh bien, je pense qu'il s'intéressait tellement à l'aspect intellectuel de la vie que quiconque était capable d'échanger avec lui sur ce plan lui semblait probablement plus acceptable, homme comme femme.*

Si c'était cette question qu'elle cherchait à éluder, elle l'avait fait d'une bien étrange façon. C'était comme si, avec toute sa bienséance, elle avait évoqué une sexualité sublimée, raréfiée au point de devenir purement intellectuelle. Il est aussi possible que ce qui apparaît ici soit simplement la réticence d'une mère à évoquer un aspect de la vie et de l'identité de son fils trop difficile à admettre. Il était alors plus facile de conclure qu'il n'avait aucun intérêt pour la chair que d'accepter qu'il ait pu ne pas être hétérosexuel.

Dans une autre interview à l'*Evening Herald*, elle est allée plus loin. Alors qu'on lui demandait si Malcolm avait pu avoir des « penchants homosexuels », elle a répondu que « jamais elle ne se serait montrée aussi indiscrète avec lui. Peut-être est-il bisexuel, comme tant de monde aujourd'hui. Je ne sais pas. »

*

Macarthur avait toujours eu l'intention de rentrer en Irlande. Il était l'héritier de Breemount, après tout, et contrairement à son oncle, il n'avait nulle intention de renoncer à ce patrimoine. Il avait prévu de rester quelque temps aux États-Unis après la fin de ses études pour éventuellement découvrir ce vaste pays où il avait passé quatre ans mais dont il avait vu si peu. Il apprit néanmoins peu de temps après avoir eu son diplôme qu'en qualité de résident sur le sol américain qui n'étudiait plus à l'université, sa classification pour la conscription était passée de 2-S, soit un sursis d'appel pour études, à 1-A, ce qui signifiait qu'il était disponible pour une incorporation sans restriction.

Ironie du sort, il était sur le point d'être enrôlé de force pour aller combattre dans une guerre contre laquelle il avait refusé de manifester. Il connaissait le calendrier et savait qu'il allait devoir se présenter d'ici peu au centre de recrutement. Il quitta le pays avec une hâte qui lui sembla raisonnable.

8

Il s'écoula une décennie et demie entre le retour de Macarthur en 1967 et les événements de 1982, et, malgré ses coûteuses études à l'étranger, il semble n'avoir rien réalisé de notable durant cette période. « Je n'ai jamais été carriériste », s'est-il un jour justifié. Il ne sentit à aucun moment le besoin de suivre une vocation académique ou de trouver un quelconque emploi rémunéré. « J'ai eu la chance de n'en avoir jamais eu besoin, m'a-t-il expliqué. C'est ça qui est merveilleux, soit dit en passant, avec le patrimoine. Vous devenez maître de votre temps. »

Il avait au moins ceci en commun avec les Diggers de Haight-Ashbury : sa valeur cardinale était la liberté. La liberté, pour Macarthur, était plus spécifiquement synonyme de temps libre. Ce n'était pas tant au travail qu'il s'opposait mais à la nécessité de gagner sa vie. Quel aurait été l'intérêt, dans le fond, d'appartenir à la bonne société terrienne si c'était pour avoir un diplôme d'économie et travailler dans la banque ? Il se pensait destiné à de plus grandes choses, mais il n'avait pas en tête le genre de grandeur qui impliquait de travailler pour gagner sa vie. Il ne me l'a jamais dit explicitement, mais il me semblait qu'il trouvait ces impératifs mesquins et vulgaires. Tout comme sa mère laissait entendre qu'il était mû par des pulsions intellectuelles plutôt que sexuelles, sa propre version des choses était que sa soif d'apprendre n'était pas corrompue par le moindre désir de tirer profit de son savoir sous la forme d'une carrière universitaire. Après la vente de Breemount en 1974, comme il ne pouvait légitimement plus indiquer « agriculteur » sur les documents officiels, il disait être « écrivain ». (J'aurais tendance à dire qu'il était au moins autant écrivain qu'il avait été agriculteur.) Il était souvent tenté d'ajouter « non pratiquant » entre parenthèses, mais ne l'a jamais fait.

Je n'ai jamais tellement souscrit à son histoire de carriérisme. Le sous-entendu semblait être que les raisons de faire de la recherche ou d'écrire un livre ne pouvaient être que mercantiles, et si une personne était assez aisée pour ne pas avoir à travailler et n'avait pas le désir narcissique de marquer l'opinion, alors elle ne ressentait pas le besoin de se lancer dans de tels projets. D'un certain point de vue, cette aversion pour un emploi rémunéré était cohérente avec son statut d'aristocrate. Mais il était également évident que, exception faite de son « épisode criminel » – dont il était tout sauf fier – Macarthur avait une haute opinion de lui-même. Lorsqu'il me parlait de son talent inné pour le golf ou de son esprit logique acéré, il m'apparaissait au contraire comme le genre de personne qui aspire à la reconnaissance pour son œuvre d'écrivain, d'universitaire dans tel ou tel domaine.

Malgré le nombre de connaissances de Macarthur qui ont cru qu'il était une sorte de chercheur, il semble qu'il n'y ait jamais eu de sa part de tromperie à grande échelle. Le plus probable est qu'il n'ait jamais pris la peine de corriger les suppositions erronées que les gens faisaient à son sujet. Certains le croyaient tuteur à Cambridge ou lecteur à Trinity College. Après son arrestation, une de ses connaissances a livré à un journaliste ses impressions de Macarthur en termes si exaltés qu'on frôlait la caricature : « C'était un physicien nucléaire et un astrophysicien. Il allait dans des pays où il pouvait exprimer ses idées et conduire ses recherches. Il avait fait Berkeley et avait passé du temps à Cambridge, où il disposait de ses propres structures de recherche. Il était aussi tout le temps à Trinity. »

*

Même sa mère croyait qu'il était chercheur et qu'il était, ainsi qu'elle l'a dit à un journaliste après son arrestation, « titulaire » à Kings College, à Cambridge. Ce ne fut qu'après le procès et les révélations sur sa vie privée que cette erreur fut corrigée. Dans une interview donnée à l'époque, elle parlait du potentiel qu'elle avait perçu chez son fils compte tenu de son intelligence et de son éducation. Elle se souvenait d'une chose qu'il avait dite à sa cuisinière après avoir reçu sa part de la vente de Breemount : « Je vais laisser ma marque sur l'Europe de l'Ouest. »

« On peut dire qu'il a réussi », a-t-elle confié au journaliste.

Il semble que Macarthur ait effectivement passé beaucoup de temps à Cambridge, ce qui peut expliquer la perception erronée de son entourage. À son retour d'Amérique, il avait obtenu une carte de lecteur pour la bibliothèque de Kings College. Il s'y rendait plusieurs fois par an et se plongeait dans les collections de la bibliothèque, passant plusieurs jours de suite à s'informer sur les avancées récentes en économie et en science.

Il n'était pas universitaire mais c'était un homme qui possédait une culture vaste et éclectique – un « chercheur indépendant » ainsi qu'il s'était décrit un jour. Sa conversation était parsemée de monologues détaillés sur des sujets aussi variés que la tectonique des plaques, le modèle de régression linéaire en économie, la question du libre arbitre et du déterminisme en philosophie, les absurdités et la complexité du système législatif irlandais et les causes profondes de la guerre civile au Vietnam. Il traitait sa propre érudition comme un bibelot précieux qu'il fallait attraper sur l'étagère pour le montrer aux invités avant même qu'ils aient eu le temps de retirer leur manteau.

*

À son retour d'Amérique, Macarthur revint vivre avec son père à Breemount. Ses parents étaient maintenant séparés depuis quelques années. Sa mère habitait dans la ville voisine de Trim.

Je me suis souvent demandé, comme je l'ai déjà dit, si Macarthur minimisait les difficultés de son enfance, la violence et les turbulences du mariage de ses parents parce qu'il cherchait à court-circuiter l'explication psychologique des actes qu'il avait fini par commettre. Parce qu'il ne voulait pas lire sa vie comme un récit tragique et se considérer comme un personnage défait, réduit à la violence et l'immoralité par des mécanismes fatalement enracinés dans une faille innée de sa psyché. Mais il y avait peut-être une autre raison. Il est possible qu'il ait voulu donner l'impression qu'il aimait et admirait son père pour contrer une suspicion qui avait émergé à l'époque de sa condamnation et n'a jamais été totalement dissipée.

En 2004, alors que les médias spéculaient sur une possible permission de sortie temporaire accordée à Macarthur pour Noël, un article du *Sunday Independent* exposait une théorie anonyme selon laquelle il avait en réalité assassiné son père.

« Il était régulièrement battu par Danny, son père, qui l'avait plus ou moins abandonné quand il était enfant, affirmait l'article. Danny Macarthur est mort dans des circonstances désormais considérées comme suspectes lors de l'une des rares visites de Malcolm à la ferme familiale du comté de Meath. On avait supposé à l'époque que Mr Macarthur père était mort dans son sommeil de cause naturelle. Aucune autopsie n'a été menée, or, au décès de son père, à la fin des années 1970, Macarthur a reçu 70 000 livres d'héritage qu'il a par la suite dilapidées. »

L'article n'est que spéculations et insinuations. « Il est de notoriété publique que Macarthur nourrissait des sentiments profonds à l'égard de ses parents », y apprend-on, comme si n'importe quel enfant pouvait nourrir quoi que ce soit d'autre vis-à-vis de ses parents. Il est aussi truffé de grossières erreurs factuelles. Macarthur ne faisait pas une « rare visite » à la ferme familiale le soir de la mort de son père : il vivait seul avec lui depuis un certain temps déjà. L'auteur se trompe aussi de plusieurs années sur la date de la mort de Daniel et déforme le nom de la deuxième victime de Macarthur, Donal Dunne devenant « Tom Dunne ». Il est donc difficile de prendre ce papier au sérieux. Le journal cherchait sans doute à profiter de la position de faiblesse de Macarthur : un assassin condamné n'est en général pas en position de porter plainte pour diffamation.

Dans un sens, il n'y a pas d'argument irréfutable pour ne pas y croire. Il n'est pas absurde de supposer qu'un homme prêt à tuer à deux parfaits inconnus dans le cadre d'un projet de braquage bancal ait pu également tuer son père violent et dominateur pour toucher un héritage. Mais les raisons de le suspecter ne sont pas si convaincantes non plus : elles se réduisent, en fin de compte, au fait qu'il ait pu avoir l'occasion de le tuer et que c'était visiblement son genre.

J'ai questionné Macarthur au sujet de la mort de son père. Il m'a raconté qu'à l'été 1971, alors âgé de vingt-cinq ans, il était en Grande-Bretagne pour rendre visite à des cousins de York et aller à la bibliothèque de Kings College. Quand il est rentré à la mi-juillet, son père était alité avec des problèmes pulmonaires. Macarthur m'a dit avoir remarqué du sang sur son mouchoir et avoir fait venir le médecin. Celui-ci l'a adressé à un spécialiste de Dublin puis il a été transféré à Portobello House, un établissement de soins de la capitale. Son état a été jugé sérieux, a poursuivi Macarthur, et s'il n'avait pas remarqué le sang sur le mouchoir et appelé aussitôt le médecin, son père serait mort.

« Je lui ai sauvé la vie », a-t-il souligné.

Quand son père était au centre de soins, Macarthur allait le voir tous les jours pour faire des promenades en voiture dans les montagnes autour de Dublin. Le 22 octobre, les médecins ont estimé qu'il était en état de retourner à Breemount. Il était encore faible mais suffisamment rétabli pour faire de petites balades dans les bois autour de la maison dans laquelle il était né et où il avait passé toute sa vie.

Un soir, quelques jours après que son père fut rentré à Breemount, Macarthur est allé en ville pour une soirée au Gaiety Theatre. C'était une lecture de poésie dans le cadre des célébrations pour le centenaire du théâtre. Il m'a énuméré les diverses célébrités présentes sur scène ce soir-là : Peter Sellers, Sir Matt Busby, Peter O'Toole, Trevor Howard. Eavan Boland a lu certains de ses poèmes, tout comme la poétesse Mary Wilson, épouse de l'ancien Premier ministre britannique Harold Wilson. Il est rentré tard ce soir-là, m'a-t-il dit, et il n'est pas allé voir comment se portait son père car il ne voulait pas le réveiller.

Macarthur m'a dit que le lendemain matin il est entré dans sa chambre avec du thé et des toasts sur un plateau. Son père était paisiblement étendu dans son lit. Il était mort depuis huit heures. Quand le docteur est arrivé dans la matinée, il a diagnostiqué une embolie pulmonaire. Il était mort d'un coup et sans souffrir.

« On ne se rend même pas compte que l'on est en train de mourir, a résumé Macarthur. C'est comme ça. »

*

À la mort de son père, Macarthur hérita des deux tiers du domaine, le reste revenant à sa mère. Breemount fut rapidement vendu et, après avoir payé les droits de succession et diverses dettes, il empocha soixante-dix mille livres (là-dessus le *Sunday Independent* ne s'était pas trompé). Cela représentait une somme considérable dans les années 1970, près de neuf cent mille euros actuels. La mort de son père avait fait de lui un homme riche qui ne dépendait de personne financièrement.

L'une des premières choses que Macarthur m'a dite, quand nous nous sommes rencontrés, c'était qu'il n'avait jamais eu des goûts dispendieux. Il avait beau aimer le bon vin, c'était un buveur très raisonnable. Il était peut-être un peu trop généreux, a-t-il reconnu, et prenait l'addition au restaurant ou prêtait ici et là à des amis qui n'étaient pas tous consciencieux en matière de remboursement. Il m'a raconté tout ça sans y avoir été poussé, sans que je lui pose la moindre question sur le sujet ou sur un thème vaguement connexe.

Non, a-t-il insisté, il n'avait jamais mené la grande vie. La fortune dont il avait hérité était un moyen d'obtenir indépendance et liberté. Ses journées lui appartenaient et il pouvait disposer de son temps comme il l'entendait. Pour autant, il n'était pas paresseux ou du genre à rechigner à la tâche. Au contraire. Sa liberté l'autorisait à accomplir le travail qu'il voulait faire, devenir la personne qu'il entendait être. Du temps pour penser, du temps pour lire.

Et il était tout le temps fourré à Londres, bien sûr. Il pouvait ouvrir le journal le matin, lire un article sur un concert ou une pièce qui s'y jouait, foncer à l'aéroport, être à Mayfair pour un déjeuner tardif, aller au spectacle le soir, et reprendre un vol le lendemain. Il logeait chez des amis ou descendait à l'hôtel. Après la vente de Breemount, Macarthur s'installa à Dublin. Il louait un appartement à Fitzwilliam Square, au sud du centre-ville, sans doute l'adresse la plus huppée de la capitale. Il avait pour voisins les consulats et les ambassades d'autres pays européens.

En d'autres termes, son insistance sur le fait qu'il n'ait jamais brûlé la chandelle par les deux bouts n'était peut-être pas une tromperie pure et simple mais elle démontrait combien cette perception était ancrée, comme tant d'autres choses, dans une conception aristocratique de sa personne. Il vivait modestement, certes, pour un homme de son milieu social.

*

Nous sommes au milieu des années 1970, une bonne décennie depuis son retour des États-Unis, et j'imagine Macarthur alors qu'il entre dans la trentaine. Je vois son bronzage de bon goût, ses épais cheveux rabattus en arrière, dégageant son haut front aristocrate. Il est coquet et a l'air satisfait, il a cet éclat, léger mais caractéristique, de l'opulence, comme s'il était lui-même constitué d'une étoffe plus précieuse et plus coûteuse que les gens qu'il croise dans la rue. Je vois sa chemise Oxford impeccable, sa veste de lin souple, le nœud papillon en soie qui devient peu à peu son signe distinctif. Je vois sa posture droite, un peu rigide, épaules dégagées, tête haute.

À quoi pense-t-il ? Pas à commettre des crimes, sans doute. Il n'aura pas besoin de l'envisager avant un bon moment. Pas à l'argent non plus. Ses pensées vont vers des sujets plus élevés. La philosophie de l'esprit peut-être. Ou une avancée récente dans le champ de la génétique, il est justement en route vers la bibliothèque de Trinity pour lire un article sur le sujet. Ou peut-être pense-t-il aux amis qu'il doit retrouver pour le déjeuner. Oui, je l'ai maintenant, je le sens. La démarche décidée, l'air pensif, les coudières en daim.

Et je le vois à une table au Bartley Dunne's, le bar bohème qu'il fréquentait dans South King Street. Il est avec Victor Meally. Victor a l'âge d'être son père mais ils sont tout de même bons amis. Victor vient lui aussi du comté de Meath, de Trim, mais c'est à Cambridge qu'ils se sont rencontrés, lors d'un marathon de lecture de Malcolm. Victor est lui aussi une sorte de chercheur amateur, plus accompli néanmoins que son jeune ami. Il a dirigé la publication d'une encyclopédie de l'Irlande sortie chez un éditeur dublinois indépendant. Il a ce que Macarthur décrit comme « un intellect de premier ordre », il a étudié les maths à Trinity et a été distingué pour ses résultats aux examens de licence. Cependant, ses capacités intellectuelles ne l'ont jamais conduit vers le genre de carrière universitaire qui lui était promis. Il approche de la soixantaine, il est comptable pour le café Bewley's dans Grafton Street. Il est ce qu'on appelle « un célibataire endurci » et il vit avec ses sœurs dans une maison de Mount Merion.

C'est Victor qui a fait découvrir le Bartley Dunne's à Macarthur, avec sa clientèle éclectique composée d'universitaires, d'hommes politiques, de punks, de comédiens, d'étudiants et de hauts magistrats. C'était une figure connue de l'établissement. Il avait un petit carnet noir rempli de noms, d'adresses et de numéros de téléphone. Il connaissait tout le monde. Si on quittait la ville un certain temps et que l'on voulait savoir au retour qui était où, on allait trouver Victor.

Le bar était décoré de tentures en velours rouge, il y avait des caisses à thé recouvertes de nappes à carreaux et des bouteilles de chianti enduites de coulures de cire. Le propriétaire, Bartholomew Dunne, distribuait des cartes de visite sur lesquelles était écrit : « Bartly Dunne's, bistrot façon rive gauche, repaire d'aristocrates, poètes et artistes ». L'établissement était célèbre pour son incroyable carte d'alcools. Si un client commandait une boisson que la maison n'avait pas, il s'en faisait offrir une autre de son choix. Il y avait des vins doux hongrois, des whiskies japonais, des marques rares d'ouzo. À la fin des années 1960, un journaliste venu de Moscou a raconté dans un article avoir été interrogé par les serveurs, alors qu'il était assis au comptoir, sur la prononciation correcte des différents vins russes de la maison. Le dramaturge Noël Coward était un habitué, Elizabeth Taylor et Richard Burton vinrent régulièrement pendant le tournage de *L'Espion qui venait du froid*.

Le Bartley's faisait partie des très rares pubs de Dublin à accueillir une clientèle homosexuelle, même si ce n'était pas à proprement parler un bar gay. « Le mot "gay" n'était pas encore répandu, pécisait l'*Irish Times* dans sa nécrologie du propriétaire. L'homosexualité masculine était un délit, la discrétion était donc de mise. Au Bartley Dunne's, chacun avait sa place. S'il y avait une règle de la maison, c'était celle-ci. »

Après les meurtres, le Bartley's s'est retrouvé associé à Macarthur et au petit monde qu'il habitait. La réputation de l'établissement comme « repaire bien connu du demi-monde homosexuel », ainsi que le décrit l'activiste David Norris dans son autobiographie, a été un facteur déterminant dans le traitement médiatique de l'affaire. Macarthur m'a dit avoir eu des connaissances qui étaient homosexuelles mais qu'il fréquentait d'autres groupes au Barley's. Les gays se retrouvaient en général à l'avant du pub, les hétérosexuels dans la salle du fond.

Pour ce qui était de ses penchants sentimentaux, éternel sujet de rumeurs, Bartholomew Dunne affirmait que Macarthur « ne fréquentait que des femmes ». De temps à autre, il emmenait une fille qu'il avait rencontrée au bar en week-end en Angleterre. Il en a une fois emmené deux. C'étaient, disait-il, « des filles ordinaires avec un accent de Dublin. Entre ses manières impeccables, son accent d'intello, ses façons d'universitaire et son argent, Malcolm devait ressembler à leurs yeux au Prince charmant débarqué au pays des merveilles. »

*

Ce fut au Bartley's que Macarthur fit la connaissance de Brenda Little. Elle y était avec sa sœur et ils engagèrent la conversation au bar : il la trouvait très belle et il fut impressionné par son éloquence et ses avis culturels tranchés. Ils se plurent et convinrent de se revoir. Bien qu'elle eût grandi à Finglas, une banlieue ouvrière de Dublin, et qu'elle n'eût ni l'argent ni l'éducation de Macarthur, elle frayait avec la clientèle la plus riche et cultivée du Bartley's. Elle avait vécu quelque temps à Londres au début des années 1970 et, de retour à Dublin, elle avait travaillé pour une entreprise de construction avant de devenir apprentie dans un salon de coiffure de Grafton Street.

Macarthur était impressionné par Little, par son érudition autodidacte et son goût pour la culture. Il était aussi impressionné par ses fréquentations et par la haute opinion que celles-ci se faisaient de ses avis en matière d'art et de musique. Elle prenait souvent position, de façon véhémente, contre les articles de Charles Acton, le critique musical de l'*Irish Times*. Peu après leur rencontre, elle s'installait avec Macarthur dans son appartement de Fitzwilliam Square et elle tomba rapidement enceinte. Ils décidèrent de ne pas se marier mais d'élever l'enfant ensemble. Ce n'était pas rien, alors, d'avoir un enfant hors mariage.

*

L'intérêt de Brenda Little pour la culture fut à l'origine de son amitié improbable avec Patrick Connolly, à l'époque l'un des avocats les plus en vue du pays. Quelques années plus tôt, il avait fait partie de l'équipe qui avait défendu avec succès le ministre des Finances Charles Haughey, lequel allait plus tard devenir Taoiseach, ou Premier ministre de l'Irlande. Celui-ci avait été accusé de détournement de fonds publics afin d'importer des armes pour l'IRA.

Little et Connolly s'étaient rencontrés un après-midi à la fin des années 1960, alors qu'elle collectait des fonds pour la construction d'un nouveau centre sportif à Finglas. Connolly avait fait un don, ils engagèrent la conversation et il lui apprit qu'il avait grandi dans le quartier. Il s'avérait qu'il siégeait au conseil d'administration du site sur lequel le complexe devait être bâti. Ils restèrent en contact et leur passion pour la musique classique, en particulier l'opéra, devint le socle de leur longue amitié. Ils allaient souvent voir des concerts ensemble au National Concert Hall et des films d'art et d'essai à l'Irish Film Theatre.

Il n'y eut jamais de liaison romantique entre Little et Connolly, ils étaient simplement amis. Quand Macarthur commença à fréquenter Little, il devint à son tour ami avec Connolly. Ils allaient tous les trois au théâtre et parfois à l'opéra. Au milieu des années 1990, dans l'une des rares interviews qu'il donna au sujet de

Macarthur, Connolly décrivit son ami comme « un homme avec beaucoup de conversation, le genre de personne que l'on est content d'inviter à un dîner ou un cocktail ou parmi des amis qui apprécient les échanges d'idées. »

*

En octobre 1975 l'enfant de Macarthur et Little vint au monde. Ils le baptisèrent Colin. À Noël, Macarthur rendit visite à sa mère qui vivait dans une petite maison près de Breemount. Il avait beau habiter à moins d'une heure de route de chez elle, il n'était pas allé la voir depuis le mois de février de l'année précédente. Dans mon esprit, cette scène, qu'il est compliqué de restituer totalement, est étrange et crispée. Irene entend une voiture se garer devant la maison, regarde par la fenêtre et découvre que c'est son fils à qui elle n'a pas parlé depuis près de deux ans. Elle sort, et tandis qu'il descend de la voiture, elle remarque un couffin sur la banquette arrière et dans le couffin un nourrisson. Elle demande à qui appartient cet enfant, il lui répond que c'est le sien.

*

Dans l'interview radiophonique qui a suivi la condamnation de son fils, David Hanley a demandé à Irene si elle avait des contacts réguliers avec son petit-fils. Voici sa réponse :

> « Oh c'est une petite chose si charmante, vraiment. C'est un spécimen ravissant. Et quand il est arrivé avec en décembre 1975, le bébé avait deux mois. [...] L'enfant était dans un couffin, dans la voiture. Je l'ai vu et j'ai fait part de ma surprise. Il m'a dit qu'il était à lui.

J'ai demandé si c'était une fille ou un garçon et il m'a répondu, un garçon naturellement. »

Quand Irene a donné cette interview, Colin avait sept ans, un peu moins que l'âge de mon fils à l'heure où j'écris ces lignes. J'essaie d'imaginer une personne décrire mon fils comme « une petite chose ». J'essaie surtout d'imaginer ma mère dire ça de lui. « C'est une petite chose si charmante ». J'essaie de l'entendre dire « un spécimen ravissant ». J'ai du mal à imaginer ce que cela me ferait.

Qu'est-ce que cela veut dire, de décrire un enfant – un garçon de sept ans ou même un nourrisson – comme une « chose » ? Qu'est-ce que cela dit de la personne qui le dit ? C'était dans cette interview-là qu'Irene disait avoir donné à Malcolm l'éducation qu'elle-même avait reçue : les enfants devaient « être vus et non entendus ». Parler de chose à propos d'un bébé était, à l'évidence, un refus de reconnaître l'enfant comme une personne – comme s'il ou elle ne pouvait encore prétendre à une humanité complète. Dire d'un enfant qu'il devrait être vu plutôt qu'entendu revient au même. Si l'on apprend dès le plus jeune âge que l'on n'est pas censé parler, que l'on ne doit pas faire de caprice ou se donner en spectacle, on apprend peut-être aussi à bâtir un édifice autour de soi, un masque public qui dissimule la douleur et la confusion du réel.

*

Quelque chose dans la scène ci-dessus, dans ces deux courts paragraphes où Irene Macarthur voit son petit-fils pour la première fois, me dérange. La scène exige plus, je le sens, que le traitement rapide que j'ai proposé ici. Le problème, c'est que je n'ai pas accès à ce moment. Au-delà d'un scénario assez vague – la mère, le fils, la voiture, le bébé –, je n'ai aucune idée de ce qui s'est passé. Même si j'avais été là, et si j'avais vu de mes yeux cette scène qui s'est déroulée avant ma naissance, avec quel degré de certitude serais-je en mesure d'en parler aujourd'hui ? Je pourrais évoquer le crissement du majestueux gravier sous les roues de l'automobile de Macarthur quand celui-ci s'est garé devant la maison. Je pourrais dire qu'Irene a conservé un masque glacial tandis qu'elle découvrait son petit-fils nourrisson à travers la vitre de la voiture – que le seul signe d'émotion de sa part a été une légère dilatation des narines, un hochement de tête plein de morgue.

Mais même si j'avais été là, quelle vérité dans tout cela ? Ce que j'essaie de dire, c'est qu'être témoin de la scène m'aurait simplement donné une licence pour la romancer.

Je ressens une double obligation : rendre ce moment avec intensité – insuffler de la vie dans le texte – tout en reconnaissant que ce serait là une impardonnable prise de liberté. Depuis un certain temps, quand je réfléchis à la façon dont je vais rendre compte de cet instant, j'ai dans l'idée de me servir d'une citation d'une interview qu'Irene a donnée à l'*Evening Herald* et que j'ai retrouvée dans les archives. Elle y raconte le moment où Malcolm est arrivé à la maison avec le petit Colin. Quand elle a découvert l'enfant, elle aurait demandé à son fils : « C'est quoi ça ? »

Bien évidemment, j'ai envie de me servir de cette citation. C'est une réplique géniale. On ne peut rêver d'un aperçu plus cruellement succinct de la froideur maternelle. Je lui aurais fait regarder le bébé et dire *C'est quoi ça ?* et on aurait aussitôt compris ce qu'avait dû être l'enfance de Macarthur, et on se dirait que ce n'est pas étonnant qu'il ait tourné comme ça, qu'il ait commis ces crimes. À la limite, la réplique est un peu trop brutale, un peu trop parfaite. Si je l'avais inventée, je l'aurais peut-être adoucie, j'y aurais injecté une touche de nuance et d'ambiguïté, peut-être « Qu'est-ce que c'est ? » plutôt que « C'est quoi ça ? » Je ne l'aurais pas fait pour ménager la mère mais par souci esthétique, par désir de ne pas en faire trop. Sinon l'affaire aurait été vite réglée. C'est la mère qui a fait le coup. Ou plutôt le fils a fait le coup à cause de la mère.

Ce qui m'avait d'emblée attiré vers Macarthur en tant que sujet, c'était mon désir de pénétrer sous la surface du biographique pour atteindre la logique interne de son existence. J'avais l'impression que je pouvais l'aborder comme un étudiant de licence écrivant une dissertation sur un roman, avançant des arguments clairs et satisfaisants pour expliquer les motivations psychologiques d'un protagoniste. Une scène comme celle-ci aurait servi ce propos à merveille. La froideur et la rigidité émotionnelle de la mère auraient pointé une dynamique psychologique animant fortement le personnage et ses actes.

Mais je ne peux deviner une telle logique interne. Il n'y a aucune signification essentielle à retrouver dans cette scène, ni même ailleurs.

*

Un soir, alors que je discutais au téléphone avec mon amie Katie, je me suis retrouvé à parler de Macarthur. Je lui disais que c'était un sujet d'écriture aussi vivant et complexe que n'importe quel personnage de roman auquel j'avais pu être confronté. Il avait servi de modèle pour le Freddie Montgomery de Banville, certes, mais plus je le découvrais, plus il me faisait penser à Raskolnikov, le héros meurtrier de *Crime et Châtiment*, ou à Meursault, le narrateur impassible de *L'Étranger*.

Katie était moins emballée que je ne l'aurais cru par mes méta-ruminations.

« Écoute, m'a-t-elle dit, tu commets une erreur potentiellement gravissime en le considérant comme ça.

— Comment ça ?

— Ce que je veux dire, c'est qu'il faut que tu arrêtes de le voir comme un personnage. Ce n'est pas un personnage. C'est une personne réelle. Un homme qui a fait des choses affreuses.

— Tu as peur qu'il me tue ? ai-je demandé avec ce que j'espérais être un ton taquin et insouciant.

— Ce n'est pas ce que je dis. Ce que je dis, c'est que c'est une question de pouvoir. Tu en parles comme si tu avais tout le pouvoir, comme tu le ferais s'il était un personnage que tu viens de créer. Mais là c'est lui qui pense être en position de force parce qu'il te raconte son histoire. Il décide quelle part il va t'en donner. Il la déroule lentement, à son rythme. Mais tu dois comprendre que tôt ou tard, si tu finis par être en possession de toute l'histoire – et la question de ce que tu vas en faire se pose aussi –, il verra que la dynamique a changé. Et tu ne peux pas prédire sa réaction ni les difficultés que ça posera. »

Ça ne faisait pas plaisir à entendre mais elle avait raison. Il y avait aussi un aspect éthique qui me hantait depuis longtemps, bien avant ma rencontre avec Macarthur, bien avant que je commence à extraire la matière brute de son histoire. Ma tendance à considérer Macarthur comme un personnage et ses crimes comme une fable bizarre et fascinante sur la perversité humaine – une fable sur les classes sociales et l'histoire irlandaise, sur la cruauté et le refoulement – était en soi un manque d'empathie. Puisque Macarthur était un personnage et ses crimes un récit, alors ses victimes étaient nécessairement des personnages elles aussi, des personnages secondaires. Mon travail, de ce point de vue, était empreint d'une violence froide et méthodique.

*

Vers la fin de l'un de nos entretiens, alors que j'étais sur le seuil de son appartement, Macarthur m'a fait part de son inquiétude quant aux conséquences potentielles de nos conversations et de ce que j'allais en tirer. C'était l'été, nous étions en contact depuis déjà plusieurs mois. Il m'avait révélé de nombreuses choses sur sa vie qui n'avaient jamais été racontées ailleurs et pour lesquelles il était la seule source crédible, et, à supposer que je ne mentionne nulle part dans mon livre que je lui avais parlé, cela serait malgré tout évident. Il s'inquiétait particulièrement de ce qu'il m'avait raconté de ses années de prison. La dernière chose qu'il voulait, a-t-il insisté, c'était que les tabloïds s'en servent pour lancer une polémique et que les autorités aient le sentiment de n'avoir d'autre choix que de le placer à nouveau en détention pour une durée indéterminée. Je lui ai dit que je n'inclurais rien sur le sujet dans mon livre, ce qui l'a rassuré. Mais il restait anxieux quant à l'étendue de ces restrictions et aux conséquences d'une éventuelle infraction de sa part.

Il craignait aussi l'effet de mon livre sur les familles de ses victimes. Il devait considérer l'impact qu'aurait sur elles le fait de me parler de « l'épisode criminel ». Il ne savait pas comment j'allais négocier ces écueils mais il s'en remettait à mon professionnalisme et espérait que le chemin que j'emprunterais causerait le moins de trouble possible.

Plus nous approchions de « l'épisode criminel », plus il se montrait réticent à parler. Ses longues digressions érudites laissaient place à des réponses lapidaires et prudentes. Il me rappela que, quand je l'avais abordé, je lui avais dit que j'espérais avoir un bref entretien avec lui et un récit très général de sa vie, et que j'avais déjà obtenu bien plus. Après m'avoir raconté les débuts de sa relation avec Brenda et la naissance de leur fils, il m'a dit clairement qu'il ne savait pas s'il allait continuer ni, si oui, jusqu'où.

« Je suis bien incapable de le dire », m'a-t-il avoué. Appuyé contre l'encadrement de la fenêtre, il tapotait lentement sa semelle sur le sol, comme il le faisait toujours dans des moments de tension ou de gêne. « Il est possible que vous ne saisissiez jamais totalement le pourquoi de tout cela. Je ne dis pas ce que sera nécessairement le cas, néanmoins il faudra que nous voyions. Je suis une personne normale, après tout. Je ne suis pas un psychopathe. Je ressens une palette complète de saines émotions. Et pour tout ce qui est en rapport avec 1982, en parler rend ces émotions éprouvantes. Mais je m'en approcherai peut-être. Nous verrons cela. »

9

En 1980, Macarthur, Brenda Little et leur fils de cinq ans, Colin, emménagèrent à Glasnevin, une banlieue du nord de Dublin. La grande bâtisse ancienne en briques rouges avait appartenu à sa grand-mère maternelle et faisait partie d'un vaste patrimoine dont il était l'ultime héritier. Avec son nœud papillon, ses chemises en soie et sa coupe de film d'époque, Macarthur était une figure intrigante pour les gens du quartier. Les enfants l'appelaient « le Professeur ».

Colin n'allait pas à l'école. Son père lui faisait la classe à la maison, comme ce qu'il avait vécu enfant. Il lui enseignait les sciences, la physique et l'histoire. Tout le monde s'accorde à dire que Macarthur était un père très impliqué pour l'époque et qu'il passait le plus clair de son temps avec son fils. « Il l'emmenait à la bibliothèque de Trinity College alors qu'il n'avait que trois ou quatre ans, a témoigné un ami. Il lui a appris les rudiments de la philosophie et de la science à un très jeune âge. »

Comme la maison de Glasnevin faisait partie de l'héritage de Macarthur, ils y vécurent gratuitement jusqu'à ce qu'il la vende l'année suivante. Il toucha environ dix mille livres. Ils emménagèrent alors dans un appartement à Donnybrook, l'un des quartiers les plus huppés de Dublin. Le locataire précédent n'était autre que Patrick Connolly, l'ami de Brenda qui était devenu celui de Macarthur. Il venait de déménager à Dalkey, il restait quelques mois sur son bail mais il ne fit pas payer ses amis car le contrat lui interdisait de sous-louer.

L'argent et les relations de Macarthur semblaient lui offrir un certain nombre de facilités. Mais tout ceci ne pouvait durer qu'un temps.

L'histoire officielle, celle rapportée dans les journaux après sa condamnation, veut que – à l'instar de son père avant lui – Macarthur se soit montré irréfléchi avec son argent. Il dépensait sans compter, dilapidait son héritage dans les meilleurs restaurants de la ville, passait de nombreux week-ends à Londres, descendant à l'hôtel et assistant à divers événements culturels. Pire encore, pas une seconde il n'envisagea de trouver un emploi pour absorber les coûts de son extravagance. En d'autres termes, il vivait comme s'il était à la tête d'une immense fortune alors que son héritage, certes conséquent, était loin d'être suffisant pour financer indéfiniment un tel mode de vie. Dans la déposition écrite qu'il avait faite à la Gardaí après son arrestation, Macarthur affirmait que le mobile de son crime « se résumait à l'argent ». Au cours des deux années précédentes, disait-il, ses finances avaient fondu. Il avait dilapidé la majorité des fruits de la vente du domaine familial à cause, écrivait-il, « d'une mauvaise gestion et de dépenses inconsidérées ».

Au cours de nos échanges, quarante ans plus tard, il s'est montré moins sévère dans ses autoaccusations. Selon lui, son problème était dans une certaine mesure qu'il avait toujours été trop généreux. Il payait souvent l'addition au restaurant. Et il manquait un peu d'esprit pratique. Il prêtait beaucoup à cette époque, en général des petites sommes et sur des périodes courtes, mais tout ça s'additionnait et tout le monde ne remboursait pas.

Un prêt notamment aurait contribué à le faire basculer dans la détresse financière où il se trouvait. En décembre 1981, il reçut un appel d'une connaissance, une personnalité respectable, honorablement connue dans le monde des affaires. Macarthur lui avait prêté des sommes diverses par le passé et il avait toujours remboursé en temps et en heure. Il traversait cette fois une période délicate et, pour en sortir, il lui fallait contracter un prêt professionnel important, un montant à cinq chiffres. Cette mauvaise passe n'était pas appelée à durer, les choses allaient se résoudre vite et bien. Macarthur appréciait cet homme et lui faisait confiance et, quoique le montant fût plus important que ce qu'il était normalement disposé à prêter, il accepta de l'aider. L'emprunt, dûment enregistré, devait être remboursé au printemps suivant.

Environ un mois plus tard, l'homme appela Macarthur pour lui annoncer qu'il ne serait pas en mesure de rembourser l'intégralité de la somme à la date convenue. Il avait d'importantes dettes garanties auprès de la banque et il devait les payer en priorité. Macarthur m'a raconté qu'après cet appel, il est sorti de l'appartement de Donnybrook pour aller à la bibliothèque de la Royal Dublin Society. Il avait beaucoup neigé, et tandis qu'il progressait péniblement dans la ville devenue silencieuse, il prit conscience qu'il était dans la panade et qu'il y avait de bonnes chances qu'il ne revoie jamais son argent.

Macarthur et Brenda Little parlaient depuis un moment d'aller passer du temps à l'étranger, dans un pays chaud. Après discussion, leur choix s'était porté sur Tenerife, au large du Maroc. Brenda s'y était rendue plusieurs fois en vacances et bien que Macarthur n'y fût jamais allé, il lisait justement un livre sur Alexander von Humboldt, le naturaliste allemand du XIXe siècle, et il avait été frappé par ses descriptions émerveillées de l'île.

Mais maintenant que les finances de Macarthur étaient à sec, le voyage était en péril. C'était l'intégralité de son mode de vie qui se trouvait en réalité mise en doute. Et s'il ne récupérait jamais son argent ? Il allait devoir réduire son train de vie, ses sorties, ses voyages. Peut-être allait-il même être contraint de chercher un emploi.

Cette perspective lui était-elle insupportable ? Je l'imagine, envisageant tout ça comme une sorte de mort, la fin de tout ce qu'il avait connu depuis sa naissance et de ce qu'il avait appris à chérir. Cependant, chaque fois que j'essayais d'aborder la question avec lui, il se montrait vague et même évasif. C'était difficile pour lui de se rappeler ce qu'il avait ressenti à l'époque. Mais, assurait-il, ce n'était pas de la paresse. Ce n'était pas l'oisiveté à laquelle il tenait : il m'a rappelé qu'il avait aidé à la ferme, petit, et qu'il avait travaillé ici et là pour son oncle en Californie – au jardin et à l'aciérie. C'était une question de liberté. C'était une question de temps. S'il se retrouvait ruiné, et s'il était forcé de prendre un emploi, alors son temps ne lui appartiendrait plus.

Macarthur m'a affirmé que lorsqu'il avait préparé ses bagages pour Tenerife, l'une des choses qu'il a prises avec lui était son diplôme universitaire. « Je me disais qu'il pourrait m'être utile. Je n'avais donc pas écarté la possibilité de trouver un travail. »

Pourtant, quelques secondes plus tard, il m'a dit quelque chose de contradictoire ou qui du moins révélait l'intensité de son dilemme de l'époque. Je lui ai demandé s'il voyait désormais cette période de fuite en avant comme ayant conduit aux meurtres eux-mêmes, et il m'a répondu qu'il n'en était pas sûr.

« Puisque Brenda y était déjà allée et avait aimé l'endroit, j'ai peut-être pensé, eh bien, qu'elle y serait heureuse avec Colin, si jamais je me retrouvais impliqué dans quoi que ce soit. Je ne suis pas sûr. J'ai dû oublier. »

J'étais profondément frustré par la réticence de Macarthur à se confronter directement à la question de ses motivations et du processus logique qui l'a conduit à tuer. Je sentais qu'il taisait quelque chose de crucial, même si je n'arrivais pas à concevoir quoi, ni à savoir s'il me le dissimulait à moi ou s'il se le cachait à lui-même. J'avais alors l'impression que la vérité était à portée de main mais que le fait même d'esquisser un geste pour la saisir la faisait disparaître dans les ténèbres comme un animal apeuré.

*

Quand je pense à cet aspect de la biographie de Macarthur, sa détermination à conserver sa liberté à n'importe quel prix, je suis intuitivement tenté de le rejeter comme sujet, de le juger comme une incarnation grotesque de sa classe sociale et de la relation que celle-ci entretient avec le reste de la société. Peu importe la façon dont lui (ou quiconque) le présente, le fait est qu'il a commis deux meurtres parce qu'il voulait préserver son temps libre. Comment l'envisager autrement ? Il a assassiné une infirmière puis un agriculteur, il leur a pris leur vie dans une tentative bâclée de protéger son temps à lui.

C'est comme ça que je vois les choses. Mais les envisager ainsi ne m'empêche pas de sentir dans mes tripes un peu de la panique et du désespoir qui, du moins tel que je l'imagine, ont dû le gagner.

Parce que, si je mets les choses en perspective, moi aussi je suis bien né. Je ne suis pas issu de la noblesse terrienne, tant s'en faut. Mais j'ai grandi avec le privilège de la classe moyenne supérieure, ce qui a modelé mes attentes et ma perception de moi-même. J'ai été scolarisé dans une école privée puis j'ai fait mes études à Trinity College et même si j'ai travaillé après mon diplôme – comme auteur pigiste dans une station de radio –, je n'ai jamais ressenti l'urgence de gagner ma vie que j'aurais subie si mes parents avaient été moins aisés. Je n'ai pas plus payé de loyer que Macarthur, puisque je vivais dans un appartement dont mes parents étaient propriétaires. J'avais certes des ambitions, mais elles étaient nébuleuses. Je voulais devenir écrivain, ou du moins avoir une profession intellectuelle, mais je n'avais pas vraiment de plan pour mettre en œuvre ce projet.

Quand j'ai décidé, vers l'âge de vingt-quatre ans, de faire un master, ce n'était pas par passion pour la littérature irlandaise mais parce que j'étais content de retrouver le confort de la fac, où l'on n'attendait de moi rien d'autre que lire des livres et formuler des idées plus ou moins pertinentes à leur sujet. J'ai ensuite enchaîné sur un doctorat. J'ai obtenu un contrat doctoral qui me permettait de vivre confortablement à condition de faire attention, et il n'était pas totalement improbable que mon diplôme débouche sur une carrière universitaire.

Quand j'ai fini ma thèse et que le poste de maître de conférences tant espéré ne s'est pas concrétisé, j'ai passé une année à ne pas faire grand-chose. J'ai envoyé des candidatures pour divers postes dans des universités, sans décrocher le moindre entretien, j'écrivais parfois des papiers dans des magazines ou des journaux, mais cela ne m'a jamais permis de gagner de quoi vivre. Pendant plusieurs mois j'ai essayé d'écrire un roman car j'avais le sentiment que cela ferait de moi un écrivain. Chaque matin, je me rendais dans la maison de ma grand-mère et je passais la journée assis dans son petit bureau. Je n'ai pas beaucoup de souvenirs de ce roman ni de son avancement.

Par chance, je n'avais pas besoin de gagner ma vie grâce à l'écriture car ma femme avait un métier bien payé. J'ai fini par trouver un postdoctorat, qui m'a permis de vivre et travailler un an de plus, mais toujours aucune titularisation à l'horizon. Quand j'ai signé mon contrat pour mon premier livre, j'avais trente ans passés et nous venions d'accueillir notre premier enfant. Ça ne représentait pas une fortune mais c'était plus d'argent que ce que j'avais jamais imaginé gagner avec ma plume et je l'ai accueilli telle une grâce divine. Non pas que j'eusse le sentiment d'avoir un futur assuré devant moi, c'était plutôt mon passé – ces années à rôder dans les rayons des bibliothèques, à essayer vainement d'achever des romans, à publier des critiques culturelles dans les recoins les moins lucratifs du web – qui me semblait soudain racheté. Il avait, de fait, conduit à quelque chose. Il avait eu du sens. Durant les années suivantes, ma capacité à faire vivre ma famille par mon écriture est devenue un aspect de plus en plus fondamental de mon identité. Mais il y a des jours où cet édifice me semble fragile et instable, où j'ai l'impression que je n'aurai pas de quoi tenir jusqu'au prochain à-valoir.

La vérité légèrement honteuse, toutefois, c'est que ce ne sont jamais les difficultés financières qui m'ont inquiété durant ces moments-là, mais plutôt ce à quoi elles me contraindraient, à supposer que je sois en mesure de faire quoi que ce soit d'autre compte tenu de mon manque de qualification pour toute autre activité. L'idée que je doive trouver un vrai travail qui risque de me priver de mon écriture planait au-dessus de ma tête comme la perspective d'une annihilation. La véritable source de mon anxiété était la possibilité de perdre la liberté créative et la liberté de choix qui avaient toujours été centrales dans mon identité.

Ainsi, quand je pense aux justifications avancées par Macarthur pour expliquer sa désastreuse entreprise criminelle, l'une des émotions que je ressens est une inconfortable compassion perverse : pas pour ce qu'il a fait, bien sûr, mais pour ce que la terreur que lui inspirait la perte de ses privilèges l'a conduit à faire. Évidemment, j'ai du mal à m'imaginer planifier un braquage et à plus forte raison commettre deux meurtres violents. Mais je n'ai pas eu l'enfance de Macarthur : mes parents n'étaient ni froids ni brutaux. Même s'il continue d'affirmer le contraire, il me semble que les crimes de Macarthur sont profondément ancrés dans la logique de ses privilèges.

*

Mais qu'est-ce que je fais là ? Pourquoi est-ce que j'en fais tant sur l'enfance de Macarthur ? La réponse la plus évidente, c'est que je veux que ses crimes aient un sens. Je veux définir les termes de la relation entre le meurtrier et l'enfant non pas pour exonérer le meurtrier mais pour qu'il rime à quelque chose, pour rééquilibrer sa vie comme une équation. Ce que je veux, c'est une cohérence narrative.

Le portrait de Macarthur qui s'est dessiné dans les médias après sa condamnation était celui d'un psychopathe calculateur, un homme qui savait exactement ce qu'il voulait et comment l'obtenir, et qui avait tué avec une méthode impitoyable pour atteindre ses objectifs. Il a lui-même grandement contribué à cette vision des choses : dans sa déposition, citée par les journaux, il a décrit son « entreprise » comme une « opération cruelle, menée de sang-froid ». Et pourtant demeure un parfum sulfureux de folie émanant de toute cette affaire, le sentiment persistant que rien de tout cela ne tient la route.

Macarthur semblait percevoir ses actions comme dérivant tout à la fois d'un excès de rationalité et d'une crise de folie, comme s'il avait été en même temps en complet contrôle de lui-même et totalement à la merci de mystérieuses dynamiques psychiques. Il m'a un jour décrit les meurtres comme « une absurdité totale », ce que j'ai trouvé frappant. Il l'a dit comme s'il s'en voulait encore d'une vieille erreur de jugement, une folie de jeunesse qui avait continué de le hanter dans son grand âge. Cela m'a fait penser au roman de Patricia Highsmith, *Ripley s'amuse*, un passage vers la fin du livre où Ripley repense à son premier meurtre, l'assassinat de Dickie Greenleaf. « La fougue de la jeunesse, pense-t-il. Une absurdité[1] ! »

Comme au terrible retour d'un trauma de l'enfance longtemps réprimé, on peut imposer un sens à ces meurtres. Mais n'est-ce pas un peu trop propre, un peu trop satisfaisant ? Et qui est-ce que je cherche à excuser en premier lieu : lui ou moi ? Est-ce que je refuse de regarder en face l'écart entre le tort qu'il a subi et le mal qu'il a causé ? Et même si mes parents m'avaient maltraité, même si mon père m'avait mordu la main – par malveillance ou par accident – et que j'avais eu besoin de points de suture, est-ce que cela m'aurait rendu capable de tuer ?

*

En mars, peu avant leur installation à Tenerife, Macarthur reçut un nouvel appel de la connaissance à qui il avait prêté de l'argent. Il était en mesure de payer une partie de la somme. Cela permit à Macarthur et Little de partir comme prévu. Ils prirent l'avion, trouvèrent un appartement au loyer raisonnable et Macarthur paya quatre mois d'avance. Il n'en avait rien dit à Brenda, ni à quiconque, mais il se rendait compte que sa situation avait changé et qu'il risquait de graves ennuis. Ils étaient sur l'île depuis quelques semaines quand il reçut un autre appel de son créditeur : son entreprise était en faillite et la banque allait tout saisir. Il n'y aurait pas d'autre remboursement.

---

1. Bien que le roman ait été traduit en français, par Janine Hérisson (Calmann-Lévy, 1974), le paragraphe dans lequel figure cette citation y a été coupé et la traduction proposée ici est donc la mienne. (*N.d.T.*)

Durant des semaines, Macarthur cuisit dans la chaleur sèche du soleil de Tenerife, tourmenté mais muet. Son héritage s'était pratiquement évaporé. Ce qui lui restait était un legs de sa mère et il ne pourrait pas y toucher avant la mort de celle-ci. Il se demandait s'il ne pouvait pas travailler dans un think tank économique ou comme journaliste. Mais il avait trente-sept ans et n'avait jamais occupé de poste, à moins de compter le coup de main qu'il avait donné à la ferme de ses parents et les quelques semaines qu'il avait passé dans l'aciérie en Californie. Malgré ses études, il n'avait aucune formation pratique. Pas de profession. Que faire ? Monter son entreprise ?

Non : il avait besoin d'argent tout de suite.

On lisait depuis quelques mois dans les journaux des articles sur des braquages qui avaient lieu dans toute l'Irlande : l'IRA s'attaquait aux banques et aux bureaux de poste pour financer sa campagne paramilitaire. Au mois de décembre, Ben Dunne, le propriétaire des supermarchés Dunne, avait été enlevé dans sa voiture sur la route entre Dublin et Belfast, il avait ensuite été retenu en otage pendant sept jours, jusqu'à ce que la rançon soit versée à l'IRA. Macarthur était très au fait de ces événements et même s'il m'a dit ne pas avoir fomenté de plan tant qu'il était à Tenerife, il a reconnu avoir eu ces braquages à l'esprit pendant qu'il cherchait un moyen de se sortir de ce qu'il a décrit dans sa déposition comme son « obsédante situation financière ».

Six semaines après leur arrivée à Tenerife, Macarthur décida qu'il devait retourner en Irlande. Il dit qu'il n'avait pas à ce stade d'idée précise de ce qu'il allait y faire, mais qu'il savait bien qu'il ne résoudrait pas ses problèmes d'argent en lisant des livres sur Humboldt étendu sur la plage. Pour une fois dans sa vie, il n'y avait pas besoin de réfléchir mais d'agir.

Il m'a affirmé qu'il n'était pas à ce moment-là dans un état de panique. Il estimait avoir assez de fonds pour tenir un an en étant plus ou moins raisonnable. D'ici là, il y avait encore des gens à Dublin qui lui devaient de l'argent : c'étaient des sommes moins importantes que celle qu'il avait perdue mais elles pourraient lui faire gagner un peu de temps.

Il laissa donc Brenda et Colin à Tenerife avec de quoi subvenir à leurs besoins durant son absence. Il expliqua à Brenda qu'il devait régler une question financière urgente, sans indiquer de quoi il s'agissait ni comment il entendait s'y prendre. Il lui promit qu'il serait de retour d'ici deux ou trois semaines et qu'il reviendrait avec de l'argent.

TROISIÈME PARTIE

L'épisode criminel

10

À ce stade, alors qu'il approche du moment déterminant de son existence – celui qu'il est impossible de négocier, de réinterpréter ou d'oublier – la mémoire de Macarthur devient lacunaire, fuyante. Son discours, d'ordinaire si précis et maîtrisé, se fait hésitant et une sorte de distraction nerveuse prend le dessus. C'est un narrateur peu fiable dans le meilleur des cas mais c'est à peine s'il parvient encore à raconter.

C'est étrange pour un homme avec une telle mémoire. Je l'ai interrompu d'innombrables fois dans nos entretiens pour souligner l'ahurissante exactitude avec laquelle il est capable de se remémorer des événements de sa petite enfance. Il parle de choses qui ont eu lieu bien avant sa naissance et inclut des détails d'une précision déroutante. Il est ainsi capable de me donner non seulement le nom du bateau sur lequel son oncle Jack est arrivé aux États-Unis dans les années 1930 mais aussi le nom de l'ami qui a voyagé avec lui, le port où ils ont débarqué et leur heure d'arrivée.

Il est conscient d'avoir une mémoire exceptionnellement vive et puissante et il en est fier. Il la tient de sa mère, dit-il. (En prison, c'était un partenaire précieux pour les jeux de quiz, avec Macarthur dans son équipe, on avait plus ou moins gagné d'avance). Mais quand il s'agit des actions qui définiront son existence jusqu'à la fin de ses jours, ses souvenirs sont limités. C'est comme s'il essayait de se rappeler un rêve dont il vient de se réveiller ou les détails d'un roman qu'il a lu il y a longtemps.

Je n'ai jamais su dire si toute cette période était réellement floue pour lui ou s'il feignait ses défauts de mémoire parce qu'il ne voulait pas évoquer la préméditation de ses crimes. Savait-il déjà ce qu'il allait faire ? Il dit que non. Pas de manière consciente en tout cas. Honnêtement, il ne peut pas l'affirmer avec certitude. Mais, me dit-il, quelque chose avait peut-être commencé à prendre forme au fond de lui.

*

Le 8 juillet, Macarthur prit un vol pour rentrer à Dublin. Il ne voulait pas que ses amis ou ses connaissances sachent qu'il était de retour, alors il monta dans un bus pour Dún Laoghaire, une ville côtière au sud de la capitale, et descendit dans une chambre d'hôte. C'était un joli petit bed and breakfast tenu par une vieille dame qui ne s'intéressa que très superficiellement à son client. L'une des premières choses qu'il fit, m'a-t-il dit, fut de téléphoner à sa mère. Ils ne s'étaient pas parlé depuis son départ pour Tenerife, et elle vivait seule à Mullingar, à une cinquantaine de kilomètres à l'ouest de Breemount : il voulait prendre de ses nouvelles et voir si elle avait besoin de quoi que ce soit. Elle allait très bien et ce n'était pas la peine qu'il vienne. Il m'a dit qu'il ne lui avait jamais fait part de sa situation financière et elle a elle-même affirmé qu'il ne lui avait jamais demandé d'argent et qu'elle l'aurait aidé si elle avait su qu'il était en difficulté.

Si Macarthur avait eu pour projet d'assassiner sa mère, suivant l'interprétation souvent donnée aux notes retrouvées lors de son arrestation, il aurait sans doute été cohérent de commencer par lui demander de l'argent.

Comme tant d'autres choses en rapport avec « l'épisode criminel » de Macarthur, ses motivations et son raisonnement semblent brumeux dans sa mémoire. Il est incapable de dire pourquoi il n'est jamais allé demander de l'aide financière à sa mère – ni, d'ailleurs, à son riche oncle d'Amérique.

« Je ne sais pas trop, a-t-il répondu. Il est possible que cela ne me soit jamais venu à l'idée. Ou bien était-ce un problème d'inhibition. »

J'ai laissé entendre que c'était peut-être la honte qui l'avait empêché de demander de l'aide – la honte de sa prodigalité, la honte d'avoir à se considérer comme le genre de personne qui a besoin de demander une rallonge à sa mère – mais il a poliment réfuté cette hypothèse. Il avait lui-même prêté de l'argent à de nombreuses personnes, m'a-t-il fait remarquer, et cela n'avait jamais affecté l'opinion qu'il se faisait d'elles. Il n'avait pas grand-chose à ajouter sur le sujet : à sa façon, il semblait aussi perplexe que moi.

*

À son retour à Dublin, il se renseigna sur les prêts qu'il avait accordés mais cela ne donna rien. Un plan germait peu à peu dans son esprit et prenait forme sous la pression de l'abîme qui approchait.

Un jour, il prit le bus pour se rendre en ville. Il passa devant un magasin d'articles de sport dans Parliament Street et s'arrêta devant la vitrine. Son regard fut attiré par une affiche qui annonçait des tournois à venir. Il y avait une liste de concours de tir dans les clubs de ball-trap de la ville et des environs. Il en prit bonne note. Il entra dans le magasin et acheta un chapeau de pêcheur en tweed. Il fit aussi l'acquisition d'une arbalète, une petite arme courtaude avec un manche semblable à celui d'un fusil.

N'étant pas titulaire d'un permis de chasse, c'était ce qu'il pouvait obtenir de plus proche d'une arme à feu.

Il retourna à Dún Laoghaire et s'enferma au bed and breakfast. Pour la première fois de sa vie, il arrêta de se raser et eut bientôt une barbe épaisse qui fit l'effet d'un masque le rendant méconnaissable. Il scia l'extrémité de l'arbalète et confectionna un canon avec de la pâte à bois. Il le ponça et le peignit en noir pour que l'objet ait l'air d'un pistolet crédible aux yeux d'une personne qui n'oserait pas le regarder de plus près. Il n'y croyait pas beaucoup mais il était de plus en plus désespéré et il n'avait pas mieux.

*

Lors de son arrestation, Macarthur avait deux livres en sa possession. L'un était un ouvrage universitaire intitulé *A Materialist Theory of Mind* (« Théorie matérialiste de l'esprit ») du philosophe australien David Armstrong. L'autre était le volume dans lequel étaient glissées ses notes manuscrites, un manuel de médecine légale. C'était apparemment ce qu'il lisait au moment des meurtres. Ce qui me frappe, c'est la juxtaposition discordante des deux titres : l'un une analyse philosophique austère des fonctions de l'esprit, l'autre un ouvrage encyclopédique consacré à la destruction du corps.

Bien évidemment, je cède ici à la tentation de me confronter à la réalité comme à une fiction, de la lire comme si j'étais un critique ; cependant, je ne peux m'empêcher de penser que la présence de ces deux textes offre un cadre pour réfléchir à Macarthur et ses crimes.

Armstrong était connu pour une théorie de l'esprit nommée *central-state materialism* (« matérialisme de l'état central »), selon laquelle les états mentaux – les pensées, les émotions et le reste – sont en réalité des états physiques du cerveau. Son hypothèse était que cette idée même pouvait permettre d'expliquer le principe de conscience. Armstrong essayait notamment d'expliquer la conscience par ce qu'il désignait comme le phénomène de « pilote automatique ». On conduit sur un long trajet et on prend soudain conscience que l'on n'a pas conscience de ce que l'on est en train de faire. On pilote la voiture, on change les vitesses, on s'arrête aux intersections et ainsi de suite mais on ne se rend pas compte de tout cela. De cette façon, il est possible que le processus mental, la pensée, se déplie sans que nous en fassions consciemment l'expérience. La conscience, dit-il, n'est ni plus ni moins que « la perception ou la connaissance de l'état de notre esprit » ou ce qu'il appelle « un système d'autoanalyse dans le système nerveux central ». L'esprit, dans des situations de « pilote automatique » telles que celle-ci, fait ce qu'il fait, que nous y prêtions attention ou non.

Pendant un temps, je me suis demandé si ce livre et le fait que Macarthur ait été en possession de celui-ci au moment de son arrestation peuvent d'une certaine manière contribuer à expliquer ses actes – ou si, à défaut de les expliquer, il peut offrir un axe de réflexion. Les experts psychiatres qui l'ont examiné à la suite de son arrestation ont après tout unanimement conclu qu'il agissait comme un « automate » et qu'il n'était pas totalement maître de ses agissements. L'équipe de défense de Macarthur fut d'abord ravie de ce consensus car il ouvrait la possibilité de plaider l'irresponsabilité.

Ce projet dut toutefois être vite revu après la découverte des notes coincées entre les pages du deuxième livre, le manuel de médecine légale. La suspicion que Macarthur ait méticuleusement planifié le meurtre de sa mère rendait caduc l'argument de l'irresponsabilité – comme cela était l'apanage des personnes tout à fait saines d'esprit.

Irene Macarthur n'a jamais clairement dit si elle croyait que son fils avait voulu la tuer. Peut-être était-elle sincèrement dans le doute sur le sujet, ou peut-être qu'elle ne souhaitait pas évoquer les affaires familiales dans les médias. Dans son interview radio avec Irene, David Hanley a soulevé l'hypothèse qu'elle ait pu être la prochaine victime de Macarthur, du fait de la découverte des notes. Elle a eu une réponse étonnamment détachée et posée. La Gardaí ne lui avait donné aucune information sur le sujet et ce ne serait donc pas juste de sa part de se livrer à des spéculations.

« Mais bien sûr, ajouta-t-elle, comme pour d'autres choses dans la vie, tout est possible. »

J'ai déniché sur Internet un exemplaire d'une édition postérieure de ce manuel de médecine légale. Parmi les entrées de la table des matières, on trouve : « Les aspects médicaux de la mort », « Apparence du corps après la mort », « Armes à feu et dispositifs explosifs », « Immersion et noyade », « Blessures causées par la chaleur, le froid et l'électricité ». Les divers chapitres étaient illustrés par des photos atrocement crues de corps autopsiés – brûlures, démembrements, têtes arrachées d'un coup de fusil. Plus je tournais les pages, plus j'avais l'impression de lire un rapport clinique de la triste condition dans laquelle l'humanité avait sombré.

Dans le chapitre intitulé « Blessures régionales », j'ai vu la photo d'une tête humaine, rasée, avec pile au milieu du front une large dépression ovoïde d'où irradiait une série de fissures irrégulières. « Fracture crânienne avec enfoncement, disait la légende, avec contours arrondis, reproduisant les dimensions d'un marteau à tête ronde. » En dehors de la couleur de la peau, blanche, la photo était dépourvue du moindre signe distinctif : pas de cheveux, pas d'indication de genre, pas l'ombre de traits spécifiques. La victime dont le crâne était présenté ici avait été réduite à une blessure désincarnée.

Puis, dans un chapitre sur les maltraitances imposées aux enfants, j'ai trouvé une référence sur la fréquence des morsures en pareille situation. J'ai lu que les morsures aux bras des enfants étaient très courantes.

Dans un article de 2002 ayant pour titre « Macarthur : "l'étranger" qui n'avait jamais travaillé », j'ai découvert un détail sur les jours qui avaient précédé les meurtres que je n'avais lu nulle part ailleurs. L'article, publié alors que la demande de remise en liberté conditionnelle de Macarthur était examinée, affirmait qu'il avait « une relation fragile à la réalité » et que « l'on pense qu'il glissait dans un état psychotique tandis qu'il préparait froidement son opération criminelle ». Les deux affirmations, apparemment antithétiques – qu'il se soit trouvé dans un état psychotique tout en préparant son coup froidement – m'ont paru assez typiques de la couverture de l'affaire par la presse irlandaise, pour laquelle on pouvait tout écrire au sujet de Macarthur, peu importaient les contradictions internes, pourvu que cela lui donne l'air encore plus monstrueux et bizarre. Ce qui m'intéressait davantage, c'était une anecdote que le journaliste rapportait sans citer de source, sur le fait que Macarthur se soit préparé psychologiquement au braquage en entrant dans les halls des hôtels de la ville armé d'une brique.

Je l'imaginais trouver cette brique quelque part dans la rue, peut-être sur un chantier, la ramasser, la soupeser. Je l'imaginais la glisser, si évidente, sous le tweed de sa veste. Je l'imaginais passer la porte d'un grand hôtel – le Shelbourne, par exemple – et adresser un signe de tête rigide à un portier en livrée. Je l'imaginais rester un long moment dans le hall, apercevant son reflet dans le grand miroir accroché au mur : un visage curieux, un regard interloqué et une barbe de plus en plus épaisse. Je l'imaginais sentir le poids rêche de la brique contre la peau douce de sa main droite, faire demi-tour et ressortir. Je me suis interrogé sur la crédibilité de cette histoire, puisqu'elle n'était pas attribuée et n'apparaissait nulle part ailleurs.

Quelques jours plus tard, je marchais le long des quais en direction du centre-ville. La vie revenait peu à peu dans les rues, et j'allais à la bibliothèque, qui rouvrait après une fermeture de plusieurs mois. Alors que je passais devant l'entrée des Four Courts, j'ai pensé à Macarthur et j'ai sorti mon téléphone pour l'appeler, comme je l'avais fait si souvent. Il m'a répondu presque aussitôt. Il semblait content et un peu surpris de m'entendre mais, constitutivement incapable de faire la conversation, il m'a de but en blanc interrogé sur l'avancement de mon livre, le véritable objet de ses interrogations étant, je le comprenais bien, son propre destin.

Je lui ai parlé de l'histoire que j'avais lue dans un vieil article, sur la brique et les halls d'hôtel, et je lui ai demandé si c'était vrai. Il n'était pas au courant de l'article mais il a semblé voir tout de suite de quoi je parlais et m'a demandé quelle était la source. L'article n'en citait aucune, ai-je expliqué. Une personne proche du dossier avait dû informer le journaliste anonymement, a-t-il supposé.

« Alors c'est vrai ? Vous avez fait ça ? La brique, le hall ?

— Non, c'est une invention pure et simple.

— Alors pourquoi dites-vous que la source est quelqu'un avec un accès au dossier ?

— Parce que c'est quelque chose que j'avais dit à l'époque. C'était une plaisanterie. Pour démontrer quelque chose.

— Qu'est-ce que vous cherchiez à démontrer ?

— Eh bien, c'est un peu trop complexe à expliquer », a-t-il répondu, et il n'en a plus parlé.

C'était une manière de faire fréquente chez lui, voire compulsive. Il essayait très souvent de faire passer les choses difficiles à justifier pour des blagues – des canulars ou des jeux. Par exemple, les notes découvertes dans le manuel de médecine censées faire partie d'un jeu de société autour de *Noblesse oblige*. J'avais le sentiment que s'il s'était estimé capable d'expliquer la mort de Bridie Gargan et Donal Dunne comme le résultat d'une farce mal comprise, il aurait tenté le coup.

*

Mois après mois, Macarthur devenait plus à l'aise en ma présence et je commençais à voir que, malgré une certaine méfiance, il m'appréciait. Il se montrait étonnamment ouvert sur le sujet, disant qu'il avait « beaucoup d'estime pour moi » et qu'il voyait que j'avais « une intelligence de premier ordre » et que j'étais même « un type très honnête ». Il me considérait comme un interlocuteur digne d'intérêt. J'avais parfois l'impression que j'étais précisément le genre de personne – une personne qui gagnait tant bien que mal sa vie en réfléchissant et en écrivant – qu'il aurait pu vouloir devenir lorsqu'il était jeune, s'il n'était pas devenu un assassin.

Un jour, alors qu'il mentionnait en passant un épisode de sa détention, il s'est interrompu et m'a demandé de ne pas le citer dans mon livre. Il craignait, disait-il, de faire quoi que ce soit qui puisse irriter ou mettre dans l'embarras les autorités pénitentiaires. Toutefois, si je voulais en apprendre davantage sur ses années derrière les barreaux, il serait ravi de m'en parler « sur une base amicale », ce que je comprenais comme voulant dire « en off ».

« Nous pourrions même *devenir* amis, a-t-il alors ajouté avec un petit rire nerveux. Si vous étiez disposé à considérer cette possibilité.

— Oui », ai-je répondu avec un rire nerveux moi aussi. Je sentais bien que ce n'était pas une réponse suffisante, mais c'était tout ce que je suis parvenu à dire. J'avais bien sûr envisagé la possibilité qu'une certaine spontanéité, voire une forme d'intimité, finisse par teinter nos échanges. Je savais qu'il était très seul et qu'il était autant flatté qu'intrigué par l'intérêt que je lui portais.

Jusqu'à ce moment-là, je n'étais pas capable de dire si ce qui plaisait à Macarthur était la perspective de conversations privées ou le fait que celles-ci me servent à écrire un livre sur lui. Je supposais qu'il avait déjà été sollicité par des auteurs, mais c'étaient généralement des faits-diversiers et des journalistes de tabloïds, des personnes dont il percevait les motivations comme puériles et intéressées. (Certains de ces journalistes lui avaient, selon ses dires, proposé des sommes importantes, des montants à six chiffres. Lui disait ne pas avoir été tenté une seule seconde : d'abord parce que cela l'aurait immédiatement conduit en prison pour avoir tiré profit de ses crimes, ensuite parce qu'il n'avait plus besoin d'argent puisque, ironie du sort, l'État subvenait à ses besoins.)

Quoi qu'il en soit, j'étais conscient du risque qu'il y avait à ce qu'il me considère comme son ami. Et cette possibilité me perturbait pour deux raisons. La première était assez simple : je n'avais aucune envie de devenir ami avec un homme qui avait tué, peu importait à quand cela remontait et sa position sur le sujet. La deuxième raison était un peu plus complexe. J'étais déjà mal à l'aise avec le fait de tirer profit de la sincérité de Macarthur et je n'avais aucun désir de le manipuler en faisant semblant d'être son ami.

Je lui avais rappelé à maintes reprises durant nos premiers entretiens que, même si je comptais respecter son souhait de ne pas écrire sur un certain nombre de sujets, et même si la dernière chose que je voulais était qu'il atterrisse en prison à cause de mon livre, je ne pouvais lui fournir aucune garantie quant au fait qu'il allait *aimer* ce que j'allais finir par écrire. Je lui avais expliqué qu'il y avait au contraire de bonnes chances qu'il soit surpris, voire qu'il se sente trahi par ce que j'écrirais, car ce serait là ma vision de lui, et en aucune façon un plaidoyer ou une apologie. Il semblait totalement à l'aise avec cette perspective. Il avait sans doute connu pire qu'un portrait défavorable dans un livre de non-fiction littéraire. Il ne pouvait guère aspirer à une représentation valorisante, de mon point de vue, puisqu'il était, en tout état de cause, un assassin. Toujours est-il qu'il a continué de me parler.

Durant nos premières conversations, je m'étais étonné moi-même de mon approche excessivement professionnelle. Je m'asseyais à sa petite table en verre dépoli, prenant en note tout ce qu'il disait, intervenant à certains moments avec des questions judicieuses, demandant des éclaircissements sur la chronologie, etc. J'avais d'abord eu l'impression que je faisais cela parce que je voulais accéder à la vérité, ou du moins à sa version de la vérité, à son histoire. Mais j'ai vite compris que cette approche rigoureusement journalistique – le carnet et le stylo, l'enregistreur, l'enchaînement de questions étrangement formel – était en fait un moyen de défense élaboré contre la possibilité qu'il se prenne de sympathie pour moi. Il m'a fallu un peu plus de temps pour m'apercevoir que c'était aussi, et peut-être surtout, un moyen d'éviter que je me prenne de sympathie pour lui.

Au fil des semaines puis des mois, nous discutions assez régulièrement par téléphone. C'était souvent moi qui l'appelais, mais c'était très fréquemment lui qui me téléphonait. En réalité, personne ou presque ne m'appelait à l'improviste et comme il le faisait en général le soir, je savais que, si je sentais mon téléphone vibrer dans ma poche après le dîner, c'était sans doute soit mon père, soit Malcolm Macarthur. Il avait toujours une bonne raison de me téléphoner : souvent pour amender ou retirer totalement une remarque qu'il avait faite lors de notre dernier entretien. Mais je sentais parfois que c'étaient surtout des prétextes pour se lancer dans un monologue, parler d'un film qu'il avait vu des années auparavant ou se plonger dans un sujet philosophique ou scientifique qu'il jugeait digne d'intérêt.

Un soir, durant la longue semaine entre Noël et le jour de l'an, il m'a appelé pour me parler d'un article qu'il avait lu dans le journal. Il pensait que je serais intéressé d'apprendre qu'un chercheur en littérature allemand disait avoir découvert à quelle date précise Joyce avait situé l'intrigue de *Finnegans Wake*. Je lui ai dit que cela m'intéressait, en effet, même si j'étais plus intéressé encore par le fait qu'il m'en parle.

Il m'a téléphoné un soir, peu de temps après, pour me dire qu'il avait parlé de moi avec sa contrôleuse judiciaire. Il voulait la préparer à la sortie de ce livre écrit à partir de nos entretiens.

« C'est une personne très raisonnable, m'a-t-il assuré. Suédoise, par bonheur, et non irlandaise. Très pragmatiques, les Suédois. »

Il évoquait sans cesse sa contrôleuse judiciaire. Il avait une grande admiration pour elle, laquelle était très clairement liée à ses origines suédoises, une nation qu'il associait à la rationalité et à l'équité.

« Je lui ai répété qu'il était essentiel que tout ceci soit pris en main par une personne comme vous, a-t-il repris. Une personne sérieuse. Une personne aux *standards intellectuels* très élevés. »

Je lui ai répondu que j'étais touché d'être considéré comme une personne aux standards intellectuels très élevés, même si en vérité je n'étais pas sûr de ce qu'il entendait par là.

« Vous savez, vous êtes devenu une personne très importante dans ma vie, a-t-il alors confessé.

— Et vous de même, ai-je répliqué. Comme vous le savez sans doute. »

Il a de nouveau abordé, d'un ton incertain et presque timide, la possibilité que nos rapports se muent en amitié. Je lui ai suggéré, pour noyer le poisson, qu'il repousse toute décision sur le sujet après la sortie de mon livre.

Un soir, je venais de mettre ma fille de trois ans en pyjama et de lui brosser les dents, et nous traînions sur son lit en attendant que je lui lise une histoire. J'avais cédé à ses demandes insistantes et lui avais passé mon téléphone pour qu'elle le regarde pendant que je lisais un livre. Elle aimait regarder les photos et les vidéos de ma galerie, probablement parce qu'elle figurait sur la plupart d'entre elles. Elle les faisait défiler avec une aisance d'habituée, contemplant fascinée les images d'elle un peu plus jeune, quand j'ai entendu la vibration d'un appel entrant. J'ai jeté un œil au téléphone qu'elle tenait entre les mains et en voyant le nom « Macarthur » apparaître à l'écran, j'ai été parcouru par une vague d'effroi. J'ai tendu la main pour qu'elle me rende le téléphone en disant que j'allais le lui réparer. J'ai laissé sonner et au bout d'un moment le nom a disparu, la photo que ma fille regardait s'est rematérialisée : elle, assise dans le canapé, son petit chien dans les bras. J'ai mis le téléphone en silencieux et je l'ai glissé dans ma poche en lui disant que c'était l'heure de l'histoire. Pendant toute la soirée, je n'ai pas pu me sortir la scène de la tête : le nom sur l'écran, le vrombissement du téléphone dans ses petites mains.

*

Le samedi qui suivit son retour en Irlande, en juillet 1982, Macarthur décida de prendre le bus jusqu'à Swords, une cité côtière au nord de la ville. Le club local organisait l'un des concours de tir aux pigeons annoncés sur l'affiche du magasin de sport et il devait se dire que c'était le genre d'endroit où il pourrait faire l'acquisition d'un fusil. Il ne souhaitait pas participer à la compétition. D'après l'un des membres du club, qui avait remarqué son étrange attitude et sa tenue inhabituelle, il passa la plus grande partie de l'après-midi assis sur un banc à regarder les tireurs. Il avait un baise-en-ville dans lequel il transportait l'arbalète bricolée pour ressembler vaguement à un fusil, ainsi qu'une pelle et un marteau.

Un autre membre du club, un médecin de la ville, remarqua Macarthur qui tournait autour de sa voiture. Sa tête ne lui revenait pas : la barbe, le chapeau de pêcheur, le regard intense. Il verrouilla les portières, ce qu'il n'aurait normalement jamais fait. Le docteur lui dit quelque chose sur le temps radieux et demanda à Macarthur s'il pratiquait le tir lui aussi. Il lui répondit que oui, qu'il avait beaucoup chassé et fait du ball-trap quand il était jeune. Son accent dut aider à calmer les suspicions mais il dégageait quelque chose de très louche et le docteur le garda à l'œil durant l'après-midi. Il remarqua qu'il restait debout pendant des périodes étonnamment longues, fixant intensément le tableau de marque, sans raison particulière.

Quelques jours plus tard, quand il signala ce personnage curieux à la Gardaí, le docteur précisa qu'il avait « l'air absent et qu'il se déplaçait très lentement ». Il se souvenait aussi que, même s'il portait des lunettes, l'homme penchait tout le temps la tête, si bien qu'il regardait par-dessus ses verres comme un austère directeur d'école. Il était évident qu'il ne voyait rien à travers ses lunettes et que les raisons pour lesquelles il les portait étaient a minima quelque peu excentriques.

Le chapeau, les lunettes, la barbe. Le marteau, la petite pelle, l'arbalète. Il n'y a ici aucune démarcation claire entre le ridicule et le sinistre. J'imagine qu'il aurait été difficile de décider s'il fallait rire de Macarthur ou s'en méfier. Il passa la journée au ball-trap, suscitant gêne et suspicion, et peut-être quelques moqueries, mais il n'eut aucune occasion de mettre la main sur un fusil. La semaine suivante, il assista à d'autres compétitions – à Ashbourne dans le comté de Meath et à Ardee dans le comté de Louth. Il y en eut peut-être d'autres mais il dit qu'il ne s'en souvient pas.

J'ai demandé à Macarthur s'il avait établi à ce stade son plan de braquage.

« Je devais avoir quelque chose en tête, a-t-il répondu. Je devais ruminer. Mais je ne peux pas l'expliquer. Il est possible qu'au fil des concours, à chaque nouvelle compétition à laquelle j'assistais, l'idée ait fait son chemin. »

Je ne savais pas quoi faire de cette réponse, de cette affirmation selon laquelle il ne savait pas bien ce qu'il faisait, ou alors qu'il savait mais qu'il n'était pas totalement conscient de le savoir. D'un côté, ça ne me semblait pas crédible qu'il ait pu aller dans un club de tir à proximité de Dublin, puis dans un autre du comté de Meath et encore dans un troisième dans le comté de Louth sans avoir une idée claire des raisons pour lesquelles il le faisait. D'un autre côté, pourquoi mentir sur un tel sujet ? Ça n'avait pas grande importance, dans le fond, de savoir quand exactement il avait échafaudé un plan pour commettre un braquage – qu'il ait tout prévu dans son esprit avant de débarquer dans des concours de tir aux pigeons, ou avant même de partir à Tenerife avec Brenda et Colin. Cela ne changeait rien à ce qu'il avait fait ou à l'ampleur de sa culpabilité.

La version officielle – celle qui a été reconstituée par les enquêteurs et répétée à l'infini dans les médias – suivait une trajectoire simple : les finances de Macarthur étaient au plus bas, il avait donc décidé de braquer une banque et il avait eu besoin pour ce faire d'un fusil et d'une voiture. L'histoire, à sa façon, est parfaitement cohérente.

Elle saisit la logique brutale et sans pitié qui sous-tend les crimes de Macarthur. Je pense du reste qu'elle se trouve être vraie. Pourtant, je crois aussi que Macarthur ne ment pas quand il dit ne pas être certain du moment où il a commencé à élaborer son plan et ne pas savoir ce qu'il avait en tête quand il prenait place sur un banc pour regarder le tir aux pigeons. La justice, par nature, privilégie les versions dans lesquelles les gens ont des motivations claires et agissent de façon compréhensible conformément à celles-ci. La recherche de la vérité, dans un sens légal, est par nature réductrice. Il est possible que Macarthur ait à la fois su et ignoré ce qu'il était en train de faire.

Il a beaucoup marché pendant cette période, il est beaucoup resté debout. Il marchait et marchait encore et quand il arrivait ou qu'il en avait marre de marcher, il restait debout. Il restait debout aux concours de tir. Il se promenait en ville. Il se tenait un moment aux carrefours. Il s'asseyait sur un banc, dans un parc. Il marcha tellement qu'il en eut des ampoules. Il portait de lourds souliers, peu adaptés à la chaleur de l'été et aux balades incessantes, à tout ce temps qu'il passait debout.

Il y avait là une impression d'urgence sans but. Voilà un homme qui sait qu'il va faire quelque chose de radical mais ne sait pas comment il va s'y prendre. Il sait à ce stade qu'il va braquer une banque et qu'il lui faut un fusil et une voiture. Mais comment trouve-t-on un fusil ? Un criminel ordinaire en récupère un auprès d'un contact, une arme à partir de laquelle on ne pourra pas remonter jusqu'à lui. Macarthur ne connaissait pas de criminel ordinaire, il n'avait à sa connaissance jamais rencontré personne qui ait utilisé un fusil pour autre chose que tirer sur des faisans ou des renards. D'une certaine façon, c'est cohérent qu'il ait voulu passer par le ball-trap pour trouver un fusil puis, une fois que cette piste avait échoué, qu'il ait acheté un exemplaire du *Farmers Journal* au kiosque près de la pension de Dún Laoghaire pour en parcourir les petites annonces. Le chemin qui l'a conduit au crime était déterminé par une cartographie de classe.

*

Quand il découvrit l'annonce, il sut ce qu'il allait faire. Un agriculteur d'Edenderry, à une soixantaine de kilomètres à l'ouest de Dublin, vendait un fusil. Il s'appelait Donal Dunne. Il en demandait mille livres, une somme bien trop élevée pour que Macarthur puisse même l'envisager. Mais ce n'était pas un obstacle insurmontable. Il appela le numéro. Carmel, la sœur de Dunne, décrocha. Il se présenta comme Mr Ryan.

« C'est pour toi, Donal », dit-elle.

La conversation fut brève. Dunne proposa à ce Mr Ryan de venir à Edenderry le lendemain soir pour voir le fusil et éventuellement l'essayer si nécessaire.

Macarthur dut alors voir le chemin qui s'ouvrait devant lui. Une fois qu'il aurait le fusil chargé dans les mains, il n'aurait plus besoin de payer l'agriculteur. Une solution élégante, d'une certaine façon : un vol à main armée dans lequel la fin et le moyen n'étaient qu'un seul et même objet.

Il nota les indications que Dunne lui donna pour se rendre chez lui. Il savait qu'il fallait qu'il trouve une voiture avant le lendemain soir : pour arriver dans le comté d'Offaly puis retourner à Dublin après avoir volé le fusil, et pour réussir le braquage qu'il prévoyait. Il avait en outre besoin d'une voiture qu'on ne pourrait pas relier à lui ou à quelqu'un de son entourage. Ainsi débuta « l'épisode criminel ».

*

Dans l'intervalle, Macarthur fit quelque chose qui dénote un niveau de calcul et de préméditation plus haut que ce qu'il voudrait lui-même laisser penser : il se rendit dans une banque de Dún Laoghaire et ouvrit un compte sous un faux nom, John Eustace. Il avait auparavant remarqué un immeuble abandonné près de la chambre d'hôte où il résidait et prétendit que c'était là son adresse. Ce sont, je pense, les agissements d'un homme qui savait exactement ce qu'il était en train de faire et ce qu'il allait faire ensuite.

Dans un grand magasin de bricolage de Capel Street, il acheta une petite pelle et un marteau à grosse tête. « Je voulais ce marteau, indique Macarthur dans sa déposition, pour intimider, obtenir une voiture et aller à la campagne chercher un fusil car je n'avais pas de moyen de locomotion. » La pelle, poursuit-il, était une précaution nécessaire. « Mon attitude était de me dire que si je voulais que cette entreprise réussisse et que j'en venais à tuer quelqu'un au cours de ladite entreprise, je pourrais me servir de la pelle pour me débarrasser du corps. »

J'ai toujours trouvé ces tournures glaçantes. *Je voulais ce marteau pour intimider quelqu'un. Je voulais que cette entreprise réussisse.* Elles résument le paradoxe psychologique de toute l'affaire : une logique impitoyable au service d'une folie plus profonde. Ce que nous avons ici, c'est un homme qui sait exactement ce qu'il fait ; et pourtant, c'est un homme qui, tout aussi clairement, n'a aucune idée de ce qu'il fabrique. La pelle est un bon exemple. J'ai vu une photo de cette pelle et il est évident, même pour un profane comme moi, qu'il faudrait s'acharner longuement pour creuser un petit trou avec, sans même parler d'une fosse assez profonde pour y enterrer un corps. Il s'agit somme toute d'un outil de jardinage. Macarthur n'est en aucun cas idiot mais je pense qu'il s'est conformé, ici et ailleurs, au cliché de l'intellectuel empoté. À supposer qu'il soit possible de s'adonner au crime en dilettante, on peut dire que c'est ce qu'il a fait.

Je repense ici à Tony Hickey, l'ancien commissaire divisionnaire de la Gardaí dont le travail d'investigation a été décisif dans l'arrestation de Macarthur. Lors de l'un de nos entretiens, il m'a parlé de la chronologie des événements et a évoqué le projet de braquage, sa mise en œuvre chaotique, ses conséquences dramatiques.

Secouant la tête avec un mépris presque amusé, il a conclu : « C'était un festival de conneries. »

11

Le 22 juillet, le lendemain du coup de téléphone entre Macarthur et Donal Dunne, Dublin était touché par une vague de chaleur. Lors de journées comme celle-ci, la ville s'imprègne d'une indolence festive. Tout est ouvert sur l'extérieur, tout devient plus détendu et plus fluide. Les hommes paradent torse nu dans le centre-ville, la chemise négligemment jetée sur l'épaule, le dos rougi par les rayons du soleil. Les gens boivent des bières sur les bancs dans les parcs, sur les berges du canal. On entend les radios réglées à plein volume, le vacarme métallique du reggae et d'autres styles musicaux appropriés par cette température.

Macarthur, cet excentrique aristocrate avec sa barbe et ses lunettes rondes, devait dénoter dans un tel contexte. Le lourd pull militaire, le chapeau de pêcheur enfoncé sur la tête. Ce chapeau était orné d'une plume orange – ce qu'il prit soin de mentionner, qui sait pourquoi, dans sa déposition. Il désignait cet accoutrement sous le terme de « camouflage ». Il devait avoir l'air sur le point de partir à la chasse. (Macarthur m'a affirmé plus tard que le chapeau de pêcheur n'avait jamais été destiné à lui servir de déguisement : il aurait en réalité attrapé un léger coup de soleil au front avant son départ de Tenerife et le chapeau devait servir à le protéger durant la vague de chaleur.)

Il prit un bus depuis Dún Laoghaire pour se rendre au centre-ville. Le bus s'arrêta sur les quais et quand il en descendit, il resta planté une quinzaine de minutes au bord de la Liffey, à contempler les eaux stagnantes du fleuve.

« Je suis resté debout sur le muret, déclarait-il dans sa déposition, à admirer une sorte de maison en bois flottante qui se trouvait sur le fleuve. J'admirais notamment deux hommes assis sur des chaises sur une péniche. »

Il avait avec lui un petit sac de voyage bleu qu'il avait rapporté de Tenerife. Il contenait le marteau et l'arbalète trafiquée. La pelle était trop grande pour tenir dedans, il la transportait donc séparément, emballée dans un sac plastique noir. Pour éviter que les coins de la pelle ne déchirent le sac, il les avait protégés avec du gros scotch de masquage. (En écrivant ceci, je ne peux m'empêcher de penser au salon lugubre de cet homme, une quarantaine d'années plus tard, avec sa télévision et sa vitrine emballées dans des sacs-poubelle scotchés ensemble. L'étrange méticulosité. Et je ne peux m'empêcher de me demander ce que peut signifier, à supposer qu'elle ait un sens, cette manie d'emballer les choses ainsi.)

Alors qu'il marchait sur la rive du fleuve en direction du parc, il s'arrêta à une échoppe sur le quai et s'acheta une orange.

Une fois dans le parc, il remonta la large allée centrale. Il croisa des jeunes couples, des gens qui promenaient leur chien, des familles avec des enfants qui se rendaient au zoo. Je pense qu'il ne cherchait pas encore une voiture, ni une victime, puisque c'était la partie la plus fréquentée du parc, la plus proche du centre-ville.

Quand il atteignit le Wellington Monument, il s'arrêta et posa son sac. Il pela son orange et la mangea sans se presser. S'interrompit-il pour observer le monument ? Je crois Macarthur quand il dit ne pas se souvenir de telles choses, que sa prodigieuse mémoire défaille quand il est question de ces journées étranges et des actes terribles au cœur de celles-ci. Mais si j'étais forcé de deviner – ce qui n'est pas le cas –, je dirais qu'il s'est interrompu et qu'il a réfléchi à la signification de ce monument, à cet endroit.

Il y a une citation célèbre sur les origines irlandaises de Wellington, souvent attribuée au duc lui-même mais qui est en réalité une plaisanterie lancée pendant un discours par Daniel O'Connell, figure de proue du mouvement pour l'émancipation catholique au XIXe siècle : « Il est certes né en Irlande, mais naître dans une écurie ne fait pas de vous un cheval. »

Je ne peux résister au symbolisme de la scène : Macarthur s'interrompant pour manger son orange, le monument qui se dresse derrière lui, un obélisque d'une rectitude aussi intransigeante que l'Histoire elle-même. Tout autour du socle de granit soutenant la structure de soixante mètres de haut, une série de plaques supposément fondues à partir des canons capturés à l'armée napoléonienne retracent les faits d'armes de Wellington : les guerres indiennes, la bataille de Waterloo.

Je passe devant ce monument plusieurs fois par semaine – quand je vais courir, promener le chien ou que j'emmène mes enfants au parc. Et chaque fois, je le vois, dans son mauvais costume, ses lourds habits, perché sur les barrières métalliques qui courent le long du chemin. Je le vois en train de peler son orange. Je le vois manger chaque quartier lentement, posément, le regard absent. Pensant à ce qu'il s'apprête à faire.

*

Macarthur poursuivit son chemin. Il passa devant le salon de thé, devant le club de cricket. Il passa devant l'entrée du zoo, et les enfants excités par tous les animaux qu'ils allaient voir. Il longea le sentier de jogging. Il prenait son temps. Et tandis qu'il marchait, il scrutait la zone à la recherche d'une opportunité. Il considéra différentes voitures garées mais aucune n'était, ainsi qu'il le formula plus tard, une « proie facile ».

Il passa devant les terrains de polo, la Croix papale et l'Áras an Uachtaráin, l'ancienne demeure du vice-roi et résidence actuelle du président irlandais.

Et puis, un toute petit peu plus loin, près de l'entrée de la résidence de l'ambassadeur américain, il remarqua une petite voiture gris métallisé, une Renault 4, garée à côté d'une rangée d'arbres, la portière grande ouverte. C'était elle : la voiture qui l'emmènerait à Edenderry pour récupérer le fusil, la voiture qui lui servirait pour son braquage. Une proie facile. Dans l'herbe haute à côté de la portière ouverte, une jeune femme était étendue sur le dos, bronzant au soleil de l'après-midi.

*

Bridie, c'était son nom. Bridget Gargan, mais tout le monde l'appelait Bridie. Elle avait vingt-sept ans. Elle était infirmière au St. James's Hospital, sur l'autre rive. Elle habitait de l'autre côté du parc, dans un immeuble de Castleknock. Elle traversait le parc pour rentrer chez elle après une longue journée quand elle avait décidé, sur un coup de tête, de se garer pour bronzer un peu puisque c'était une journée si parfaite, si chaude et ensoleillée. Je l'imagine se sentir libre et détendue, ce que l'on ressent les soirs d'été quand on a fini le travail, qu'on est jeune et que le monde semble libre, riche d'opportunités et de plaisir.

Macarthur regarda autour de lui et vit qu'ils étaient seuls. Il se pencha pour poser la pelle contre un arbre.

Il sortit son pistolet factice de son sac et approcha. Il restait plié en deux, marchant près du sol.

Il se planta devant la femme, pointa l'arme sur elle et elle le regarda. Il lui ordonna de monter dans la voiture.

« C'est pour de vrai ? demanda-t-elle.

— Oui, répondit-il, tout à fait. »

Elle lui demanda si elle pouvait d'abord se rhabiller. Il lui dit que oui, elle attrapa son chemisier, l'enfila et le boutonna à la hâte.

Dans sa déposition, il affirma qu'elle semblait calme. Il remarqua également qu'elle ne portait pas de soutien-gorge.

Il fit un geste avec son arme, lui faisant signe de prendre place sur la banquette arrière. Comme dans les films. Il lui assura qu'il n'y avait que sa voiture qui l'intéressait, qu'elle-même n'avait rien à craindre. C'était tout ce qu'il voulait, la voiture. Toutefois, il allait malheureusement devoir l'attacher. Quand il le lui dit, elle paniqua et refusa de s'allonger. Et à cause de cette réaction, Macarthur se mit à paniquer lui aussi. Du moins, il dit qu'il a paniqué, qu'il a eu peur qu'elle attire l'attention sur eux. Peur qu'elle crie et qu'elle fasse une scène. Tout ceci, il en était convaincu, ne devait pas devenir une scène.

*

On ne peut pas dire ce qui s'est passé. Pas au sens où on ignorerait la suite des événements. On la connaît, plus ou moins. On sait qu'il l'a frappée à la tête avec un marteau, de nombreuses fois et avec une force considérable, et que bien qu'elle ne soit pas morte dans la voiture, en sa présence, elle est bel et bien décédée, quatre jours plus tard, des suites des blessures qu'il lui a infligées.

On sait que Paddy Byrne, un jardinier de la résidence de l'ambassadeur, a remarqué ce qui se passait dans la voiture. Byrne a vu les premiers coups par la vitre arrière, et il a cru qu'il s'agissait d'un homme qui mettait des coups de poing à une femme. Il l'a vu l'attraper par les cheveux et la tenir pendant qu'il lui assenait des coups à la tête. Il a sauté par-dessus le muret et couru vers la voiture, et quand il est arrivé à sa hauteur, il a découvert Macarthur assis sur le siège conducteur en train de lire tranquillement l'*Irish Times*. Puis il a vu Bridie Gargan à l'arrière, partiellement recouverte par les pages du journal que Macarthur avait disposées pour tenter de dissimuler son corps meurtri. On sait que Byrne a tambouriné sur le toit de la voiture, que Macarthur a balancé son journal pour braquer son pistolet factice sur lui en lui disant de reculer, que Byrne, qui n'avait aucune idée que le pistolet était un faux, a plongé sur Macarthur pour lui attraper le bras et qu'alors Macarthur est descendu de la voiture et lui a pointé le pistolet vers le visage, et Byrne a reculé et vu que Bridie commençait à glisser, le sang noir coagulant dans ses cheveux, elle était à peine consciente mais elle essayait malgré tout de parler. D'après Byrne, Macarthur lui a dit : « Recule ou je te colle une balle. » On sait que Macarthur a continué d'avancer vers lui avec son faux pistolet, que Byrne a reculé jusqu'à tomber dans un fossé qui entoure l'ambassade, que Macarthur est retourné à la voiture et qu'il a démarré en trombe sur la piste de course parallèle à Chesterfield Avenue.

Mais on ne peut pas dire ce qui s'est passé dans la mesure où c'est, dans un sens réel et irréductible, impossible de le raconter. Comment le pourrais-je ? Je n'y étais pas. Et même si j'avais été là, pourrais-je le raconter ? La mort de Bridie Gargan n'appartient qu'à elle et il serait obscène d'essayer d'en prendre possession en m'imaginant entrer dans ses pensées durant ces derniers instants.

Je veux dire qu'il n'y a pas de bonne façon de le raconter. Comment serait-ce possible ? Tout ce que j'ai, c'est le témoignage d'un homme dont je ne peux tenir les paroles pour vraies, même s'il les croit lui-même.

Macarthur traversa le parc à vive allure dans la petite Renault. Il faillit percuter une ambulance qui arrivait dans l'autre sens. Il avait du mal avec cette boîte de vitesses qu'il ne connaissait pas et le moteur émit un hurlement démoniaque quand il enfonça l'accélérateur alors qu'il était en seconde.

Quand l'ambulance fit une embardée pour éviter la collision avec la Renault, son conducteur remarqua la vitre constellée de sang et à l'arrière la passagère qui tenait sa tête entre ses mains ensanglantées. Il remarqua aussi, derrière le pare-brise, une autorisation de stationnement du St. James's Hospital, et il en conclut qu'il s'agissait d'un docteur qui emmenait une patiente grièvement blessée aux urgences. Le temps que l'ambulance fasse demi-tour et rattrape la Renault, Macarthur était sorti du parc et s'était retrouvé coincé dans les bouchons de la fin d'après-midi. L'ambulancier dépassa Macarthur et lui fit signe de le suivre. C'est ainsi que Macarthur eut droit à un sursis inattendu : il fonça dans les rues à la suite de l'ambulance avec son gyrophare et ses sirènes hurlantes. Une escorte pour un meurtrier et sa victime.

Un détail que je trouve très pénible à évoquer : pendant qu'il roulait, Bridie Gargan parvint à faire signe par la fenêtre à un certain nombre d'automobilistes. Ils la virent, ces automobilistes, atrocement blessée, en sang, désespérée. Ainsi que le résuma un article de journal, ces conducteurs « ont vu ses ultimes efforts mais n'ont pas tenté d'intervenir à cause de l'ambulance qui ouvrait la voie. »

Macarthur suivit l'ambulance jusqu'au parking du St. James's Hospital. Tandis que l'ambulancier prenait l'allée qui conduisait aux urgences, Macarthur fit un demi-tour serré et repartit par là où il était arrivé. Il prit d'abord la direction du centre-ville mais il lui apparut rapidement que l'après-midi n'allait pas se dérouler comme il l'avait prévu. Il devait s'extraire de la situation qu'il avait créée et il fallait qu'il agisse illico. La femme sur la banquette était très mal en point. Elle était en vie mais elle devait savoir que ses blessures étaient graves. Alors il gara la voiture volée dans une étroite ruelle. Il descendit et referma la portière derrière lui : sur Bridie Gargan et sur le marteau avec lequel il l'avait tabassée.

*

Un après-midi, quelques semaines après notre première rencontre, nous discutions des aspects de ses crimes dont Macarthur trouvait qu'ils avaient été retranscrits ou interprétés de façon erronée, quand il s'est mis à me parler du meurtre de Bridie Gargan. Il l'a évoqué sans ambages et j'ai été un peu désemparé qu'il en parle aussi ouvertement. Bien qu'ils fussent la raison même de nos conversations, il n'avait jamais abordé directement le moment des meurtres ; il m'avait prévenu, dès le début, qu'il ne s'exprimerait peut-être jamais sur le sujet. Rien n'avait indiqué jusqu'alors qu'il finirait par le faire.

Ce n'était pas une agression sadique et gratuite, m'a-t-il dit. Il parlait lentement, d'une voix basse et hésitante. Il avait cru qu'il arriverait à voler la voiture en un claquement de doigts. Il était possible qu'elle ne l'ait pas pris au sérieux parce qu'il n'était pas menaçant dans son attitude. Elle avait demandé si c'était une blague, ou quelque chose comme ça, et quand il avait établi que ce n'en était pas une, elle avait demandé ses affaires. Au lieu de les lui ramasser lui-même, il lui avait dit de les prendre, et il n'avait pas réussi à la faire descendre de la voiture.

C'était, disait-il, le point de bascule. Ils étaient au milieu du parc. Il ne voyait personne. S'ils avaient été dans une zone d'habitation, il pense qu'il aurait probablement fui.

Il s'est interrompu, et quand il a repris, il parlait d'une voix encore plus faible. Les coups étaient destinés à la maîtriser, a-t-il dit. La maîtriser et quitter les lieux. Le terme était affreux, admettait-il, mais les coups étaient *calibrés* pour l'assommer.

Il y a eu une courte pause, durant laquelle Macarthur est resté parfaitement immobile, appuyé contre le rebord de fenêtre sur lequel il se perchait souvent, les yeux rivés sur ses chaussures. Il avait les jambes croisées aux chevilles, une posture qui aurait pu paraître détendue, s'il n'avait pas paru si déconfit par ce qu'il racontait ou par le fait d'avoir à le raconter. Il pleuvait depuis le début de l'après-midi et, tandis qu'il parlait, des gouttelettes serpentaient çà et là le long de la vitre.

Les coups n'étaient pas prévus. L'espace de quelques instants, ses mots à la signification incertaine ont flotté dans la pièce où la lumière déclinait.

Je lui ai demandé si ce qu'il essayait de dire, c'était que les coups qu'il avait infligés à Bridie Gargan n'avaient pas eu pour but de la tuer.

Il semblait perdu, comme s'il n'était pas sûr de ce qu'il voulait dire ni même que l'on puisse dire quoi que ce soit. Au bout d'un moment, il a prononcé le mot *non.* Il a ajouté, encore plus bas, *pas pour ça.* Parce que les coups n'avaient pas eu l'effet désiré, a-t-il dit, ils avaient été répétés. C'étaient ses mots : *ils avaient été répétés.* Et quand une petite quantité de sang était apparue, il s'était arrêté, terrifié.

Un autre silence d'une longueur quasi intolérable s'installa, et je me suis forcé pour ne pas intervenir. Son expression était difficile à lire, parce qu'il portait un masque comme d'habitude, mais ses yeux m'ont soudain paru fatigués, comme si quelque chose en lui venait de s'affaisser. Il a tapoté la semelle de son soulier en cuir contre le bois verni du plancher, les mains serrées sur le rebord de fenêtre. Il a tapoté un moment, un legato majestueux et pensif.

Tout à coup, il a semblé retrouver son énergie et a recommencé à parler, d'un ton plus animé. Il m'a raconté son altercation avec le jardinier, l'apparition de l'ambulance alors qu'il sortait du parc, la ruelle proche de l'hôpital dans laquelle il a garé la voiture. Avant d'en sortir, a-t-il affirmé, il s'est retourné et a été soulagé de voir qu'elle s'était assise et semblait relativement indemne. Elle ne montrait aucun signe de douleur, selon lui. Puis il m'a dit qu'il lui avait parlé, une dernière fois, et qu'il lui avait assuré que les secours n'allaient pas tarder à arriver.

Ces mots, *les secours ne vont pas tarder à arriver*, il les a prononcés avec une sorte de précision voilée et implorante. Et quand il les a prononcés, j'ai ressenti une tristesse qui parcourait la chair de ma nuque et de mes épaules, un mélange d'horreur et de pitié. La tournure était d'un empressement absurde, comme si, y compris face aux conséquences tragiques de sa propre irrationalité brutale, il devait donner une impression d'autorité raisonnable, ce qu'il avait décrit dans une conversation précédente comme *un bon équilibre entre réactivité et maîtrise*. Il était possible qu'il ait effacé le souvenir des blessures de son esprit et il était aussi possible qu'il ait tout simplement été en train de me mentir mais il n'était pas possible que, dans les minutes après qu'il lui eut fracassé le crâne avec une massette, Bridie n'ait montré aucun signe de douleur.

Il m'a alors expliqué que la mort avait été causée par un phénomène nommé « contrecoup », soit une blessure qui affectait le côté du cerveau opposé à celui où l'impact avait eu lieu. C'était pour ainsi dire le choc du cerveau qui avait tapé contre la boîte crânienne plus que les coups eux-mêmes qui avaient causé la mort. (Il le formulait comme cela, évitant l'emploi d'articles possessifs : *le cerveau, le crâne, la mort.*). Si le cerveau bouge très vite, il peut être endommagé par l'os qui l'entoure. C'était la cause officielle de la mort, a-t-il dit, laquelle s'est produite quatre jours plus tard.

Son emploi d'une terminologie médicale obscure me semblait à la fois très étrange et très caractéristique. Je me suis demandé s'il avait tenu à le préciser parce qu'il imaginait que ça réduisait d'une certaine façon sa culpabilité, que ce n'étaient pas, techniquement, ses coups répétés sur le crâne qui l'avaient tuée – le fait de l'avoir attrapée par les cheveux d'une main tandis que de l'autre il lui assenait des coups de marteau – mais le choc de son cerveau heurtant la boîte crânienne.

Je ne croyais pas qu'il puisse consciemment essayer de m'en convaincre mais il essayait peut-être inconsciemment de se convaincre lui-même, s'il n'y était pas déjà parvenu des années auparavant. Et que dire de la formulation, du jargon médical, qu'il maniait comme un neurologue chargé d'établir un diagnostic ? Se retranchait-il dans le confort de la science, un langage technique dans lequel il pouvait parler d'une chose autrement trop horrible pour être exprimée, une chose qu'il avait faite lui-même et qu'il aurait toujours faite, peu importaient les termes qu'il emploierait pour en parler ? Pour perturbant que me parût son utilisation de cette langue, je comprenais que c'était, à ce moment-là, son seul moyen d'évoquer son geste.

*

Macarthur partit en courant. Il abandonna la voiture et sa propriétaire agonisante et courut vers South

Circular Road. Il continua de courir, avec son chapeau de pêcheur et son épais pull de laine, mais la journée était encore chaude, il suait et ahanait. Il était maintenant en proie à une véritable panique. Je ne peux pas affirmer avec certitude s'il courait parce qu'il paniquait à cause de ce qu'il avait fait à Bridie Gargan ou à cause des conséquences probables, mais mon intuition me dit que celles-ci l'inquiétaient plus que l'acte en lui-même. Il remarqua que son pull était taché de sang, il le retira donc à la hâte, faisant au passage tomber son chapeau, et il détala dans une ruelle isolée où il prit les vêtements imprégnés du sang de la femme qu'il avait agressée, les roula en boule et les fourra de l'autre côté d'un grillage, dans un terrain vague.

De retour sur South Circular Road, il voulut prendre un bus pour quitter les lieux, partir n'importe où hors de la ville, mais il n'en trouva pas. La police devait sûrement le rechercher. Le jardinier avait dû les alerter. Il continua de courir, ses chaussures claquant contre le béton, ses pieds endoloris par ses marches des derniers jours.

Il passa devant une porte ouverte et entra dans le bâtiment. Si la police était à ses trousses, mieux valait ne pas traîner dans la rue. Il regarda autour de lui. Il y avait des dépliants partout, des brochures. Il était dans une agence de voyages.

En sueur, à bout de souffle, il demanda à la femme derrière le comptoir si elle aurait la gentillesse de lui donner un peu d'eau. Elle partit à l'arrière et revint avec un verre. Il le vida d'un trait et en demanda un autre. Elle s'exécuta. Il le but et en demanda un troisième. Il avait couru, dit-il en guise d'explication. Ça donnait soif, de courir par cette chaleur. À nouveau elle remplit le verre, et à nouveau il le but. La femme l'observait: la barbe, le pantalon, les chaussures en cuir. Cette étrange façon de parler, raffinée à l'extrême.

Il sentait qu'il était peu judicieux de retourner dans la rue. Il chercha ce qu'il pouvait bien dire à cette femme, quelque chose qui justifie, même temporairement, sa présence dans la boutique.

« Vendriez-vous des tickets pour le Magic Bus à tout hasard ? » demanda-t-il.

Le Magic Bus était un tour-opérateur. On montait dans le bus en centre-ville et il partait vers une destination mystère : dans les montagnes, à la mer, parfois plus loin. Il y avait généralement un arrêt au pub compris dans le circuit. On allait là où le Magic Bus allait.

Le Magic Bus avait cessé d'opérer depuis quelques années déjà, lui expliqua-t-elle.

Il lui demanda de lui appeler un taxi. Elle n'appréciait pas beaucoup son ton. Il pouvait bien prendre le bus. Il lui tendit le verre et sortit. La femme resta plantée là un moment à le regarder puis elle alla rincer le verre.

*

Macarthur descendit du bus à Finglas, la banlieue ouvrière du nord de Dublin où Brenda Little avait grandi. Il n'avait pas de raison particulière d'y venir, si ce n'est que le premier bus qui était passé allait dans cette direction. Il trouva un magasin et acheta un paquet de trois rasoirs jetables. Il se rendit dans le pub le plus proche et alla directement aux toilettes, où il entreprit de se raser la barbe. Il n'y avait pas d'eau chaude et il n'avait pas de mousse à raser. Les gens entraient et sortaient tandis qu'il s'acharnait sur sa barbe. On lui fit des remarques. Il y passa un long moment et le résultat n'était pas parfait.

Avait-il le visage ensanglanté en ressortant ? Je ne sais pas, mais il semble difficile d'imaginer qu'il se soit rasé toute la barbe sans savon ni eau chaude et qu'il ne se soit pas coupé.

Au comptoir il commanda une eau gazeuse. Il y avait un taxiphone au fond du pub. Il demanda de la monnaie au barman et appela un taxi. Il but son eau et attendit.

*

À peu près au même moment, un garçon de treize ans rentrait du magasin de coupes et médailles dans lequel il travaillait et passa devant la Renault volée, toujours garée dans la ruelle où Macarthur l'avait abandonnée. Il remarqua d'abord les taches de sang séché sur la vitre arrière, puis Bridie Gargan, étendue sur la banquette, là où Macarthur l'avait laissée plus tôt dans l'après-midi. (Était-ce ce qu'il avait voulu dire au sujet des secours qui ne tarderaient pas ? Que quelqu'un finirait par la retrouver ?) Le garçon raconta plus tard aux enquêteurs qu'elle avait les cheveux collants à cause du sang et qu'elle n'arrêtait pas de les écarter de son visage. Il retourna au magasin et dit ce qu'il avait vu. Une ambulance arriva, suivie par la Gardaí, et bientôt Bridie Gargan fut transportée à l'hôpital où elle fut placée sous assistance respiratoire.

*

Quand le taxi se présenta, Macarthur demanda au chauffeur de le ramener en ville. Une fois à destination, il changea d'avis et lui dit de l'emmener à Dún Laoghaire. Il descendit au terminal du ferry, à deux pas du bed and breakfast. Il savait qu'il ne pourrait plus y rester très longtemps. Il allait devoir trouver un autre logement pendant qu'il se planquait et décider quoi faire ensuite.

Quand il arriva à la maison, il monta dans sa chambre et s'inspecta dans le miroir. L'arrière de sa chemise était imbibé d'une importante quantité du sang de cette femme. Il se changea. Il fourra la chemise et le pantalon dans un sac et ressortit. C'était le soir mais l'air était encore chaud. Les gens flânaient, mangeaient des glaces achetées au camion garé un peu plus loin, profitaient de la fin de cette magnifique journée. L'odeur de l'océan, âcre et saumâtre. Il descendit vers le bord de l'eau, ses vêtements ensanglantés dans un sac. Il marcha le long de l'East Pier puis, quand il arriva tout au bout, il balança ses habits, souillés des traces de violence, dans la mer d'Irlande. Ils flottèrent un moment, dérivant sur les eaux, avant de couler. Il se débarrassa aussi de son arme factice, qu'il lança le plus loin possible.

*

D'après les interviews données par la famille Gargan après la condamnation de Macarthur, Bridie avait prévu de rentrer dans le comté de Meath ce week-end-là. Ses parents, Vincent et Bridget, faisaient une nouvelle salle de bains dans la ferme où ils avaient élevé Bridie et ses dix frères et sœurs, et elle les aidait sur le chantier. C'était elle, plus que ses frères, qui bricolait dans la maison. Ses parents avaient un jour fait appel à des moquettistes pour l'une des chambres. Bridie les avait regardés travailler – dérouler, couper, ajuster, agrafer –, et quand ils étaient repartis, elle avait déclaré que si ces hommes en étaient capables, alors elle aussi. Depuis, elle se chargeait de la plupart des menus travaux. Elle posait la moquette et le papier peint, peignait les murs et les plinthes. Elle avait travaillé sur la douche de la nouvelle salle de bains et espérait terminer pendant le week-end.

Vincent Gargan trayait les vaches quand un policier du commissariat voisin arriva à la ferme. Il lui demanda si la voiture de Bridie était une Renault, ce qu'il confirma. Le policier lui lut une série de chiffres et de lettres et demanda si c'était son numéro de plaque mais il ne savait pas. Ils allèrent dans la maison pour vérifier auprès de Bridget, qui confirma que c'était la voiture de sa fille. Le policier leur annonça que le véhicule avait été retrouvé abandonné dans une ruelle de South Dublin, avec à l'arrière une femme grièvement blessée suite à une violente agression.

Vincent et l'un de ses fils, Philip, partirent sans délai pour Dublin, mais quand ils arrivèrent à l'hôpital, Bridie était au bloc. Ils s'assirent dans la salle d'attente, pleins d'espoir et d'inquiétude, jusqu'à ce qu'un inspecteur vienne leur dire que, oui, la femme qui se faisait opérer était bien leur fille.

Plus tard, interrogé par la Gardaí, son père expliqua qu'il était dehors en train de faire les foins à l'heure où elle avait été agressée. C'était une belle soirée, leur dit-il, chaude et claire avec une merveilleuse lumière dorée. C'était insupportable de se dire que, pendant qu'il travaillait aux champs et profitait de la chaleur du jour déclinant, un salaud tuait sa fille dans un parc à coups de marteau.

« Il y a des souvenirs partout, a-t-il confié plus tard à un journaliste, des rappels qu'un maillon de la chaîne familiale a été brisé et ne pourra jamais être reforgé. Dans toute la maison, il y a des photos d'elle. Nous nous souviendrons toujours de la façon dont elle organisait tout quand on partait à un mariage ou une fête, jusqu'à nous préparer nos vêtements. Je me demande souvent s'il y aura à nouveau un jour – s'il y aura même quinze minutes qui passeront sans que tout ça nous revienne en tête, si nous rirons de bon cœur ou si nous serons même capables de raconter une blague. »

Il lui restait un trimestre avant de terminer sa formation de sage-femme d'un an et demi au Richmond Hospital – l'hôpital où elle est morte des suites de ses blessures.

Les Gargan étaient une famille engagée politiquement, des militants du Fianna Fáil[1]. Vincent était directeur des élections et délégué au conseil du parti pour leur circonscription. Depuis quelques années, Bridie s'impliquait, elle aussi, sa sœur Mary et elle étaient même les seules femmes des environs à militer activement. Le vendredi soir, quand elle finissait le travail, elle rentrait passer le week-end en famille, elle arrivait pour un dîner tardif, quelqu'un mentionnait alors l'actualité politique et tout le monde s'y mettait et débattait dans la bonne humeur. Les sujets ne manquaient pas cette année-là, avec un nouveau gouvernement, conduit par le Taoiseach Charles Haughey, et ses diverses affaires et scandales.

*

J'hésite à poursuivre à ce stade ; en réalité, je suis peut-être déjà allé trop loin. Je vais tenter de m'expliquer.

L'impératif moral dans la production littéraire contemporaine portant sur des crimes est de se concentrer sur les victimes. Le raisonnement est que, pendant trop longtemps, le genre s'est focalisé sur la figure de l'assassin, ignorant l'humanité irréductible des victimes, rarement représentées autrement que comme des silhouettes en carton, des masques anonymes représentant l'innocence, la souffrance et l'horreur. Nous n'apprenons presque rien de leur enfance et leur famille, leurs succès et leurs échecs, leurs amis et leurs amours.

Ainsi un auteur qui souhaite produire autre chose qu'une simple exploitation d'un fait divers est dans l'obligation éthique de raconter la vie des victimes. Elles ne doivent être pas être réduites à une série de plaies

1. Parti politique de centre droit (*N.d.T.*)

désincarnées, comme les illustrations d'un manuel de médecine légale. Elles doivent avoir une histoire. C'était dans cette perspective que je comptais proposer un portrait fidèle de Bridie Gargan et Donal Dunne dans les prochaines pages.

Et pourtant, plus je m'y essaie, plus cela me paraît indécent. L'histoire que je raconte porte sur Malcolm Macarthur, et Bridie Gargan et Donal Dunne n'avaient rien à voir avec lui en dehors de la terrible infortune d'avoir croisé sa route durant son équipée criminelle. Ils n'ont pas été les victimes d'un tueur en série, sélectionnées sur la base de leur identité. Leur mort a été, profondément, fondamentalement, une violente aberration dans le contexte de leur vie.

Écrire sur Macarthur est un projet glissant en lui-même. Ma relation avec lui est après tout essentiellement extractive, comme si j'étais un prospecteur qui avait trouvé un gisement de pétrole brut. J'arrive à accepter cet aspect. Parce que comprendre Macarthur, ou tenter de le faire, c'est essayer de saisir la noirceur et la violence couvant sous la surface de tant de vies et déterminant une si grande partie de l'expérience humaine.

L'histoire de Macarthur, sa vie et ses crimes atroces, projettent depuis des années une ombre oblique sur la ville de Dublin. Et il est, de différentes façons, le protagoniste de cette histoire : il a vécu une vie définie par des décisions qu'il a prises lui-même. Ces meurtres ont été, sur le plan le plus basique et sans ambiguïté aucune, une série de choix. Pour autant que toute action puisse être libre, Macarthur a librement choisi de commettre ces actes de violence terrible.

On ne peut pas en dire autant des personnes qu'il a tuées. Ce qui leur est arrivé s'est produit contre leur gré. Lui, dans sa liberté, a choisi de mettre un terme à la leur, à leur avenir, à leur existence. Incorporer ces vies dans son histoire – dans mon récit de lui – est une liberté que je ne suis pas prêt à prendre. Agir ainsi reviendrait à reproduire la violence qui leur a déjà été infligée.

12

Le lendemain, le vendredi, Macarthur appela Donal Dunne, le fermier d'Edenderry. Là encore, ce fut sa sœur qui décrocha. Macarthur s'excusa de ne pas avoir pu honorer le rendez-vous de la veille. Il avait eu un contretemps : son frère avait hélas eu un accident de voiture. Il promit de venir le samedi ou le dimanche.

Il passa un autre appel depuis le bed and breakfast, vers Tenerife. Quand Brenda lui demanda d'où il appelait, il lui dit qu'il était à Ostende, en Belgique. Il y réglait des affaires, il n'en avait que pour quelques jours. Il les retrouverait, Colin et elle, d'ici une semaine.

Il partit tôt en bus le samedi depuis le centre de Dublin et descendit plusieurs heures plus tard sur la place principale d'Edenderry. Il remonta la grand-rue, s'éloignant du centre, et se dirigea vers les rives d'un canal. « J'ai oublié pourquoi je suis allé là-bas, déclara-t-il dans sa déposition, et j'ai simplement profité de la promenade sur le quai. »

Il se rendit compte qu'il n'avait pas l'adresse de la maison de Donal Dunne et qu'il ne savait pas comment la retrouver. Il finit par arrêter une voiture et demanda au conducteur s'il savait par hasard où vivait la famille Dunne. Celui-ci lui répondit qu'il connaissait à peu près le coin mais qu'il ne savait pas exactement. Il l'emmena à la sortie de la ville et le fit descendre au bord de la route.

C'était par là. Macarthur se rendit dans la première maison qu'il vit, un cottage où un homme d'une vingtaine d'années vint lui ouvrir. Macarthur lui demanda le chemin pour se rendre chez les Dunne. Le jeune homme montra une autre bâtisse un peu plus loin sur la route. Macarthur le remercia et marcha dans cette direction. Il voyait des lumières aux fenêtres. Mais à mi-chemin, il s'arrêta. Il était plus de 22 heures et autour de lui la nuit s'épaississait. Il resta planté au milieu de la route, les yeux rivés sur les lumières de la maison, soudain submergé par l'épuisement. Il était debout depuis si longtemps. À marcher, sans cesse, ou rester debout. Il n'était pas certain d'avoir dormi depuis ce terrible épisode dans le parc, la fille, la voiture, le marteau.

Voilà comment il le tourne dans sa déposition : « Je me suis débiné. La détermination n'était plus là. »

Je l'entends presque. *La détermination n'était plus là.* Contrit, objectif, impersonnel. Sa voix dans ma tête, qui prononce ces mots.

*

Macarthur utilisait souvent au sujet de son « épisode criminel », une formulation que j'ai trouvée frappante : « détermination ». Il disait qu'elle avait été employée par un avocat de son équipe de défense, Michael McDowell. (Des années plus tard, McDowell est devenu ministre de la Justice et a été contraint de se récuser quand il a fallu étudier la demande de remise en liberté de Macarthur.) La thèse de McDowell, au sujet de son client, était qu'il se trouvait à l'époque des meurtres aux prises avec un aveuglement moral à cause duquel tout ce qu'il percevait, tout ce à quoi il pouvait penser, c'était ce qui lui semblait nécessaire pour régler son problème financier. « La détermination, m'a-t-il expliqué, peut devenir une sorte de démence lucide. Être fou, cela ne veut pas dire que vous ne savez pas ce que vous faites. Cela veut dire que vous êtes tellement déterminé à faire quelque chose que rien ne peut se mettre en travers de votre route. Rien. Aucun contretemps, aucun désagrément ne peut vous arrêter. Vous négligez votre santé. Vous pouvez avoir mal aux pieds à force de marcher mais vous continuez. La détermination. Une démence lucide. »

Il expliquait comment son esprit avait été « piégé » par cette idée fixe. Tous ses instincts auraient été submergés par cette détermination. À l'écouter parler, je me demandais s'il essayait de s'absoudre de ce qu'il avait fait. Il avait commis ces gestes, absolument, ça ne faisait pas l'ombre d'un doute. Mais l'impression que j'avais était qu'il croyait presque que ce n'était pas *lui* qui l'avait fait : qu'il était pour ainsi dire contrôlé par cette détermination, que sa propre obsession agissait à travers lui, comme un démon agit à travers le corps du possédé.

Mais c'était aussi bien plus compliqué, à la fois moralement et psychologiquement. Parce qu'il maintenait que ses actes n'étaient pas ceux d'une personne mentalement instable, mais ceux d'un homme esclave d'une froide rationalité. Sa folie, telle qu'elle se manifestait, consistait en un violent excès de raison. Quant à savoir s'il avait le sentiment que cela faisait plus ou moins de lui un meurtrier, cela n'a jamais été clair à mes yeux. Mais je pense que cela lui a permis de se détacher des choses qu'il ne pouvait pas nier avoir faites – un détachement qui devait lui être nécessaire d'un point de vue psychologique.

Et quel était l'objet de cette détermination de Macarthur ? La réponse superficielle, c'est l'argent. Mais l'argent n'avait jamais été, dans son esprit, autre chose qu'un moyen en vue d'une fin : la liberté. Et la liberté, pour Macarthur, était synonyme de temps. Le mobile de ses crimes, la raison pour laquelle il a tué Bridie Gargan avec un marteau et abattu Donal Dunne à bout portant avec son propre fusil, c'était le temps. C'est la vraie nature de son méfait. Il les a dépossédés de leur temps – leur liberté, leur potentiel, leur vie – parce qu'il ne supportait pas de devoir renoncer au sien.

*

Parler sérieusement avec Macarthur conduisait à comprendre que son identité était enracinée dans un terreau de distinction sociale. Lors de notre première rencontre, il avait longuement parlé de son attachement à une sorte de liberté pure, une vie de l'esprit débarrassée d'impératifs financiers ou professionnels – d'être le maître de ses journées, ainsi qu'il le résumait.

Mais sa fortune n'avait jamais été suffisante pour lui offrir indéfiniment une telle vie, une telle fiction. À mesure que son héritage fondait, son imperméabilité à la réalité se fissurait. La perspective d'avoir à renoncer à sa vie d'autodétermination intellectuelle et de liberté indolente devait planer au-dessus de lui comme une menace existentielle.

Cela peut sans doute expliquer les meurtres mais aussi l'insondable sauvagerie de son style. Je ne peux m'empêcher de penser qu'il y avait une part de rage narcissique à l'œuvre derrière son « épisode criminel », une furie aveugle face à l'effondrement d'une façade protectrice. Je ne peux m'empêcher de penser, en d'autres termes, que bien que ce déferlement de violence eût été au service d'une fiction, il était plus réel que tout ce qu'il avait jamais fait dans sa vie.

*

Le terme que les experts psychiatres ont employé pour décrire l'état mental de Macarthur à l'époque de ses crimes était celui d'« automatisme mental ». C'est un concept voisin de son expression favorite, « la détermination ». Et parfois, quand on écoute Macarthur raconter son histoire, il est difficile de ne pas se le représenter sous les traits d'un robot bizarre et dysfonctionnel. À Edenderry, il s'est comporté, selon ses dires, « très étrangement ». Il pouvait rester debout « comme une statue » pendant des heures – six ou sept d'affilée, a-t-il dit. À un moment donné, il a trouvé un petit cabanon en métal près du canal et il est resté dedans pendant une période interminable. Il n'a rien fait de ce temps. Il n'a pas réfléchi. Il est resté là.

La veille du meurtre de Donal Dunne, il a dormi sous un pont qui enjambait le canal. Ou du moins y a-t-il passé la nuit : comme pour tant d'autres choses, il ne se souvient plus s'il a dormi ou non. Je trouve ce détail troublant, pour des raisons qui ne sont pas totalement claires. C'est peut-être parce que la scène évoque un conte de fées : le troll caché sous le pont.

Il semble presque capable de se métamorphoser : un robot brisé dans un cabanon en métal, un troll sous le pont, un vampire tapi dans l'ombre. Cette instabilité se dégage aussi des signalements du suspect principal collectés par la Gardaí auprès des témoins dans les jours qui ont suivi les meurtres. Dans une description, il a « vingt ou vingt-cinq ans, l'air costaud et sportif ». Dans une autre, il a la trentaine, « pâle et maladif » avec une démarche particulière, « comme s'il marchait contre le vent ».

« Semble avoir une obsession pour le tir aux pigeons. »

« Aime l'eau : rivières, canaux, bateaux. »

« Silencieux, ne parle pas si on ne lui adresse pas la parole. »

Cette présence errante avec son accent doux et cultivé et ses « dents fortes et blanches ». Son teint pâle, sa démarche inhabituelle, ses mains et ses ongles « soignés ». Qui est-il ? Qui est cette personne ? Je le connais. J'ai marché en ville avec lui. J'ai senti la vibration d'un appel dans ma poche tandis que j'habillais ma fille pour aller au lit, j'ai vu son nom sur l'écran de mon téléphone, et j'ai été parcouru par l'étrange frisson de la transgression. J'ai vu ses mains, toujours soignées, et ses dents, qui ne sont plus bonnes ni fortes ni blanches. J'ignore ce qu'il est, si ce n'est un homme. J'ignore ce qu'il est, en dehors de ce qu'il a fait.

*

Il se réveilla au matin après le peu de sommeil dont il put profiter. Il eut des conversations brèves mais plaisantes avec les quelques personnes qu'il rencontra au bord de l'eau : un homme qui faisait sa promenade matinale, un éleveur qui allait voir son troupeau, un groupe de garçons qui avaient campé dans le coin et lui demandaient l'heure. Il n'était que 8 heures du matin, un peu tôt pour appeler Donal Dunne. À 9 heures, l'épicerie du bourg ouvrit, il acheta le *Sunday Independent*, un demi-litre de lait et des oranges. Il retourna au bord du canal pour lire le journal tranquillement. Il but le lait, mangea les oranges. Il vit un article sur son agression contre la femme du parc le jeudi précédent. Il apprit qu'elle était à l'hôpital, dans un état critique. Il trouva une poubelle dans laquelle il fourra le journal, la brique de lait et les pelures d'orange.

Pendant une demi-heure environ, il ne fit rien. Trois personnes s'apprêtaient à mettre une péniche à l'eau sur le canal. Il les regarda un temps. Repensait-il au moment où il avait contemplé une péniche sur la Liffey le jeudi précédent, admirant les deux types dans les fauteuils, avant de partir vers le parc ? Se demandait-il si cela voulait dire quelque chose, ces péniches, ces fleuves, ces canaux ? Se demandait-il si la femme qu'il avait battue à coups de marteau était morte depuis la mise sous presse du journal ? Sa déterminatin à agir était-elle si intense qu'il ne se posait pas de telles questions ?

Vers 11 h 30, il quitta les rives du canal et se dirigea vers la ville. Il trouva une cabine téléphonique et appela Donal Dunne. Il lui annonça qu'il était là, prêt à le retrouver pour voir le fusil. Dunne lui dit de l'attendre là où il était et qu'il passerait le chercher en voiture.

Quelques minutes plus tard, Dunne s'arrêta devant la cabine dans une Ford gris métallisé. C'était un jeune homme, du même âge que Bridie Gargan, avec de longs cheveux blond vénitien et d'épaisses rouflaquettes. Je suis tenté de dire qu'il avait un visage ouvert et amical mais je me fonderais alors sur la seule photo de lui que j'ai vue. Je ne sais pas quelle expression il avait, à vrai dire, ni même si Macarthur l'a relevée.

Dunne dit que le fusil était dans le coffre de la voiture mais que ce serait sans doute une mauvaise idée de le sortir dans la rue pour le lui montrer.

S'il avait fait cela, aurait-il survécu ? Macarthur l'aurait-il abattu au beau milieu du bourg, un dimanche midi, devant des passants ? Savait-il déjà ce qu'il allait faire à Donal Dunne ? Voyait-il la scène se dérouler dans son esprit tandis qu'ils se dirigeaient vers un champ voisin ? Est-ce qu'ils papotèrent ? Que se dirent-ils ? (Ces questions demeurent sans réponse parce que Macarthur a refusé de parler de la plupart de ces instants. Il m'a donné différentes excuses selon les moments : ses souvenirs étaient vagues à cause du stress intense qu'il avait subi à l'époque, il ne voulait pas risquer de heurter les familles des personnes qu'il avait tuées. Dans tous les cas, son extraordinaire mémoire et sa volubilité disparaissaient quand il fallait parler des instants, des décisions et des actions par lesquels sa vie a été définie.)

Après avoir roulé quelques minutes hors de la ville, ils arrivèrent au bord d'une tourbière et Dunne gara la voiture. Il lui expliqua que c'était ici que les amateurs du coin venaient faire du tir aux pigeons. Macarthur pouvait essayer le fusil, tester la prise en main. Il alla ouvrir le coffre et sortit un long étui en toile. Il fit glisser la fermeture éclair. Il n'avait pas besoin du fusil mais il n'avait pas non plus particulièrement besoin de le vendre. Il ouvrit la culasse. Il chargea deux cartouches dans la chambre et le tendit à Macarthur.

Macarthur visa un poteau blanc au loin. Il tira mais il était trop éloigné pour savoir s'il l'avait touché ou non.

Dunne précisa que le fusil lui avait coûté mille cent livres et qu'il ne voulait pas le revendre à perte. C'était une marque assez rare, japonaise. Miroku.

Macarthur, dans sa déposition, dit qu'il avait désespérément cherché un moyen d'emporter le fusil sans le payer et qu'il avait essayé de gagner du temps.

Que faire de cette affirmation ? Il se tenait là, le fusil à la main, et il ne restait qu'une balle dedans. Dunne était juste à côté de lui. La chose la plus évidente, dans la logique de la situation que Macarthur avait provoquée, était de pointer le fusil sur Dunne et de lui dire de marcher vers la tourbière et de ne pas se retourner. Les clés étaient encore sur le contact.

C'est sans nul doute comme ça qu'on récupère un fusil sans le payer et une voiture en prime. Aucune question à se poser.

Ce qu'a déclaré Macarthur dans sa déposition, et ce qu'il m'a dit quand il a parlé du meurtre de Donal Dunne – ce qu'il a fini par faire, bien qu'il eût constamment exprimé son incertitude sur le fait qu'il s'y résoudrait – était que Dunne avait commencé à s'impatienter. Il s'était mis en colère. Comme dans le cas de Bridie Gargan, ce fut la réaction émotionnelle de la victime à la situation qui fit office de cause prochaine à la violence de Macarthur.

Macarthur affirme que Dunne, excédé, a tendu la main pour prendre le fusil et que lui, Macarthur, a fait un pas et appuyé sur la détente. Il a tiré dans le visage de Donal Dunne avec la cartouche qu'il avait lui-même chargée quelques instants auparavant. Il l'a regardé s'écrouler sur la surface molle de la tourbière.

*

Le compte-rendu de l'incident publié par certains journaux comprend un détail qui, s'il était vrai, ne pourrait venir que de Macarthur lui-même : à savoir que, juste avant d'abattre Donal Dunne, il lui aurait dit : « Désolé, mon vieux. »

J'ai lu que Macarthur l'aurait avoué aux enquêteurs qui l'ont interrogé. Je ne vois pas pourquoi il leur aurait raconté une chose pareille. Peut-être pour la même raison qui l'a poussé à me soutenir qu'il avait soufflé à Bridie Gargan, deux jours plus tôt, « les secours vont arriver » afin de la rassurer alors qu'elle agonisait à l'arrière de sa voiture. Parce qu'il avait l'impression que cela lui donnait l'air plus humain.

Mais « Désolé, mon vieux » ? C'est autre chose. Ça semble calibré, pour reprendre la terrible expression de Macarthur, pour être aussi glaçant que possible, d'une cruauté froide. Personne ne sort « Désolé, mon vieux » à quelqu'un alors qu'il est sur le point de lui tirer dans la tête accidentellement, tout ça parce que cet homme essaie de vous arracher un fusil des mains. Ce ne sont pas les paroles d'une personne qui commet un homicide involontaire. Ce sont les mots d'un meurtrier. Plus précisément, ce sont les mots d'un meurtrier de cinéma. Il est facile de les imaginer prononcés par Louis d'Ascoyne Mazzini, dixième duc de Chalfont, tandis qu'il se débarrasse d'une autre de ses victimes dans *Noblesse oblige*.

Quand je lui ai posé la question, Macarthur m'a assuré qu'il n'avait jamais rien dit de tel à Donal Dunne. C'était une phrase qu'il avait prononcée par la suite dans une tentative de braquage et qui avait été transposée, dans les journaux de l'époque, à la scène du meurtre de Dunne, soit du fait d'une erreur, soit parce que ça donnait un dialogue savoureux. Pour ce que ça vaut, je le crois. Bien que cela rende la scène moins dramatique, ça me paraît plus logique.

*

Macarthur retourna à la voiture et posa le fusil contre la portière. Il revint auprès de Dunne et contempla le résultat de son acte : le visage de Dunne, ainsi qu'il le décrivit par la suite dans sa déposition, « était dans un sale état ». Il attrapa le jeune homme par les pieds et le tira dans la tourbière jusqu'à des buissons. Il prit des branches, qu'il posa sur le corps pour le dissimuler tant bien que mal. Il retourna à la voiture et plaça le fusil entre les deux sièges avant. Puis il prit le volant et partit.

Quand il arriva à Dublin, il était conscient qu'il devrait abandonner la voiture. Si la police ne la recherchait pas encore, cela ne tarderait pas. Il la gara dans Eustace Street, rangea le fusil dans l'étui, et prit le bus pour Dún Laoghaire.

*

Au cœur de ces crimes demeure une contradiction. D'un côté, ils obéissent à une logique évidente et brutale. Macarthur voulait conserver son style de vie, sa liberté ;

il lui fallait pour cela de l'argent et il avait décidé de braquer une banque, ce pour quoi il avait eu besoin de voler un fusil et une voiture. Mais d'un autre côté, il n'y avait aucunement besoin, même en s'en tenant à ce raisonnement et à cette nécessité personnelle, que qui que ce soit meure. Il aurait très bien pu prendre la voiture de Bridie Gargan sans lui faire de mal. Et il aurait pu, encore plus facilement, s'emparer du fusil de Donal Dunne sans lui tirer dessus. Il y a quelque chose qui ne tient pas la route. Sous la froide logique calculatrice de ces crimes demeure quelque chose de chaotique et insaisissable, une violence qui ne peut être réduite ni à la raison, ni aux circonstances. Une violence qui existe pour elle-même.

13

Le lendemain de son retour d'Edenderry, Macarthur se rendit à un kiosque à journaux près du bed and breakfast de Dún Laoghaire et acheta l'*Irish Times*. Sous le titre « Un homme abattu à Offaly » qui s'étalait en une, il apprit que le corps de Donal Dunne avait été découvert. Une famille de Dublin pique-niquait à proximité et l'un des fils, un jeune homme d'une vingtaine d'années qui était allé cueillir des framboises, avait trouvé le corps du fermier assassiné étendu sur le ventre et partiellement dissimulé dans des buissons. L'article était accompagné d'une photo du marteau avec lequel Macarthur avait attaqué la jeune femme dans le parc quatre jours plus tôt. (L'article ne suggérait aucun lien entre le meurtre d'Offaly et l'agression de Phoenix Park, il évoquait aussi un certain nombre d'autres meurtres récents qui en réalité étaient sans rapport.) En page 6, Macarthur apprit que sa première victime s'appelait Bridie Gargan, qu'elle était infirmière et qu'elle approchait de la trentaine. Il apprit aussi qu'elle souffrait de graves lésions cérébrales à cause des coups et qu'elle était sous assistance respiratoire. Il apprit que le marteau qu'il avait utilisé était « semblable à ceux des maçons », qu'il avait été fabriqué en Chine et qu'il avait le nombre 1000 gravé sur la tête métallique. La Gardaí, lut-il, avait lancé « un appel urgent aux magasins proposant ce genre d'outils afin de les aider à retrouver la trace de l'assaillant. »

Le lendemain, Macarthur revint au kiosque. Il acheta à nouveau le *Times* et parcourut la une. « Mort de l'infirmière agressée au parc », disait le gros titre.

Quand il m'a fait part de son horreur à la découverte de sa mort, je lui ai fait remarquer que, même s'il avait cru qu'elle survivrait, il avait tout de même tiré à bout portant dans la tête d'un homme deux jours plus tôt et il ne pouvait donc pas tout d'un coup se découvrir meurtrier. Il savait déjà qu'il était un assassin.

« Oui, m'a-t-il répondu, je savais déjà que j'avais tué une personne. Mais pour une raison que j'ignore, le fait de le lire dans le journal ce jour-là, de l'apprendre ainsi – il semblerait que cela ait eu un effet sur moi. Je ne me souviens plus exactement, mais c'était la surprise, le choc. Un "choc", je pense que c'est le mot. C'était une nouvelle surprenante. Parce que lorsque je l'avais laissée, elle était assise à l'arrière et ne montrait aucun signe de douleur. »

Je suis à nouveau frappé par la description que fait Macarthur de Bridie Gargan après sa terrible agression. Il est établi qu'il lui a donné de nombreux coups de marteau à la tête, suffisamment violents pour provoquer des lésions cérébrales mortelles. Il est établi qu'elle saignait en abondance et il a déclaré dans sa déposition qu'« il y avait du sang partout sur elle, sur la vitre et sur les sièges ». Et voilà qu'il affirmait encore que lorsqu'il l'avait laissée, elle ne montrait aucun signe de souffrance.

Parfois je pense qu'il ment tout simplement. Mais à d'autres moments, je me dis qu'un simple mensonge n'existe pas et qu'il existe des situations dans lesquelles une affabulation peut révéler plus clairement la vérité d'une personne que ne le ferait un fait avéré.

C'est un homme qui a toujours construit sa propre réalité. « Un genre de Walter Mitty », comme me l'a résumé l'un des inspecteurs qui avaient enquêté sur lui. « Un rêveur », selon les mots de sa mère. Que ressentirait-il s'il était forcé de reconnaître qu'il avait brutalement et impitoyablement frappé une femme à la tête avec un marteau, qu'il savait qu'il lui avait causé des blessures atroces, qu'il l'avait abandonnée dans une ruelle, agonisant à l'arrière de sa voiture ? Comment se verrait-il s'il faisait face à cette vérité crue, sans illusion ?

Il est utile de rappeler ce qu'Irene Macarthur a dit dans son interview radio, quand David Hanley lui a demandé si, enfant, Malcolm était un affabulateur. Il avait hérité de son père, selon elle, un certain rapport à la vérité. « Quand ils ont une chose en tête, et quand ils y pensent depuis suffisamment de temps, ils finissent littéralement par y croire eux-mêmes. »

Macarthur me semblait posséder l'extraordinaire capacité de modeler ses souvenirs pour répondre à ses besoins. Si un souvenir lui était douloureux, il le changeait en une autre chose mieux assimilée. Je l'ai vu faire en temps réel. C'était environ neuf mois après notre première rencontre et Macarthur évoquait cette première conversation. Il restait persuadé que je l'avais suivi, et il le répétait parfois sur un ton qui n'était pas tout à fait badin, mais peut-être un peu flatté. Au sujet de notre rencontre, il m'a rappelé que je l'avais arrêté dans la rue et que nous étions restés un moment dehors à discuter puis que nous avions dû nous retrancher dans le hall de son immeuble parce que « la rue était très bruyante ».

J'étais soufflé. Avait-il pu oublier un épisode aussi dramatique que celui qui s'était en fait produit ?

« Ce n'est pas à cause du bruit que nous sommes allés dans le hall de votre immeuble, ai-je dit. Vous ne vous souvenez pas ? C'était l'homme à l'appareil photo. Celui qui nous a abordés et qui vous a fait des reproches sur Bridie Gargan. »

Macarthur a marqué un petit temps mais ne semblait pas troublé ni confus. Il n'a pas tenté de nier ce qui s'était produit mais il n'a pas eu l'air de vouloir s'attarder sur ce point, pas plus que sur le fait qu'il l'ait effacé de ses souvenirs. Il a simplement repris le cours de ce qu'il était en train de dire.

*

Dans les jours qui suivirent le meurtre de Dunne, son comportement devint encore plus déconcertant. Il aurait pu monter dans un bateau et quitter le pays, ne jamais revenir. Il aurait pu retourner à Tenerife. Mais il resta. Malgré tout ce qui s'était passé, malgré tout ce qu'il avait fait, il avait encore une fixation maniaque sur le plan censé lui permettre d'acquérir de l'argent par des moyens violents.

Du fait des signalements recueillis, et parce que les deux meurtres étaient liés à un vol de voiture, la Gardaí présumait que les deux assassinats étaient connectés et une chasse à l'homme de plus en plus publique était en cours. Une semaine après la mort de Donal Dunne, une reconstitution filmée du crime était diffusée sur la RTE, le rôle du meurtrier au chapeau de tweed étant tenu par un enquêteur qui se trouvait ressembler à l'homme décrit par des témoins.

Pour tant, Macarthur choisit de ne pas abandonner son « entreprise ». Il quitta la pension de Dún Laoghaire et passa quelques nuits à la rue. Il passa beaucoup de temps assis sur des bancs, à regarder dans le vide. Une nuit, à Sandycove, il s'assit près de la petite tour Martello – celle qui sert de décor au premier chapitre d'*Ulysse* – et contempla la mer jusqu'à l'aube. Quand il fit assez jour, son regard resta longtemps posé sur un bateau, un cargo nigérian. Le bateau rencontrait des problèmes avec les douanes et il mouillait dans la baie depuis plusieurs semaines. Il était tout blanc, en dehors d'une cheminée bleue. Il le regarda pendant des heures, hypnotisé, comme il l'avait été par la petite maison flottante sur la Liffey la semaine d'avant puis par la péniche sur le canal d'Edenderry.

J'écris qu'il était hypnotisé, mais en réalité c'est moi qui le suis : par l'image du meurtrier, contemplant pendant des heures ce navire, avec sa cheminée bleu pâle, ce vaisseau encalminé dans la baie, avec nulle part où aller, à la fois flottant et fermement arrimé. Je sens que cela doit vouloir dire quelque chose, qu'il soit resté assis à regarder ce bateau si longtemps, et qu'il s'en soit souvenu si clairement qu'il m'en a reparlé quarante ans plus tard. Cela doit avoir une signification, tout ce temps passé à regarder l'eau : le fleuve, le canal, la mer.

*

Peu après son retour à Dublin, Macarthur avait appelé une connaissance à qui il avait prêté de l'argent. La connaissance affirmait lui avoir fait un chèque et l'avoir posté à son adresse de Fitzwilliam Square car il ignorait que Macarthur n'y vivait plus. Il y avait de nouveaux locataires dans l'appartement mais Macarthur avait toujours la clé de l'immeuble. Il y entra pour relever le courrier. Il n'y avait rien.

Alors qu'il ressortait et descendait les majestueuses marches de granit, il fut abordé par un ancien voisin. Cet homme, Mr Fawcett, vivait au numéro 46, une magnifique maison couverte de lierre célèbre pour sa porte édouardienne remarquablement travaillée. Macarthur et Fawcett se mirent à discuter et Fawcett l'invita à entrer. Macarthur accepta et resta un moment, parlant avec aisance des ornements géorgiens du bâtiment original.

D'après l'un des enfants adultes de Fawcett présent ce jour-là, Macarthur portait de fins gants blancs et avait expliqué qu'il souffrait de dermatite aux mains. Mais plus tard, quand des toasts de saumon fumé furent servis, Macarthur retira ses gants pour manger et ses hôtes remarquèrent qu'il avait les mains lisses et dépourvues de marques.

Fawcett nota aussi que Macarthur avait un long sac en toile avec lui. Ce ne fut qu'après l'arrestation de Macarthur que son ancien voisin découvrit ce qu'il contenait : le fusil avec lequel il avait abattu Donal Dunne quelques jours plus tôt.

(Quand j'ai interrogé Macarthur sur le sujet, il m'a répondu qu'il ne portait qu'un seul gant, à la main gauche. Il avait en effet une irritation dans la paume de cette main, qu'il traitait avec une pommade, et le pharmacien lui avait conseillé de porter un gant. Le mal n'était pas particulièrement visible. Quant au sac de toile contenant le fusil, c'était faux, archifaux : encore un exemple, selon lui, du fait que les gens avaient tendance à embellir la réalité voire à la romancer totalement.)

Quand Macarthur quitta le 46, il était tard. Il retourna dans son ancien immeuble. Le rez-de-chaussée était occupé par le cabinet d'un médecin généraliste. Il s'installa dans un fauteuil de la salle d'attente et s'assoupit. Le lendemain matin, il fut réveillé par la secrétaire du médecin, une certaine Mrs Westby, dont il avait fait la connaissance quand il habitait au-dessus. Il bafouilla une vague explication sur une clé perdue et sortit.

14

L'une des connaissances de Macarthur du temps où il fréquentait le Bartley Dunne's était un Américain nommé Harry Bieling. À la fin des années 1960, alors qu'il travaillait pour les services diplomatiques américains à Londres, Bieling s'était rendu en Irlande avec des amis et avait tellement aimé le pays qu'il avait décidé de s'y installer. Les deux hommes n'étaient pas proches mais ils avaient évolué dans les mêmes cercles au Bartley's : ils s'étaient rencontrés au milieu des années 1970 par l'entremise d'une femme que Macarthur fréquentait à l'époque, une bonne amie de Bieling. Macarthur n'a pas voulu me donner son nom et la désignait simplement par les initiales, C.M. : elle venait d'un milieu ouvrier et avait grandi à Ballyfermot. Il avait le sentiment qu'ils avaient trop peu de points communs et que cette relation n'allait pas durer. Mais elle était, disait-il, très attachée à lui, et très réticente à le laisser partir. « J'étais gentil avec elle, m'a-t-il dit. De mon point de vue, c'est la qualité que les femmes trouvent la plus séduisante chez un homme. La gentillesse. »

Bieling vivait à Killiney, dans une sorte de château miniature qui donnait sur la baie de Dublin. La maison s'appelait Camelot. Un nom absurde, il est vrai, mais du genre que l'on croise à Killiney Hill. (Il y a par exemple une demeure bien plus grande, dont « Camelot » avait autrefois été le pavillon et qui appartient aujourd'hui à la chanteuse Enya, baptisée Manderley en hommage au domaine qui sert de décor à *Rebecca*, le roman gothique de Daphné du Maurier.) Macarthur était allé plusieurs fois à Camelot, au milieu des années 1970, à l'occasion de soirées et occasionnellement de dîners. Il y avait passé une nuit.

Bieling venait d'un milieu new-yorkais aisé et profitait de sa retraite anticipée en Irlande et d'un train de vie assez dispendieux. « J'ai cru qu'il aurait de l'argent », a plus tard déclaré Macarthur dans sa déposition. Il avait décidé de dire à Bieling qu'il passait dans le quartier et qu'il se demandait si cela le dérangeait qu'il vienne prendre des photos de la magnifique vue de la baie depuis les fenêtres du salon, qu'il n'avait pas oubliée depuis les soirées auxquelles il avait été invité.

Mais dès que Macarthur se présenta chez Bieling, le 4 août, les choses se gâtèrent. Il y a un compte-rendu exhaustif de l'incident dans *The Boss*, le livre publié en 1983 par les journalistes Joe Joyce et Peter Murtagh sur l'ancien Taoiseach Charles Haughey. Selon eux, la rencontre avait été mal embarquée, du fait que Bieling avait tout à fait oublié qui était Macarthur. Macarthur se présenta à nouveau et lui sortit son baratin sur la baie et les photos qu'il voulait prendre. Bieling ne se le rappelait peut-être pas, mais Macarthur était un photographe amateur. Il avait d'ailleurs son équipement avec lui, ajouta-t-il, en désignant le sac qu'il transportait.

« Vous êtes seul ? demanda Macarthur. Je peux repasser si vous avez du monde. »

Non, répondit Bieling, il était tout seul. Il ne remettait toujours pas Macarthur et la situation devenait gênante. Il semblait que c'était quelqu'un dont il était vraiment censé se souvenir et cela lui ressemblait assez d'oublier une personne comme lui. Cet homme était quelque peu débraillé, certes, mais il était très poli et avait un accent d'Anglo-Irlandais. (Difficile d'imaginer Bieling accorder à cet homme qu'il ne reconnaissait pas le bénéfice du doute s'il avait eu un accent provincial ou le bagout traînant du centre de Dublin. Les manières aristocratiques de Macarthur avaient le don de lui ouvrir des portes, même quand il s'agissait de commettre des crimes.) Bieling l'invita à entrer et il franchit le seuil.

Macarthur alla jusqu'aux portes vitrées et contempla la mer. C'était une soirée d'été brumeuse. Bieling remarqua que les conditions n'étaient pas idéales pour le genre de cliché que Macarthur voulait sans doute faire.

Non, dit Macarthur, c'était exactement conforme à son souvenir. Et c'étaient précisément les conditions qu'il recherchait. La lumière était parfaite.

Ils discutèrent un moment. Macarthur mentionna le nom de plusieurs autres invités de la fête à laquelle il était venu la dernière fois. Cela dut rassurer Bieling quant au fait qu'il n'était pas un intrus avec une veste en tweed et un nœud papillon.

Macarthur rappela à Bieling que la dernière fois qu'il était là, il était « poursuivi par une traînée de Ballymum ».

Ils discutèrent encore un peu puis Bieling, qui espérait sans doute profiter du reste de sa soirée, lui fit remarquer que la lumière n'allait pas tarder à décliner.

À cet instant, Macarthur posa le sac sur la table et l'ouvrit.

« J'espère que vous avez le sens de l'humour », dit-il en sortant le fusil. Il ordonna à Bieling de s'asseoir dans un fauteuil à l'autre bout du salon. Il s'assit lui aussi, le fusil posé sur les genoux et pointé en direction de Bieling.

Bieling pâlit et se mit à trembler. Il demanda s'il pouvait aller au cabinet à alcools et se servir un verre pour calmer ses nerfs. Soit, dit Macarthur, tant qu'il n'y cachait pas un pistolet. S'il le souhaitait Macarthur pouvait le suivre, répondit-il, pour s'assurer qu'il ne tente rien.

Macarthur garda le fusil pointé sur Bieling tandis qu'il se versait un verre de vodka.

Bieling retourna à sa place et lui demanda quel était le but de tout ceci.

L'argent, dit-il. C'était une histoire d'argent. Il savait que Bieling en avait beaucoup et il voulait mille livres, au bas mot.

Bieling lui demanda s'il pratiquait depuis longtemps ce genre de vol.

Environ un an, répondit Macarthur, sans date pour donner l'impression qu'il était plus versé dans l'art du braquage qu'il ne l'était réellement.

Bieling dit que c'était inenvisageable puisqu'il ne conservait pas une telle somme dans la maison. Il avait vingt-trois livres en tout et pour tout et Macarthur pouvait les prendre.

Dans ce cas, rétorqua Macarthur, il pouvait lui faire un chèque. Parce que Bieling ne se souvenait peut-être pas de lui, mais lui se souvenait de Bieling. Il se rappelait très clairement que celui-ci dépensait au moins mille livres par semaine dans les bars et restaurants de la ville. Il savait qu'il était le bénéficiaire d'un fonds de placement florissant. Ce serait donc mille livres, à l'ordre de John Eustace – le pseudonyme sous lequel il avait ouvert un compte quelques jours plus tôt.

Macarthur parla encore un peu, le fusil toujours braqué sur Bieling. La vérité, c'était qu'il avait mal géré ses finances : un moment de franchise peu caractéristique dans une profusion de mensonges confus. Son héritage avait pour ainsi dire fondu et ce braquage était hélas le seul moyen pour lui de se tirer du guêpier dans lequel il se trouvait. Il dit à Bieling qu'il travaillait avec un complice.

Macarthur demanda où se trouvait le téléphone. Bieling le montra du doigt en lui disant qu'il lui serait reconnaissant de ne pas arracher le fil du mur car il fallait près de six mois pour que les télécommunications envoient quelqu'un. Aucune inquiétude, dit Macarthur. Il voulait seulement appeler son complice pour qu'il vienne le surveiller pendant la nuit en attendant d'aller encaisser le chèque le lendemain matin.

Macarthur continua de bobiner au sujet de son collaborateur inexistant. C'était son deuxième coconspirateur, dit-il. C'était de plus en plus difficile de trouver des gens fiables avec lesquels travailler. À un moment donné, Bieling essaya de le dissuader de poursuivre ce braquage en faisant appel à son bon sens. Macarthur n'avait commis aucun crime grave à ce stade. S'ils en restaient là, il ne parlerait de cet épisode à personne.

Hors de question.

La soirée avançait et Bieling avait besoin d'un autre verre. Il alla s'en préparer un et resta de ce côté de la pièce. Écoutez, dit-il. Il était tout juste 19 heures passées et son employée de maison allait arriver d'ici une demi-heure pour préparer le dîner. Il allait maintenant monter chercher son chéquier, qui se trouvait dans sa chambre, en haut d'un escalier en colimaçon.

Macarthur accepta et suivit Bieling dans l'escalier, le fusil pointé sur son dos. La chambre était en désordre, des vêtements, des livres et d'autres objets étaient éparpillés sur le sol. Bieling fit semblant de chercher son chéquier, ouvrant des tiroirs, déplaçant des piles de livres, et ainsi de suite. Il n'était peut-être pas là en fin de compte. Il devait être en bas dans le salon. Macarthur s'impatientait et il accusa Bieling d'essayer de chercher à l'embrouiller. Bieling lui proposa de fouiller par lui-même.

Macarthur n'avait aucunement l'intention de laisser des empreintes partout dans la maison. Il déclina la proposition.

Ils redescendirent l'escalier, Macarthur suivant Bieling, son canon pointé sur l'arrière de son crâne. Quand Bieling arriva au bas de l'escalier, il partit en courant – dans l'entrée, sur le perron, sur Victoria Road. Comme Macarthur le résuma plus tard dans sa déposition : « Mr Bieling a réussi à s'échapper. Je ne sais pas si je lui aurais tiré dessus ou non. »

Dans tous les cas, il n'en eut pas l'occasion. Quand Macarthur sortit dans la rue, Bieling avait disparu et il n'allait pas le pourchasser dans Killiney Hill avec un fusil dans les mains. Il y avait des limites, même pour lui. Il retourna dans la maison, attrapa son sac, rangea son arme, et partit.

*

Malgré le fiasco de Camelot, Macarthur demeurait résolument attaché aux grandes lignes de son plan, pour hasardeux qu'il fût : la « détermination à agir », pour reprendre son terme privilégié, demeurait inébranlable. Il avança dans la rue et sonna chez un voisin. La porte, sécurisée par une chaîne, s'entrouvrit sur le visage méfiant d'une vieille dame. Macarthur lui dit que son frère avait eu un accident et qu'il était blessé. Il lui demanda s'il pouvait se servir de son téléphone. La femme observa Macarthur un moment. Elle lui dit que son téléphone était en dérangement et lui claqua la porte au nez.

Une voiture arriva vers lui et il lui fit signe de s'arrêter. Il y avait trois hommes à bord, un père et deux fils, qui rentraient de la pêche et se dirigeaient vers Dalkey. Il inventa une histoire au sujet d'un ami qui avait eu un accident et dit qu'il devait se rendre à Dalkey pour prévenir sa mère.

Malgré son accent distingué et son élégance, il y avait clairement quelque chose de louche chez cet homme. Le conducteur le déposa à Pilot View, là où il prétendait que la mère de son ami habitait, mais il resta stationné quelques instants pour voir si Macarthur entrait dans la résidence. Avec ses fils, ils le regardèrent passer devant la grille et disparaître dans une ruelle.

Ils se rendirent directement au commissariat et signalèrent cet individu à bout de souffle qui les avait arrêtés. Dans leur description, ils affirmèrent qu'il portait un macfarlane: le genre de manteau associé au personnage de Sherlock Holmes. Il n'y a pas de preuve que Macarthur ait jamais possédé une telle cape, mais le fait que ces hommes l'aient décrit ainsi est, à défaut d'autre chose, la preuve de son étrangeté: même un inconnu était poussé à l'envisager comme un personnage de fiction.

*

À ce stade, Macarthur avait déjà été en contact avec Patrick Connolly, le vieil ami de Brenda devenu procureur général de la république d'Irlande. Il lui avait téléphoné quelques semaines plus tôt, peu après son retour à Dublin. Macarthur disait être en Belgique. (Quand il avait parlé à Brenda, il avait prétendu être à Ostende et il avait dit à Connolly qu'il l'appelait de Liège.) Il allait bientôt rentrer en Irlande et proposait qu'ils se voient. Connolly en serait ravi mais il avait eu un appel de Brenda qui ne semblait pas savoir où il se trouvait. Macarthur prétendit qu'il avait essayé de la joindre mais que la communication n'avait pas abouti. Quoi qu'il en soit, il n'allait rentrer que pour quelques jours, le temps de régler des affaires financières, avant de retourner à Tenerife. Connolly proposa à Macarthur de venir loger chez lui pendant qu'il était en Irlande. Macarthur commença par refuser, disant qu'un « ami de Trinity » avait proposé de l'héberger et qu'il ne voulait pas déranger. (En réalité Macarthur, d'après ce qu'il m'a décrit, dormait « plus ou moins dehors ».) Mais pas du tout, insista

Connolly, il ne le dérangerait pas le moins du monde. Macarthur aurait l'appartement pour lui tout seul car lui passerait ses journées en ville, dans les bureaux de son administration. Dans ce cas, Macarthur acceptait avec joie sa généreuse invitation.

Et c'est ainsi que, le soir du 4 août 1982, l'homme de loi le plus haut placé de l'État fit préparer la chambre d'ami pour son invité, un homme qui, quelques jours plus tôt, avait tué deux inconnus et qui, ce même soir, venait de rater un braquage dans la maison d'une connaissance.

*

J'avais quatorze ans quand ma grand-mère, désormais veuve, quitta Pilot View pour déménager plus près du centre. Mais je me souviens des lieux avec une clarté sensible : le portail électrique bas, les bâtiments ramassés et anguleux, la pelouse qui descendait vers les rochers et la mer. J'entends encore le bourdon guttural de l'interphone et je vois le nom de mon grand-père sur la carte de visite fixée à côté de leur sonnette : « E. O'Neill, Capt. » Et cela me procure aujourd'hui encore un choc de dissonance cognitive d'imaginer Macarthur franchir ce portail, monter les marches de pierre jusqu'à la porte et appuyer sur la sonnette.

*

Le lendemain matin, Connolly partit travailler, conduit par un Garda dans une voiture de fonction, et Macarthur se retrouva seul dans l'appartement aux trois chambres donnant sur la baie de Dublin. Il parcourut la collection de disques de musique classique de Connolly, choisit un enregistrement de la *Septième Symphonie* de Beethoven et le mit sur la platine. Il resta assis un moment dans un fauteuil du salon, à contempler la mer chatoyante et le ciel bleu en écoutant la symphonie. (Le cargo nigérian était-il toujours là ? Le voyait-on à travers les larges fenêtres du salon de Connolly ?) Ses pensées se portèrent sur le fiasco de la veille. Il était pratiquement certain que Bieling avait rapporté l'incident à la police. La chose à faire était de l'appeler pour essayer d'arranger la situation.

*

Quand Bieling était rentré chez lui la veille, accompagné d'un policier, la maison était vide et Macarthur introuvable. Après le départ de l'agent, il s'aperçut qu'il était trop secoué pour rester seul et appela un ami afin qu'il lui tienne compagnie. Ils burent jusqu'à 4 heures du matin, Bieling s'enivrant à mesure qu'il racontait, encore et encore, les curieux événements de la soirée. Toute la nuit il essaya en vain de se rappeler le nom de l'homme au fusil, dont il sentait qu'il était censé le connaître, cet homme qui manifestement le connaissait lui.

Vers 9 heures du matin, le téléphone sonna et le tira d'un sommeil agité, le plongeant aussitôt dans une gueule de bois carabinée. Dans un entretien qu'il accorda aux auteurs de *The Boss* après la condamnation de Macarthur, Bieling résuma leurs échanges.

Il entendait les cordes majestueuses de la *Septième* de Beethoven jouées à plein volume en arrière-fond. Macarthur se présenta comme l'ami qui était passé la veille. Il voulait savoir pourquoi Bieling s'était enfui. Il avait voulu plaisanter. C'était une blague, même s'il voyait bien désormais qu'elle était de mauvais goût et qu'elle était tombée à plat.

Macarthur lui demanda lequel d'entre eux devait appeler la Gardaí pour signaler le malentendu ? Bieling suggéra que Macarthur s'en charge. Macarthur dit qu'il le ferait et demanda s'il pouvait à nouveau passer chez Bieling la semaine suivante.

Était-ce une menace ? Il est difficile d'imaginer comment Bieling aurait pu le prendre autrement. Je le vois, le téléphone collé à l'oreille, sa main rendue tremblante par les effets combinés de la gueule de bois, des événements effrayants de la veille et de cette conversation aussi étrange que terrifiante.

Il lui répondit que ça ne le dérangeait pas que Macarthur repasse mais qu'il préférerait qu'il téléphone d'abord.

*

Plus tard ce matin-là, Macarthur passa un autre appel, au commissariat de Dalkey. Il dit au policier de permanence, le sergent Pat Fitzgerald, qu'il appelait au sujet d'un incident qui avait eu lieu la veille à Killiney. Un Américain du nom de Bieling avait déjà dû les contacter. Fitzgerald lui demanda ce qu'il avait à déclarer. Eh bien, il n'y avait rien à déclarer à proprement parler, dit Macarthur – si ce n'était qu'il s'agissait d'une plaisanterie qui avait mal tourné. Bieling avait mal compris ses intentions mais ils venaient de se parler au téléphone, tout était arrangé et ce n'était pas utile de s'éterniser davantage sur cet épisode.

Fitzgerald demanda qui était à l'appareil.

« C'est Malcolm Macarthur », dit-il.

Le nom ne devait rien dire à ce policier, certes, mais il est difficile de voir dans cette décision autre chose qu'une erreur colossale et largement évitable. Il aurait tout aussi bien pu se présenter comme John Eustace ou donner un autre pseudonyme. Mais c'est typique de Macarthur : pile quand il semble être on ne peut plus calculateur et macabre, il revient au chaos et à la farce.

Quand je lui ai demandé pourquoi diable il avait donné son nom à la police, il m'a avoué que cela ne lui avait pas traversé l'esprit qu'ils puissent ne pas déjà le connaître. Il n'avait aucune idée à ce stade que Bieling ne se souvenait pas de lui. Pour ce qu'il en savait, ils recherchaient déjà un homme nommé Malcolm Macarthur. Si Bieling n'avait pas été trop poli pour dire à son assaillant qu'il n'avait aucune idée de qui il était, Macarthur n'aurait jamais donné son nom à la police.

*

Près de quarante ans plus tard, Macarthur s'accroche toujours à la version de la blague incomprise. Il admet qu'il s'est présenté chez Bieling ce soir-là pour des raisons liées à l'argent mais affirme qu'il n'avait aucunement eu l'intention de le braquer. Il avait voulu se renseigner sur une connaissance commune, à qui il avait prêté de l'argent – une somme pas énorme mais substantielle – et qui avait disparu, comme cela arrivait si souvent dans ces cas-là.

Macarthur m'a affirmé qu'il n'avait pas braqué le fusil sur Bieling, du moins pas sérieusement. Il avait un appareil photo dans le sac et il voulait vraiment prendre une photo depuis le balcon. Il n'avait aucune intention de se servir du fusil mais par malheur Bieling l'avait vu quand il avait ouvert le sac et lui avait demandé ce qu'il faisait avec ça. Macarthur avait bien sorti le fusil et l'avait pointé sur Bieling, mais c'était ironique. Il reconnaissait que c'était de mauvais goût de faire le clown avec un fusil quelques jours après s'en être servi pour abattre un homme. Mais il n'était pas lui-même à ce moment-là et il ne pouvait pas expliquer ses actions et ses motivations de façon satisfaisante.

La plaisanterie, en réalité, reposait sur une conversation que Bieling et lui avaient eue des années plus tôt, sur un hold-up dont celui-ci avait un jour été témoin à New York. En sortant le fusil et en le pointant sur lui, Macarthur faisait en fait une allusion badine à cette conversation. (C'était ce qu'on appelle, en comédie, une « allusion référencée ». Non pas que Macarthur l'ait employé, et il est difficile de l'imaginer utiliser ce genre de terminologie.)

« C'était humoristique, m'a-t-il dit, mais il l'a tenu pour vrai.

— Qu'est-ce qui était humoristique ?

— Le fait que je fasse référence à notre vieille conversation, de façon quelque peu ironique, voire sur le mode de la clownerie.

— Alors qu'avez-vous dit ? Quelle était la plaisanterie ?

— Oh, j'ai parlé de son chéquier. Et bien sûr le chéquier de Bieling était d'une inutilité notoire, voyez-vous, parce qu'il avait très peu de marge de manœuvre. Il recevait une somme hebdomadaire du fonds familial pour qu'il reste raisonnable, autrement il aurait tout dépensé. C'était une référence à une autre conversation que nous avions eue huit ans plus tôt au sujet de son chéquier. Je m'en souvenais mais lui a mal compris. Et l'élément clé c'est que, d'après lui, il ne m'a pas reconnu. Et je l'accepte. Mais cela a forcément donné une tout autre signification à ma visite, puisque pour lui je n'étais pas une connaissance avec un fusil mais un inconnu avec un fusil.

— Oui mais une connaissance avec un fusil, c'est intimidant aussi, ai-je observé.

— Eh bien, cela dépend, si on se contente de l'agiter. Si on le pointe sur quelqu'un, à l'évidence, c'est une autre histoire. »

Nous sommes restés sur notre désaccord, comme souvent.

*

J'ai dit plus tôt que la question que Bridie Gargan a posée à Macarthur quand il l'a abordée avec son faux pistolet est celle qui me semble flotter au-dessus de ce récit, de cette farce monstrueuse. C'est pour de vrai ? Les événements, ou du moins une tentative de les retracer, peuvent évoquer une blague d'un abyssal mauvais goût. (Vous la connaissez, celle du dandy fortuné qui essaie de faire un braquage et qui finit par assassiner deux personnes et manque de faire chuter le gouvernement ?) C'est ce qui rend ce récit si troublant, cette étrange instabilité de ton. C'est une terrible tragédie, impliquant la mort violente de deux jeunes personnes des mains d'un inconnu. Et pourtant, on ne peut ignorer que c'est aussi une histoire incroyable.

C'est pour de vrai ? La question revient, encore et encore, une question importante : Macarthur lui-même a sans cesse brouillé les limites entre réalité et fiction, entre les actes sérieux et la plaisanterie. C'est la question que je me posais, chaque fois que Macarthur me racontait quelque chose de sa vie, chaque fois qu'il parlait des choses qu'il avait faites ou des raisons pour lesquelles il avait agi ainsi.

*

Le récit prend ici deux directions divergentes. Il y a Macarthur, planqué chez Connolly, et il y a les inspecteurs qui enquêtent sur les meurtres. À l'évidence, l'intrigue de Macarthur ne manque pas d'intérêt : le meurtrier, reclus dans l'appartement du procureur général, contemplant la lumière qui joue sur les flots. Comme toujours, se pose le problème de l'accès à l'information : je n'en sais pas tant que ça sur ce qu'il a fait pendant qu'il était là-bas. Il rechigne à parler de ce moment et prétend ne pas se souvenir de grand-chose. Une dose d'imagination sera sans doute nécessaire pour le lecteur et pour moi. Que fait un homme comme Macarthur alors qu'il est seul et qu'il fuit la police et les conséquences de ses actes terribles ? (Il ne prévoit pas de quitter le pays, ça je le sais. Il affirme que cela ne lui a jamais traversé l'esprit.)

Peut-être lit-il ce livre sur la philosophie de l'esprit. Peut-être écoute-t-il les nombreux disques de musique classique de Connolly. Peut-être croise-t-il ma grand-mère dans l'escalier et lui adresse-t-il un signe de tête poli. Peut-être prépare-t-il l'assassinat de sa mère. Peut-être n'en fait-il rien car il dit la vérité sur l'origine de ces notes. Peut-être se plante-t-il sur le gazon derrière le bâtiment, le gazon où je jouais avec ma sœur et mes cousins, pour regarder la mer. Peut-être pense-t-il à ce qu'il a fait, à la sensation du marteau dans sa main quand il l'abat sur le crâne de la jeune femme, au poids du corps du jeune homme quand il le traîne sur la tourbière. Peut-être ne pense-t-il à rien du tout.

QUATRIÈME PARTIE

Grotesque, incroyable, bizarre et inédit

15

Je vais désormais laisser de côté Macarthur et ses actes incertains pour concentrer mon attention sur les hommes qui tentaient de retrouver sa trace. Avant de rencontrer Macarthur, j'étais entré en contact avec John O'Mahony et Tony Hickey, qui avaient tous deux été impliqués dans l'enquête et qui étaient tous deux devenus par la suite commissaires adjoints. Nous avons échangé pendant plusieurs mois, nous retrouvant presque toujours tous les trois et j'assistais alors à leur duo, Hickey se lançant dans de longs monologues avant de céder la parole à son ancien collègue. Ils avaient gardé contact après la retraite et même quand nous parlions sur Zoom, l'affection blagueuse qu'ils avaient l'un pour l'autre était palpable. Hickey était le plus âgé et il était plus haut placé dans la hiérarchie à l'époque de l'affaire.

Il se trouve qu'ils rentraient l'un et l'autre d'un enterrement quand ils eurent vent de l'agression violente de Phoenix Park, laquelle n'avait pas à ce stade conduit à une enquête pour meurtre. Hickey revenait de son Kerry natal. O'Mahony se trouvait dans l'ouest de l'Irlande avec son partenaire de l'époque, Frank Hand. Ils avaient tous deux entre vingt et trente ans et avaient été promus inspecteurs trois mois plus tôt. (Hand fut tué par balle deux ans plus tard, alors qu'il était en service, lors de l'attaque d'un fourgon postal par l'IRA.) De retour en ville,

O'Mahony et Hand traversèrent Phoenix Park et, passant devant la résidence de l'ambassadeur américain, ils remarquèrent une présence policière sur les pelouses qui jouxtaient le bâtiment. Ils apprirent bientôt que c'était là qu'avait eu lieu l'agression de Bridie Gargan.

Quelques jours plus tard, une enquête pour meurtre avait été ouverte et Hickey et O'Mahony rejoignirent un groupe d'une trentaine d'inspecteurs chargés de celle-ci, le « Murder Squad », mené par le commissaire John Courtney. Courtney était un policier expérimenté d'une cinquantaine d'années qui avait dirigé trois ans plus tôt l'enquête sur l'assassinat de Lord Louis Mountbatten, l'oncle du prince Philip, par l'IRA. (O'Mahony et Hickey m'ont expliqué que si l'affaire de Macarthur avait autant choqué l'opinion publique, c'était notamment parce que, avant que l'explosion des drogues dures dans les rues de Dublin conduise à une augmentation de la criminalité organisée, assez peu de meurtres étaient commis dans la République et ceux-ci étaient en général liés aux campagnes paramilitaires de l'IRA.)

Les enquêteurs travaillaient depuis une salle d'opérations du commissariat de Kevin Street, dans le sud du centre-ville. O'Mahony se souvenait que les photos de Bridie Gargan et Donal Dunne étaient affichées en évidence sur les murs de la petite pièce. « Ça se faisait la plupart du temps dans les enquêtes sur des homicides. Ces photos étaient là pour vous rappeler constamment que c'étaient les êtres humains dont on avait pris la vie. »

Le caractère frénétique et chaotique de l'agression sur Bridie Gargan conduisit d'abord Courtney et ses hommes à envisager que le coupable fût un patient d'un hôpital psychiatrique. O'Mahony et Frank Hand furent envoyés le lendemain faire le tour des établissements de la ville. Quand ils se présentèrent à Saint Patrick's, l'hôpital généraliste de l'autre côté du fleuve, le médecin-chef dit être certain que l'assassin était un patient de son institution. Un homme s'était présenté le jeudi soir, quelques heures après l'attaque, et il semblait correspondre au signalement donné par O'Mahony et Hand. Ils crurent, l'espace de quelques heures grisantes, qu'ils avaient résolu l'affaire, mais cela se révéla être une impasse.

Quand les inspecteurs examinèrent le contenu du sac à main abandonné dans la voiture de Bridie Gargan, ils découvrirent une ordonnance pour une pommade contre les boutons de fièvre, rédigée par un docteur du Planning familial. Compte tenu de l'influence alors quasi théocratique de l'Église sur les questions de reproduction, ces cliniques étaient à l'époque extrêmement controversées. Toute forme de contraception était illégale. (Les Gardaí, dont la majorité étaient catholiques, étaient alors tenus, dans le cadre de leurs fonctions, d'assister à l'office du dimanche.) Certains enquêteurs plus âgés et gradés supposèrent, sur la base de preuves bien légères, qu'elle avait une liaison avec un homme et que cette personne était impliquée dans sa mort.

Les enquêteurs qui allèrent interroger les médecins au Planning familial demandèrent les raisons pour lesquelles on lui avait délivré cette ordonnance. Bridie Gargan, apprirent-ils, souffrait de gerçures aux lèvres après avoir passé trop de temps au soleil pendant la vague de chaleur. Pourquoi, dans ce cas, était-elle allée au Planning familial ? C'était simplement le plus commode pour elle puisqu'elle y officiait comme infirmière bénévole.

*

Après le meurtre de Donal Dunne à Edenderry, Courtney et son équipe ne mirent pas longtemps à se convaincre qu'il existait un lien avec l'agression de Phoenix Park. Cela venait tout d'abord du fait que les deux meurtres impliquaient le vol, puis l'abandon, de la voiture de la victime. Des témoins qui avaient croisé l'étranger déambulant dans les rues et sur les bords du canal à Edenderry et ceux qui avaient remarqué l'homme bizarre aux concours de tir à Dublin décrivirent un individu qui regardait par-dessus ses lunettes quand il parlait, comme s'il ne voyait pas bien à travers. Quand les enquêteurs s'aperçurent que des empreintes relevées sur un journal retrouvé dans une poubelle près du canal à Edenderry correspondaient à des empreintes prises sur une pelle enroulée dans un sac-poubelle et abandonnée dans le parc, il n'y eut plus le moindre doute quant au fait qu'ils recherchaient un seul et même suspect.

Paddy Byrne, le jardinier de l'ambassade américaine qui avait tenté d'intervenir lors de l'agression de Bridie Gargan, avait décrit un homme à l'élocution soignée avec des cheveux sombres et ondulés et une cravate. L'employée de l'agence de voyages donna une description similaire et laissa entendre que la façon quelque peu autoritaire avec laquelle il lui avait demandé de lui apporter un verre d'eau et de lui appeler un taxi laissait supposer qu'il avait grandi entouré de domestiques. Ces descriptions correspondaient étonnamment avec le portrait de la vague connaissance de Harry Bieling qui s'était présentée chez lui avec un fusil et dont il ne parvenait décidément pas à retrouver le nom.

Le lendemain de l'incident chez Bieling, le commissaire Mick Sullivan du commissariat de Dalkey appela Courtney à Kevin Street. Le sergent Pat Fitzgerald avait immédiatement parlé à Sullivan de sa conversation téléphonique avec Macarthur. Or, plus Sullivan y réfléchissait, plus il était convaincu que son suspect dans la double tentative de vol à main armée chez Bieling (bien habillé, éloquent, d'une bienséance rare) et celui du double meurtre de Courtney étaient une seule et même personne.

Mieux encore, ce suspect avait même eu la courtoisie de donner son nom.

La façon de s'exprimer du tueur demeurait un sujet central pour les enquêteurs. Outre la cravate (ou le nœud papillon, en fonction des sources), elle faisait invariablement partie des premières choses que les témoins mentionnaient dans leurs descriptions. Après sa condamnation, le commissaire Courtney, qui avait grandi dans le Kerry, décrivit l'accent de Macarthur dans l'*Irish Times*. « Oh, une élocution très ampoulée, dit-il. Un accent très distingué. On ne pouvait pas le rater. »

*

Le lendemain de la diffusion télévisée de la reconstitution des crimes, un homme d'une vingtaine d'années nommé John Monks se présenta au commissariat de Dún Laoghaire. Il avait vu les images et avait l'impression d'avoir croisé le type qu'ils recherchaient. John O'Mahony prit sa déposition. Monks travaillait dans un kiosque à journaux de Dún Laoghaire, sur Marine Road, et il avait remarqué un curieux personnage qui était revenu plusieurs fois au cours des dernières semaines. Il venait au kiosque deux fois par jour, pour acheter les journaux du matin puis les éditions du soir. Il avait l'air soigné mais il y avait un truc louche. Les premières fois, il avait une barbe, mais lors de ses dernières visites il était totalement rasé. Il portait des lunettes, mais les gardait au bout de son nez ou bien les posait sur son front quand il parcourait le journal. Monks raconta qu'il prenait l'*Evening Press* et l'*Evening Herald* sur le présentoir et allait directement lire les petites annonces. Ce que Monks ignorait, mais qu'O'Mahony déduisit, c'était que cet homme cherchait probablement une annonce proposant un fusil d'occasion.

Et puis il y avait ses vêtements épais, pas du tout adaptés à la chaleur : un chapeau en tweed, un comble, et un lourd pull militaire, avec des pièces de cuir sur les épaules. O'Mahony lui montra des photos de différents pulls. Il identifia immédiatement celui que les policiers avaient retrouvé près de la voiture de Bridie Gargan comme étant celui de cet habitué.

O'Mahony, comme la plupart des inspecteurs impliqués, ne disposait pas d'une vue d'ensemble sur l'enquête. Un petit noyau recevait toutes les informations et des détails apparemment anodins pouvaient constituer pour eux une partie d'un large tableau composite. John Courtney était celui qui, chaque soir, épluchait les déclarations et les relevés de preuves de la journée et isolait les détails pertinents. L'élément clé de la déposition de Monks se révéla être le pull. Courtney était convaincu que ce client régulier était l'homme qu'il recherchait. Il assigna deux inspecteurs en civil à la surveillance du kiosque de Monks, dans l'espoir que l'homme revienne.

Jamais on ne l'y revit, du moins pas en chair et en os.

*

S'il ne revenait pas, c'était parce qu'il était confortablement installé dans l'appartement de Connolly à Pilot View. J'ai dit que je ne savais pas grand-chose sur ce que Macarthur y faisait, mais je sais qu'il avait pris l'habitude d'appeler une compagnie de taxis de Dún Laoghaire pour demander qu'un chauffeur aille lui chercher certaines choses – des plats à emporter, les journaux, de l'eau gazeuse, etc. Il demanda apparemment un jour à ce qu'un chauffeur achète un exemplaire de *Private Eye* chez un marchand de journaux de Dún Laoghaire et le lui apporte à Pilot View. Même si on laisse de côté la question plus large – omniprésente et insoluble – de la véracité de cette anecdote, quelque chose de déroutant demeure. Voilà un homme dont la situation financière était apparemment si désespérée qu'il a tué deux personnes dans une tentative poussive de la redresser, et qui pourtant paie des chauffeurs de taxi pour qu'ils lui livrent des bouteilles d'eau gazeuse coûteuses et des magazines satiriques. (On peut sans doute y voir un exemple de l'attitude de Macarthur à l'égard de l'argent l'ayant conduit à cette impasse.)

Une ou deux fois, au lieu de rester à l'appartement pendant que Connolly partait travailler, Macarthur l'accompagna en ville. L'un des avantages de sa fonction dont bénéficiait Connolly faisait qu'il était conduit partout par un Garda dans une voiture de fonction. Il nous faut donc nous interrompre un instant pour contempler une scène d'une absurdité indépassable : le criminel le plus recherché du pays, confortablement installé sur la banquette en cuir de la voiture du procureur général, promené dans toute la ville par un policier.

Une autre absurdité : le dimanche 8 août, Macarthur alla voir un match au stade de Croke Park avec Connolly. C'était la demi-finale du championnat national de hurling qui opposait Kilkenny à Galway. Connolly était un grand fan et avait obtenu des places VIP. Il avait prévu d'y aller avec son frère, Anthony, et son neveu, Stephen, mais avait déniché un billet de plus pour son invité.

Les quatre hommes furent déposés au stade par le chauffeur de Connolly. Macarthur n'avait pas de place VIP, il laissa donc ses amis et alla s'asseoir dans les gradins. En loge VIP, dans la zone réservée aux officiels, Connolly se trouva assis près du préfet de police Pat McLaughlin. Connolly était en poste depuis peu de temps et il n'avait pas encore fait la connaissance du préfet. Il se présenta et les deux hommes échangèrent quelques mots. Ils parlèrent du match : le bilan du championnat, les chances de chacune des équipes.

« Dites-moi, fit Connolly en changeant de ton, avez-vous eu des avancées sur ces deux horribles meurtres ? »

Il y en avait, assura McLaughlin. Ils avaient des pistes solides et ils espéraient coincer le coupable.

Et ce fut ainsi, dans un esprit de collégialité, que le procureur général discuta de l'affaire la plus médiatique depuis des années avec le chef de la police, pendant que le responsable, son ami et invité, regardait le match depuis une autre tribune.

Au coup de sifflet final, Macarthur descendit vers le parking de la tribune présidentielle. Il attendit les autres, appuyé contre la voiture de fonction de Connolly et regarda autour de lui. Il portait des lunettes noires, certain – en l'occurrence à raison – que personne ne ferait le lien avec le portrait-robot du suspect affiché dans les journaux du week-end ou avec la description de l'homme qui avait accompagné la diffusion de la reconstitution. Une femme d'une petite trentaine d'années attendait son chauffeur près de la voiture garée à côté de celle de Connolly. Macarthur la reconnut : c'était Máire Geoghegan-Quinn, une ministre déléguée à l'Éducation du gouvernement tout juste constitué par le Taoiseach Charles Haughey et la première femme ministre de l'histoire du pays. Elle remarqua Macarthur qui attendait à proximité de la voiture du procureur général mais ils ne se parlèrent pas.

Moins d'une semaine plus tard, la photo de Macarthur était partout dans les médias et Geoghegan-Quinn fut profondément marquée en découvrant que c'était l'homme à côté duquel elle avait patienté sans mot dire à l'issue du match. Onze ans plus tard, alors qu'elle était devenue ministre de la Justice, une bizarrerie du droit pénal irlandais fit atterrir sur son bureau la question de la remise en liberté de Macarthur. Elle la refusa.

16

Un matin de cette même semaine, Tony Hickey et un deuxième inspecteur nommé Kevin Tunney furent envoyés à Pilot View, la résidence cossue près de laquelle un chauffeur de taxi disait avoir déposé un homme au comportement étrange. Les inspecteurs franchirent les grilles automatiques et commencèrent à sonner aux interphones. Ils avaient sur eux des portraits-robots qu'ils montrèrent à toutes les personnes à qui ils purent parler mais cela ne donnait pas grand-chose. Les résidents étaient surtout surpris par leur présence. Pilot View n'était pas le genre d'endroit où vous conduisait généralement une enquête criminelle.

À côté des interphones, il y avait une petite plaque avec le nom des résidents. L'une d'elles attira l'attention de Hickey – elle portait le nom d'un colonel en retraite, d'après le titre : exactement le genre de personne droite qui ferait un témoin fiable. Alors qu'il appuyait sur le bouton, la femme du colonel arriva à la porte, les bras chargés de courses.

Hickey lui expliqua la situation et lui montra le portrait-robot. Elle n'avait vu personne qui ressemblât à ce portrait, mais elle lui conseilla de parler à Mr Solomon, qui vivait dans le bâtiment voisin. Mr Solomon était le président de l'association des résidents, et il était attentif aux allées et venues et aux visiteurs que recevaient les uns et les autres.

Hickey remercia cette femme et se dirigea vers le bâtiment d'à côté.

*

Je dois bien reconnaître que cette scène est d'une importance modeste dans notre histoire. La femme sur le pas de la porte n'a pas un rôle déterminant. Toutefois, depuis que Hickey m'a parlé d'elle, j'ai l'intuition – en fait la conviction – que cette femme est ma grand-mère. Pour être tout à fait transparent, Hickey m'en a parlé en précisant que ce n'était *pas* ma grand-mère. Il ne se souvenait pas de son nom, ni du nom de son mari, mais il était à peu près sûr que ce n'était pas O'Neill, le patronyme de mes grands-parents. Je lui ai aussi dit que mon grand-père était un capitaine à la retraite et il était certain que le mari de cette femme était un ancien colonel. Il ne savait pas pourquoi, mais il s'en souvenait assez clairement. Ainsi, cette femme ne peut pas être ma grand-mère.

Et pourtant, je n'arrive pas tout à fait à renoncer à l'idée que ce soit elle. Peu de temps après avoir décidé d'écrire sur Macarthur, j'ai rendu visite à ma grand-mère pour ce qui s'avéra être la dernière fois. Elle avait déjà entamé sa lente mais inexorable descente vers la sénilité. Pourtant, quand je l'ai interrogée sur ses souvenirs de l'enquête et de l'arrestation, elle m'a raconté que mon grand-père et elle avaient tous deux été interrogés par la police – tout le monde ou presque avait répondu aux questions des enquêteurs.

Quelles étaient les chances pour qu'un colonel en retraite et son épouse vivent dans la même résidence qu'un capitaine en retraite et sa femme ? Elles étaient faibles mais ce n'était pas inconcevable non plus. La femme sur le pas de la porte était-elle ou non ma grand-mère, c'est là une autre chose que je ne saurai jamais.

*

Alfred Solomon était chez lui. Hickey lui décrivit le suspect et lui montra le portrait-robot. Non, il ne voyait personne à Pilot View, résident ou visiteur, qui correspondît à la description.

Hickey se retourna pour partir.

« Une seconde, dit Solomon. Vous pouvez me redonner le signalement ? »

Hickey s'exécuta. Cheveux ondulés. Snob. Bien habillé. Cravate.

« Patrick Connolly, le procureur général, habite dans l'immeuble, dit-il. Son neveu réside chez lui depuis quelque temps. Maintenant que vous le dites, il correspond assez bien à la description que vous venez de faire. Et il porte une cravate. »

Le neveu était déjà venu auparavant, cela remontait un peu, un an plus tôt peut-être. Ils s'étaient croisés plusieurs fois dans l'escalier mais ne s'étaient jamais parlé. Il l'avait trouvé assez impoli pour tout dire. Solomon raconta qu'il l'avait un jour trouvé devant la porte de l'immeuble alors qu'il avait apparemment du mal à faire démarrer sa voiture. Il faisait froid. Solomon était donc allé récupérer une bombe d'Easy Start dans son véhicule, il en avait mis sur le moteur de cet homme, qui avait alors pu démarrer. « Nous n'avons pas eu la moindre conversation, raconta Solomon. C'est tout juste s'il m'a dit merci. »

Hickey le remercia et poursuivit son travail. Cette histoire de neveu du procureur ne lui semblait guère prometteuse. Elle lui paraissait même complètement foireuse. Mais il fallait rester ouvert sur ce genre de choses. On ne savait jamais. Il en fit une note, qu'il transmit à Courtney à son retour au commissariat.

*

À l'évidence, il était impossible de se présenter chez le procureur général pour exiger d'interroger son invité sur une série de meurtres, neveu ou pas. Certainement pas sur la base des déclarations hésitantes d'un seul et unique témoin. Il fallait d'abord qu'ils en apprennent plus sur cette personne et sur ses liens avec Connolly.

Quand les inspecteurs interrogèrent Harry Bieling, ils s'intéressèrent de près aux noms de leurs connaissances communes mentionnés au cours de sa conversation avec l'homme armé. L'un de ces noms, particulièrement pertinent, était celui de Betty Broughan. Broughan faisait partie d'une bande du Bartley's, dit-il, ils étaient amis dans les années 1970 mais s'étaient perdus de vue depuis. L'homme au fusil l'avait mentionnée, disant que c'était elle qui avait organisé la soirée à laquelle il disait être venu.

Broughan vivait désormais seule, dans une banlieue du Northside, avec un enfant en bas âge. Hickey alla la voir avec un autre jeune inspecteur, Denis Donegan. Ils lui expliquèrent qu'ils enquêtaient sur une tentative de vol à main armée chez son vieil ami Harry Bieling. Ils turent le lien probable entre cet incident et les deux meurtres récents et ils ne dirent pas non plus que l'homme qu'ils recherchaient avait donné son nom à un policier. Ils répétèrent les détails que Bieling leur avait donnés. « Un bel homme, dit Hickey, qui se pavane en ville avec des cheveux ondulés. Le genre aristo. » Est-ce qu'elle voyait qui, à la fête, pouvait correspondre à cette description ?

« Oh oui, dit-elle. C'est probablement Malcolm.

— Malcolm comment ?

— Malcolm Macarthur. »

Elle l'avait bien connu à l'époque. Il avait eu une histoire avec une amie à elle et les avait toutes deux emmenées à Cambridge lors de l'un de ses voyages. Il s'était montré très généreux et avait payé la chambre d'hôtel de Betty. Les deux femmes avaient fait un peu de tourisme tandis que Macarthur passait son temps à lire des livres et des journaux à la bibliothèque. Il avait certes un côté playboy, mais c'était aussi un vrai intellectuel.

Elle était surprise d'apprendre qu'il puisse être impliqué dans un vol à main armée mais, d'un autre côté, c'était un homme curieux. Il lui avait un jour dit une chose qu'elle n'oublierait jamais, quelque chose de totalement inexplicable. Il lui avait dit qu'il faudrait qu'ils se marient, elle et lui, et qu'ils aient un enfant qu'ils élèveraient jusqu'à ses sept ans avant de l'abandonner, de le laisser devenir sauvage. Quand elle lui avait demandé comment il pouvait suggérer une chose pareille, il lui avait rétorqué que c'était ce que ses parents avaient fait avec lui.

Elle ne l'avait pas beaucoup revu depuis. Il était maintenant en couple avec une femme nommée Brenda Little. Elle avait aussi connu Brenda à l'époque où elle allait au Bartley's : une autre jeune femme de la banlieue nord dont le niveau de vie s'était spectaculairement amélioré après sa rencontre avec Macarthur.

Ils avaient un fils, un petit garçon qui devait avoir sept ans.

Hickey demanda à Betty si elle connaissait par hasard le procureur général Patrick Connolly. Elle le connaissait mais pas très bien. Brenda Little et lui, en revanche, étaient très amis.

Avait-elle une idée d'où se trouvait actuellement Macarthur ?

Aux dernières nouvelles, Brenda et lui étaient en Espagne, ou peut-être aux Canaries, avec leur fils. Elle n'était plus en contact avec l'un ou l'autre. Mais si quelqu'un pouvait savoir où il était, c'était sûrement leur ami Victor Meally.

*

Un soir, au début de l'automne, j'ai appelé Macarthur. On ne s'était pas parlé depuis un moment, un mois voire six semaines. Il avait tendance à être lapidaire au téléphone, car il craignait, ce qui me semblait quelque peu paranoïaque, que la police ou les médias l'aient mis sur écoute. Mais pour une raison ou une autre, il s'est montré cette fois-là plus volubile que d'habitude, et j'ai évoqué Betty Broughan. Il a adopté un ton d'avocat chevronné et dit que « son témoignage n'était pas très substantiel », puisqu'elle ne l'avait connu que brièvement, et superficiellement, de nombreuses années avant « l'épisode criminel ».

« C'était une habituée du Bartley Dunne's, m'a-t-il dit. Mais j'ai arrêté d'y aller en 1976, après la naissance de mon fils. J'avais mieux à faire. Je l'ai très peu revue ensuite. C'était une amie de Victor Meally. Une profiteuse, pour tout dire. Elle est entrée dans mon cercle quelque temps, puis à l'époque où Brenda et moi avons commencé à nous fréquenter, elle en est ressortie. Je pense qu'elle n'avait pas grand-chose à offrir sur le plan intellectuel. »

J'ai mentionné l'étrange proposition qu'il lui aurait faite. Ce n'était pas la première fois que nous en discutions : il l'avait en fait mentionnée lui-même lors de notre première rencontre en guise d'exemple des rumeurs infondées et souvent malsaines qui avaient été publiées dans la presse après sa condamnation. J'avais le sentiment que Macarthur avait raison sur ce point. Il me semblait au contraire avoir été un père plus impliqué et progressiste que la plupart des hommes de sa génération – du moins dans sa version des faits. Et même après avoir été incarcéré, il a continué de s'engager dans l'éducation de Colin et prenait une part active aux décisions qui concernaient son enfant.

Après son arrestation et sa condamnation, tout est devenu une sorte de foire d'empoigne narrative. Quand vous étiez aussi connu que lui, tout ou presque pouvait être dit à votre sujet, et si les journaux disaient que c'était vrai, les lecteurs le croyaient. Mais cette histoire lui semblait particulièrement absurde et il ne voyait pas du tout où Betty Broughan était allée pêcher cette idée, d'autant qu'il avait toujours eu une profonde aversion philosophique à l'égard du concept de mariage.

J'ai répondu à Macarthur que, pour ce que ça valait, j'avais du mal à l'imaginer dire une chose pareille. D'un autre côté, j'avais aussi du mal à l'imaginer fracasser le crâne d'une femme à coups de marteau ou tirer à bout portant dans le visage d'un homme. Je ne sais pas si l'histoire de leur conversation est trop invraisemblable pour avoir eu lieu ou trop invraisemblable pour avoir été inventée. Ou peut-être est-elle moins invraisemblable qu'inexplicable : peut-être, comme tant d'autres choses dans cette affaire, résiste-t-elle à toute analyse rationnelle. Il y a des moments où j'imagine certains lecteurs – Macarthur lui-même, Brenda Little ou nombre de personnalités du monde politique ou judiciaire dont je n'ai jamais entendu le nom – tourner les pages de ce livre et secouer la tête avec un amusement las devant toutes les choses que je ne comprends pas, toutes ces choses dont je ne sais même pas que je les ignore.

*

Le lendemain matin de leur visite chez Betty Broughan, Hickey et Donegan se présentèrent devant la maison que Victor Meally partageait avec ses sœurs à Mount Merrion, une banlieue aisée du Southside. Conroy était là aussi, ainsi qu'un autre inspecteur nommé Joe Shelley. Ils en dirent le moins possible sur les raisons pour lesquelles ils recherchaient son ami Macarthur parce qu'ils ignoraient la nature de leurs relations. Meally et Macarthur pouvaient être parents, complices ou même amants. Ils dirent seulement qu'il était impératif qu'ils lui parlent. (Ils demandèrent aussi si Macarthur était gay. Meally répondit qu'à sa connaissance il ne s'était jamais intéressé aux hommes.)

Meally était secoué par la tournure des événements : quatre inspecteurs en civil venus lui poser des questions sur son vieil ami qui trempait visiblement dans quelque chose. Mais il était prêt à aider, même modestement. Il plongea la main dans la poche intérieure de sa veste, en sortit un calepin – un petit carnet noir – qu'il feuilleta. Il n'avait pas l'adresse de l'ancien appartement de Macarthur et Little mais il avait un numéro de téléphone. Ils le notèrent, le remercièrent et partirent.

Courtney avait accès aux registres téléphoniques et retrouva l'adresse correspondant au numéro qu'ils venaient de récupérer. Donegan essaya d'appeler : un médecin malaisien occupait désormais l'appartement. Donegan lui demanda si elle avait des informations sur le locataire précédent et elle lui dit que le procureur général Patrick Connolly avait habité là avant elle. Elle lui donna le numéro du propriétaire.

Quand Donegan l'appela, celui-ci se montra mécontent d'avoir à parler à la police mais confirma que le locataire précédent était bien Connolly. Et, oui, durant l'intervalle entre son déménagement pour Dalkey et la fin du bail, un jeune couple y avait vécu avec leur fils. Connolly avait continué de payer le loyer pendant cette période.

Plus la conversation avançait, plus le propriétaire s'agaçait. Il disait être ami avec Charles Haughey. Un ami proche, pour tout dire. Peut-être fallait-il qu'il appelle immédiatement le Taoiseach pour l'informer que les Gardaí menaient des enquêtes oiseuses impliquant le procureur général ?

Donegan le convainquit de se retenir pendant vingt-quatre heures, le temps qu'ils poursuivent leurs investigations. La dernière chose qu'il fallait dans ce dossier, c'était que le chef du gouvernement apprenne que des suspicions pesaient sur son procureur général. Comment deviner quel genre de pressions politiques s'exerceraient et comment elles pourraient influencer l'enquête ?

Ils se rapprochaient du suspect. Ils avaient le président de l'association des résidents qui avaient mentionné un homme à cravate à Pilot View. Ils avaient Betty Broughan qui reliait la compagne de Macarthur à Connolly. Et ils avaient le lien avec l'appartement de Donnybrook. Pour bizarre et léger que cela pût paraître, tous ces éléments pointaient dans la même direction. Et puisque l'un des meurtres avait été commis avec un fusil, dont la possession tombait sous le coup des mesures antiterroristes de l'Offences Against the State Act, les policiers pouvaient obtenir un mandat de perquisition.

L'heure était venue de se rendre à Pilot View.

17

Hickey et Donegan arrivèrent les premiers pour surveiller la porte, cachés dans un van. L'appartement de Connolly était au dernier étage de l'immeuble et on pouvait voir à travers ses fenêtres depuis le parking. Ils étaient là depuis une bonne heure quand une silhouette apparut, écartant les rideaux pour regarder au-dehors quelques instants avant de disparaître à nouveau. Veste en velours, cravate, cheveux ondulés.

Hickey alla presser le bouton de l'interphone pour annoncer sa présence. Aucune réponse. Il fit une deuxième tentative, puis une troisième. Rien. Il remonta dans le van.

D'autres inspecteurs de leur escouade arrivèrent quelques minutes plus tard : Frank Hand, John Courtney, Noel Conroy. Il n'était pas impossible, selon eux, que Macarthur passe par une fenêtre à l'arrière du bâtiment et tente de fuir par le toit. Hand fit le tour pour voir ce qu'il en était.

Courtney était encore en train de détailler la chorégraphie de leur intervention quand un taxi vint se garer dans le parking et fit retentir son klaxon. Les policiers lui tombèrent dessus et lui demandèrent ce qu'il venait faire ici. Il expliqua que l'un des résidents l'avait appelé pour lui demander de livrer quelques articles.

Cette personne se trouvait-elle par hasard dans l'appartement numéro 6 ?

En effet, confirma le chauffeur. Il avait ramassé cet homme quelques semaines plus tôt devant un pub de Finglas et l'avait ramené à Dún Laoghaire, il faisait depuis appel à lui pour différentes livraisons. C'était certes curieux, mais bien payé.

Il désigna les divers achats posés sur la banquette arrière. Il y avait le numéro de septembre du magazine *Town & Country*, avec en couverture un mannequin vêtu d'un long manteau blanc posant devant le Chrysler Building. (« Manhattan : le plaisir de tout avoir. ») Il y avait une bouteille d'eau gazeuse coûteuse. Et il y avait deux lames de scie à métaux, le genre d'outil que l'on pourrait rechercher afin de scier le canon d'un fusil, pour peu que l'on n'y connaisse rien en scies et en canons de fusil.

C'était bien lui : leur suspect encravaté, le buveur d'eau gazeuse, le lecteur de magazines art de vivre. Les lames leur démontraient qu'il avait encore le fusil volé avec lui et qu'il n'avait pas fini de s'en servir.

Conroy et Hickey purent entrer dans le hall de l'immeuble en sonnant à l'interphone d'un autre appartement. Ils décidèrent d'y attendre Connolly. Avec Frank Hand qui faisait le guet à l'arrière du bâtiment, il n'y avait aucune chance que Macarthur puisse s'échapper.

*

Il y eut alors un long temps mort, Macarthur ne revenant pas à la fenêtre et les policiers restant en position, jusqu'à ce qu'une heure plus tard environ, une Mercedes noire, conduite par un policier en uniforme, franchisse les grilles de la résidence et se gare devant le bâtiment. Dès que Connolly fut sorti de la voiture, Courtney l'aborda pour lui expliquer ce qui se passait avec une efficacité abrupte : qui il était, qui étaient ces hommes, la raison de leur présence. Il lui dit qu'il y avait chez lui un homme à qui ils souhaitaient parler au sujet d'une tentative de vol à main armée qui avait eu lieu à Killiney neuf jours plus tôt. Il n'évoqua pas les meurtres, sentant qu'il lui avait donné assez d'informations à digérer pour le moment.

Le procureur général resta coi. Quand Courtney lui demanda de confirmer que l'homme qui se trouvait dans son appartement était bien Macarthur, il acquiesça. Cet homme était-il son neveu ? Non, dit-il, c'était un ami.

Hickey se souvenait que, durant tout cet échange, Connolly sembla se ratatiner. Il était sous le choc, bien entendu, et il avait sans doute commencé à évaluer les dommages qui allaient affecter sa carrière, sa vie entière.

Il sortit un petit journal de sa poche et en tourna les pages. Il montra une entrée à la date du 4 août. Oui, dit-il, Macarthur logeait chez lui depuis ce dimanche-là, il était arrivé dans la soirée où avait eu lieu la tentative de braquage que Courtney avait évoquée.

*

Je trouve ce détail immensément touchant. Cela a peut-être à voir avec le zèle étrange et futile de son geste : c'est comme si Connolly essayait de se servir de son journal, ce relevé méticuleux des allées et venues quotidiennes, comme d'un moyen de repousser le chaos qui a déjà commencé à engloutir son monde. Je le trouve touchant bien que j'ignore qui est vraiment Connolly. Je connais certaines choses à son sujet – plus que la moyenne des gens, j'imagine – mais pas suffisamment.

*

Connolly voulait monter voir Macarthur pour le convaincre de descendre parler aux policiers, mais les inspecteurs maintenaient que ce n'était pas une bonne idée. Ils lui révélèrent qu'il avait un fusil. Connolly fut troublé par cette information mais insista : Malcolm et lui étaient amis depuis huit ans et il n'allait pas pointer d'arme sur lui.

Courtney n'était pas convaincu. Il n'en dit rien, mais il était tout à fait possible qu'il ait initialement prévu de le braquer, comme il avait essayé de le faire avec Harry Bieling. Connolly devait partir en vacances à New York le lendemain matin. Macarthur devait être au courant et avait dû supposer qu'il rentrerait ce soir-là avec une grosse somme en dollars. Mieux valait leur donner les clés et laisser les inspecteurs s'en occuper. Ces hommes étaient armés et ils savaient ce qu'ils faisaient.

Connolly tendit ses clés à Courtney. Les inspecteurs avancèrent dans le bâtiment, pistolet à la main. Hickey essaya de déverrouiller la porte, mais elle était fermée de l'intérieur avec un verrou de sûreté. Il entendit quelqu'un qui se déplaçait dans l'appartement.

« C'est la Gardaí, cria-t-il. Ouvrez, s'il vous plaît. »

La voix de Macarthur, de l'autre côté de la porte. « Je n'en ferai rien. Mr Connolly est-il avec vous ? »

Courtney alla chercher Connolly dans le hall. Il essaya de convaincre son ami d'ouvrir la porte. Il y eut une brève pause, puis un bruit de loquet. Ils entraînèrent Connolly au bout du couloir, hors de la ligne de tir. La porte s'ouvrit avec fracas, il y eut une bousculade, des cris et les inspecteurs entrèrent.

Macarthur était planté là, apparemment désarmé. Ils le mirent à terre. Connolly entra et découvrit son invité, son ami, flanqué de deux inspecteurs, les mains menottées dans le dos.

*

Et Macarthur ? Que pensait-il tandis qu'on lui passait les menottes, que ressentait-il ? Il affirme qu'il était calme. Non pas parce qu'il savait qu'ils arrivaient : il dit que s'il avait su qu'ils étaient aussi proches de le pincer, il aurait certainement quitté le pays, une idée qui ne l'avait pas effleuré jusqu'alors. Mais il n'y avait plus rien à faire. Ce qui devait arriver arriverait et il ne lui restait plus qu'à y faire face. Savait-il alors qu'il n'était pas uniquement recherché pour le vol à main armée chez Bieling ? Il devait forcément espérer qu'ils n'aient pas fait le rapprochement avec les meurtres.

J'imagine un long silence ponctué des cris moqueurs d'une mouette. Connolly prit alors la parole.

« Je ne sais pas ce qui se passe, Malcolm, mais quoi que cela puisse être, tu es tout seul.

— Cela ne fait rien », répondit Macarthur. J'ignore comment il a prononcé ces mots, mais connaissant Macarthur, j'imagine un stoïcisme rigide.

Connolly se tourna vers les policiers et leur dit qu'ils pouvaient interroger Malcolm dans le salon. Il allait pour sa part monter dans sa chambre.

Sortie de Connolly.

Quand ils demandèrent à Macarthur où était le fusil, il les conduisit au palier de l'étage et leur montra la porte d'une petite alcôve. Derrière celle-ci étaient empilés des cartons contenant les documents de ce qui avait jusqu'alors été une longue et prestigieuse carrière d'homme de loi. Macarthur leur dit de fouiller derrière les cartons. Courtney ordonna à l'un de ses hommes de se faufiler dans le placard et il ressortit un instant après avec un sac : un sac-poubelle noir comme celui dont Macarthur s'était servi pour cacher sa pelle et dont il se servirait, plusieurs décennies plus tard, pour masquer ses livres, ses journaux et sa télévision. La crosse du fusil dépassait légèrement.

Ils lui demandèrent comment il s'était trouvé en possession de cette arme. Il était tombé dessus par hasard alors qu'il se promenait, incroyable mais vrai, du côte de Killiney Hill. Il traînait sous un buisson. Il avait également trouvé une boîte de cartouches. Elles étaient aussi dans le placard, à côté du fusil.

« Si j'avais su que vous arriviez, dit-il, je serais parti depuis longtemps.

— Nous avons fait en sorte que vous n'en sachiez rien », rétorqua Courtney.

Courtney inspecta le fusil. Un Miroku, la marque que Donal Dunne avait mentionnée dans son annonce. Le numéro de série le confirmait : c'était bien l'arme de Dunne, celle qui avait servi à le tuer. Sur la seule base de la possession illégale d'une arme à feu, ils pouvaient retenir Macarthur en garde à vue pendant quarante-huit heures.

Ils ressortirent donc dans l'air marin de cette chaude soirée d'août. Ils le collèrent à l'arrière d'une voiture et partirent rapidement sur la route côtière qui menait à Dún Laoghaire. Assis à l'avant, Courtney se retourna vers Macarthur. Que faisait-il réellement à Killiney ce soir-là ? Que s'était-il vraiment passé à Camelot ?

Rien d'autre que ce qu'il avait expliqué au policier qu'il avait eu au téléphone, répondit Macarthur. Une plaisanterie mal comprise.

« Sacrée blague », soupira Courtney, en se retournant vers la route.

*

Hickey et Conroy s'assirent face à Macarthur dans une petite salle du commissariat. Durant une bonne partie de la soirée, leur suspect éluda leurs questions avec une espèce de perplexité pompeuse. Il ne savait rien des meurtres sur lesquels ils enquêtaient en dehors de ce qu'il avait lu dans les journaux et il n'avait rien à voir avec tout cela. Il raconta son enfance privilégiée, ses projets intellectuels, ses principes humanistes. Il leur parla de sa passion profonde et ancienne pour les arts et les sciences, pour la philosophie et l'économie. Il menait une vie de l'esprit : il n'était pas une brute assoiffée de sang avec une massette et des pulsions incontrôlables.

Ils lui rapportèrent un hamburger acheté dans un fast-food voisin. J'imagine Hickey, cet homme très sarcastique, s'excuser auprès de Macarthur pour ce mets fort ordinaire, ce n'était sans doute pas le genre de gastronomie à laquelle un homme comme lui était habitué. Et j'imagine Macarthur répondre, avec une formalité guindée, qu'il était aussi sensible que n'importe qui aux charmes simples d'un steak haché. (Macarthur, qui se méfiait toujours d'être pris pour un snobinard.)

Une fois le hamburger consommé, accompagné d'une tasse de thé au lait, Hickey et Conroy reprirent leur interrogatoire. Ils passaient maintenant la vitesse supérieure. Quel était le mobile ? Connaissait-il Bridie Gargan et Donal Dunne ? L'impassibilité affichée par Macarthur commençait à montrer des signes de faiblesse structurelle.

Comment, demanda Hickey, un homme tel que lui pouvait-il avoir besoin d'argent au point de tenter de commettre un braquage ?

Il offrit alors une once de vérité : il avait dilapidé tout son héritage. L'argent et le statut n'avaient aucune valeur à ses yeux, affirma-t-il. L'argent n'était qu'un moyen de s'offrir du temps : du temps pour réfléchir, pour explorer ses centres d'intérêt, pour se découvrir. Il lui offrait de la liberté pour ses études et ses recherches indépendantes. Mais il s'était trouvé à court d'argent, endetté et donc à court de temps.

« Le fusil, c'était pour ça ? demanda Hickey.
— Oui, dit Macarthur. Aux grands maux, les grands remèdes. »

*

Quand Tony Hickey m'a parlé de la nuit de l'arrestation de Macarthur, il a évoqué un détail qui, à mesure que j'y pense, me semble de plus en plus profondément ambigu. Macarthur n'avait montré aucune émotion durant toute la durée de sa garde à vue. Mais, assis à la petite table face à Hickey et Donegan et après plusieurs heures d'interrogatoire, il perdit son sang-froid. Il serrait le bord de la table, ses doigts se mirent à trembler, et il pâlit d'un coup, comme s'il devenait le fantôme de lui-même, puis sa tête partit en arrière tandis que ses yeux se révulsaient. Hickey craignait que son suspect fût en train de faire une attaque, que le stress de l'interrogatoire ait provoqué un enchaînement de réactions neuronales désastreuses.

« Je régresse ! dit Macarthur. Je régresse ! » D'après Hickey, il répéta ces mots pendant un moment. Puis il s'arrêta et retrouva son calme.

Il était maintenant minuit passé et le suspect, toujours en garde à vue, avait légalement droit à huit heures de repos. Il allait avoir besoin d'un peu de temps pour rassembler ses pensées, leur dit-il, pour rétablir la chronologie de ses souvenirs. Au matin, il leur raconterait tout.

18

La veille, alors qu'ils quittaient l'appartement de Connolly avec Macarthur, les inspecteurs avaient dit au procureur général qu'il n'était pas suspecté et que, de leur point de vue, il était libre de quitter le pays et de partir en vacances comme prévu.

D'autres inspecteurs étaient arrivés pour perquisitionner son appartement. Connolly était encore sous le choc de l'arrestation quand il apprit que Macarthur n'était pas seulement recherché pour une tentative de vol à main armée mais également pour les meurtres de Bridie Gargan et Donal Dunne.

En 1995, treize ans après l'affaire, Connolly a donné une interview pour un docufiction. C'est la seule interview que j'ai retrouvée de Connolly, qui est décédé en 2016. Il approchait des soixante-dix ans mais en faisait dix de plus : les cheveux d'un blanc jaunâtre qui lui restaient étaient rabattus sur le sommet de son crâne pâle, ses sourcils broussailleux étaient en bataille.

On voit Connolly, assis dans le canapé de son salon, vêtu d'un costume trois pièces noir. Il tient un petit carnet noir : ce même journal qu'il avait sorti lors de sa conversation avec les inspecteurs au pied de son immeuble. Tournant les pages avec une méticulosité nerveuse, il parle lentement, avec ce débit d'homme de loi soigneusement travaillé : « Dans le contexte de l'effet immédiat produit sur moi par l'événement, dit-il, j'ai rédigé dans mon journal, pas nécessairement le soir même mais certainement dans les jours qui ont suivi, l'entrée suivante. »

Il sort une grosse loupe et la tient au-dessus du minuscule journal ouvert sur ses genoux puis commence à lire : « Quand je suis rentré ce soir, prêt à partir en vacances, j'ai trouvé des policiers venus arrêter Malcolm Macarthur. Stop. Totalement hébété. Stop. Le jour le plus bouleversant de ma vie. Stop. Il était recherché pour deux meurtres violents. Nouvelle incroyable. »

Sa voix ne trahit aucune émotion, bien qu'il parle d'événements qui ont non seulement mis fin à son mandat de procureur général, mais qui ont aussi manqué de renverser le gouvernement dont il était le conseiller juridique en chef.

*

Quand j'ai demandé à Hickey si la Gardaí avait suspecté Connolly d'être impliqué d'une façon ou d'une autre dans les crimes de Macarthur, il m'a répondu que cette hypothèse n'avait jamais été envisagée sérieusement. Il était évident pour tous ceux qui avaient vu sa réaction à l'arrestation de son ami qu'il était sous le choc et qu'il était totalement innocent dans cette affaire.

« Connolly c'était le genre de type, même s'il venait du nord de Dublin, à flotter un peu. Il avait fréquenté des écoles privées, il avait fait son droit à Kings Inns avant d'entrer au barreau de Dublin. Il était sympa. Mais les types comme lui planent un peu. Ils sont détachés de la réalité. Il a dit plus tard qu'il n'avait jamais vraiment demandé à votre gars ce qu'il faisait dans la vie. Il savait qu'il avait du patrimoine, c'était tout. Et ça ne lui est jamais venu à l'idée de lui demander ce qu'il faisait de ses journées. »

*

La première personne que Connolly appela fut son frère, Anthony, qui avait fait la connaissance de Macarthur quelques jours plus tôt au match de hurling. Quand il apprit la nouvelle, Anthony sauta dans sa voiture pour venir à Dublin.

Il arriva quelques heures plus tard et eut un léger différend avec la police. D'après un rapport de l'arrestation cité dans un livre publié par Courtney après sa retraite, un membre de la famille de Connolly – probablement Anthony – l'avait soumis à « un feu nourri de critiques car le procureur général n'avait pas été averti. Quand il a insisté, je lui ai expliqué que je faisais mon boulot de policier et que celui-ci ne supposait pas d'arranger qui que ce soit, quelle que soit sa position. »

Il y avait un autre appel, plus difficile, que Connolly savait devoir passer. Il avait le numéro d'un téléphone qui se trouvait dans le hall de l'immeuble où Macarthur et Brenda Little louaient leur appartement de Tenerife. Il décida qu'il lui revenait d'avertir Brenda de ce que son conjoint avait fait – ou du moins de ce dont il était accusé. Il composa le numéro, un autre habitant de l'immeuble décrocha et accepta de transmettre le message. Brenda le rappela quelques minutes plus tard et Connolly lui dit tout ce qu'il savait : que Malcolm avait été arrêté, qu'il était en garde à vue et qu'il était interrogé au sujet de deux meurtres. Je ne peux qu'imaginer combien elle a été ébranlée par la nouvelle ; elle n'a toutefois pas douté une seconde de ce qu'il lui disait, puisque c'était Connolly qui la lui annonçait.

Vers 22 heures ce soir-là, Connolly appela son patron, le chef du gouvernement. Haughey n'était pas à Dublin mais dans sa maison située sur son île privée, au large de la côte du Kerry. (Le décalage entre son style de vie dispendieux et la rémunération relativement modeste associée à son poste était un sujet de discussion au sein des cercles politiques et médiatiques, mais ce ne fut que des années plus tard, après qu'il eut quitté ses fonctions, que la question devint l'objet de spéculations ouvertes puis d'investigations.)

Plusieurs théories circulent quant au déroulé de cette conversation. La première est qu'à cause de la mauvaise qualité de la ligne téléphonique sur son île, Haughey n'a pu entendre qu'une partie de ce que lui disait Connolly : il aurait compris que la police avait procédé à une arrestation dans l'affaire du double meurtre mais pas que le suspect était un ami personnel de Connolly ni que l'arrestation avait eu lieu à son appartement.

L'autre version est que Connolly, pour une raison ou une autre, n'aurait simplement pas raconté toute l'histoire, peut-être parce qu'il n'avait pas encore réussi à encaisser la réalité de celle-ci. D'après un article de l'*Irish Times* publié après la condamnation de Macarthur, Connolly « ne pouvait pas parler tout à fait librement, car il y avait du monde, en particulier des policiers, dans l'appartement. Il a simplement dit au Taoiseach qu'un ami avait été arrêté et qu'il allait selon toute probabilité être poursuivi pour meurtre. »

Quoi qu'il en soit, Haughey a donné à Connolly la permission de s'envoler pour Heathrow le lendemain matin, puis pour New York dans l'après-midi, comme prévu. Il est inconcevable que le Taoiseach eût fait une chose pareille s'il avait été informé de toutes les implications de la nouvelle.

*

Connolly était sur le point de partir pour l'aéroport le lendemain matin quand John Courtney et Noel Conroy se présentèrent à nouveau chez lui. Ils voulaient une déposition de sa part mais il refusa tout net. Il était procureur général et connaissait parfaitement ses droits : il était tout à fait innocent dans cette affaire et il avait, en outre, réservé des vacances coûteuses pour lesquelles la période d'annulation était passée depuis bien longtemps.

Il était certes procureur général, admit Courtney, mais il n'en était pas moins vrai qu'un homme sur le point d'être poursuivi pour deux meurtres s'était planqué dans son appartement. Peut-être, afin d'assister la justice dans son travail, pouvait-il envisager de prendre un autre vol un peu plus tard. Non, répliqua Connolly. Il partait pour New York via Londres et il leur ferait une déposition complète à son retour, dans quinze jours. Pour autant que les policiers eussent souhaité empêcher Connolly de partir, ce n'était pas un suspect : ils étaient convaincus de son innocence dans ce malheureux concours de circonstances. Le procureur général grimpa dans sa voiture de fonction et, conduit par son chauffeur, partit pour l'aéroport en se disant peut-être, pour se convaincre du bien-fondé de sa décision, qu'à cet instant précis personne n'aurait pu avoir plus besoin de vacances que lui.

*

Ce matin-là, Macarthur se réveilla à 6 heures et annonça qu'il était prêt à faire une déposition. Peu de temps après, il était conduit dans la petite pièce où il avait été interrogé la veille et s'asseyait à la même table, face à Joe Shelley et Denis Donegan.

Parlant d'une voix calme et réfléchie, il dicta à Shelley un compte-rendu détaillé dans lequel il décrivait la façon dont il avait tué Bridie Gargan et Donal Dunne, ainsi que sa tentative de vol à main armée dans la maison de Harry Bieling à Killiney.

Après avoir relu et signé sa déposition, Macarthur pensa aux conséquences probables de ses actes sur la vie de son ami, le procureur général. À cause d'un geste de bonté et de pure hospitalité de sa part, la carrière et la réputation de Connolly étaient maintenant en péril. Il lui semblait nécessaire de se rattraper. Il demanda un stylo et une feuille. Sous le regard des inspecteurs, il écrivit un mot à l'attention du Taoiseach en personne.

Cher Monsieur,
J'ai déjà fait savoir à la police et vous informe par la présente que mon bon ami, M. le procureur général Patrick Connolly, n'était absolument pas au courant de mes méfaits et qu'il doit être considéré comme totalement irréprochable. J'espère sincèrement que la carrière et le bonheur de cet homme admirable ne seront pas affectés défavorablement.
Sincèrement,
Malcolm Macarthur

De toutes les choses que j'ai apprises au sujet de Macarthur, le fait qu'il ait écrit ce mot à cet instant me semble la plus révélatrice de sa bizarrerie. Il s'agit d'un homme qui, alors qu'il vient de confesser deux homicides et un braquage, trouve opportun d'écrire ce qui s'apparente à une lettre de recommandation pour défendre l'innocence et la réputation de son ami, le procureur général, auprès du patron de celui-ci, le dirigeant du pays. Bien qu'il avoue avoir commis le plus terrible des crimes, pour la plus abjecte des raisons, sa perception de lui-même comme une personne dont l'opinion est susceptible d'influencer le Taoiseach demeure intacte. Aujourd'hui encore, quarante ans après les meurtres et après avoir passé la plus grande partie de sa vie en prison, il se considère malgré tout comme un membre de l'establishment, qui aura certes très mal agi. Un homme dont les actes atroces – qu'il ne nie pas un seul instant – ne viennent pas, en fin de compte, assombrir sa probité fondamentale.

Depuis ma rencontre avec Macarthur, j'ai été frappé de voir à quel point semble compter pour lui le fait d'être tenu en haute estime. « Haute estime », comme je l'ai dit, était une expression qui revenait constamment dans sa bouche : il parlait tout le temps de la haute estime que telle ou telle personne avait pour lui ou des gens – parmi lesquels je figurais à l'occasion – qu'il tenait en haute estime. Il m'a un jour parlé d'une lettre de recommandation qu'un ancien directeur d'école lui avait écrite pour son dossier de candidature dans des universités américaines, dans laquelle il le décrivait comme « un garçon au tempérament exemplaire auquel je ferais toute confiance pour n'importe quel poste à responsabilités » et possédant « une capacité de réaction et un contrôle de lui-même en proportions exceptionnelles. » Il était évident que cette lettre, vieille de soixante ans, jouait toujours un rôle structurant dans sa perception de lui-même. Malgré tout ce qui s'était passé depuis, tout ce qu'il avait fait, il se voyait toujours comme un garçon au tempérament exemplaire.

Il était aussi très fier des confessions qu'il avait faites ce matin-là. Il en parlait comme s'il s'agissait d'un modèle du genre. C'était une déposition extrêmement détaillée, disait-il, et, du point de vue de la Gardaí, un document fiable et de grande qualité. Il m'a dit qu'un gradé lui avait fait savoir que sa déposition comportait cinquante-six éléments de corroboration. « En d'autres termes, m'a-t-il expliqué, je leur ai dit de mon propre chef cinquante-six choses qu'ils savaient déjà, prouvant par là-même que je parlais d'expérience. » Même sa confession pour un double meurtre violent était, à ses yeux, une preuve de sa rigueur intellectuelle et de son sérieux.

*

Quand les inspecteurs ont fouillé la chambre d'amis de Paddy Connolly, ils ont trouvé le manuel de médecine légale, et, caché entre ses pages, les feuillets qui démontraient selon eux que Macarthur prévoyait de tuer sa mère.

*

Juste après que Macarthur eut dicté sa déposition, les inspecteurs prirent sa photo. Tony Hickey m'a dit que Macarthur voulait avoir son nœud papillon sur son portrait et qu'il lui avait demandé de le lui nouer. « J'ai dit quelque chose sur le fait que le nœud papillon faisait partie de son image. Et lui m'a regardé, juste avant que la photo soit prise, et m'a dit : "Ce sera pour vos archives." Donc il avait bien conscience à ce moment-là qu'il était connu. Mince, c'est quand même un comportement anormal de la part d'un homme qui a été arrêté dans l'appartement du procureur général et qui est poursuivi pour deux homicides et un vol à main armée. »

Pourtant, je suis moins frappé par la curieuse arrogance de Macarthur que par ce que j'imagine comme une forme de tendresse incongrue chez l'inspecteur qui essaie d'attacher le nœud papillon du meurtrier. Il n'est pas noué parfaitement, mais quand on regarde la photo – qui s'est vite retrouvée en une des journaux, ainsi que Macarthur l'avait anticipé –, il est évident que Hickey s'est appliqué. Il y a une sorte de renversement surréaliste : le criminel et le policier se transformant l'espace d'un instant en un gentilhomme et son valet, une association d'idées dont j'ai du mal à croire qu'elle n'ait pas traversé l'esprit de Hickey.

Il était sans nul doute conscient qu'il aidait Macarthur à parfaire sa panoplie. *Ça fait partie de votre image*. Et le nœud papillon est effectivement devenu un élément central dans le personnage aristocratique que les médias ont construit. Son insistance pour l'avoir sur la photo et, plus tard le même jour, au tribunal, laisse deviner une dissimulation plus profonde. Il semble que son identité entière – l'habillement, l'accent, les innombrables journées consacrées à se cultiver – était enracinée dans une fiction, une performance.

19

Les vacances de Connolly ne se passèrent pas comme prévu. Le temps qu'il arrive à Londres, Haughey avait été mis au courant des détails de l'arrestation et avait commencé à percevoir ses fâcheuses conséquences politiques. Il appela Connolly à son hôtel dans le West End et lui demanda de rentrer sans délai à Dublin. Une fois encore, Connolly refusa : il dit à son patron qu'il le rappellerait pour faire le point une fois qu'il serait à New York. Haughey accepta, sans doute pour éviter un conflit qui le forcerait à renvoyer son procureur général, offrant ainsi aux médias matière à spéculer sur la nature des liens qui unissaient Connolly au meurtrier et sur son implication possible dans ceux-ci.

« Les adeptes des théories du complot s'en sont donné à cœur joie, a écrit Frank Dunlop, le porte-parole du gouvernement Haughey, dans ses mémoires, *Yes, Taoiseach*. Toute analyse objective du dossier finirait par démontrer qu'en dehors de la découverte du suspect dans l'appartement du procureur général, il n'existait pas la moindre connexion entre cette affaire et le gouvernement. Pourtant à l'époque, même si personne ne le disait publiquement, beaucoup de journalistes et de politiciens [...] étaient disposés à croire que le départ du procureur général pour des vacances prévues de longue date était une sorte de coup monté et que, malgré son innocence absolue, c'était un nouvel exemple d'un deux poids, deux mesures en matière de justice. »

Quand Connolly atterrit à l'aéroport JFK le lendemain, l'affaire avait déjà explosé dans les médias irlandais et la presse britannique et américaine commençait à s'intéresser à lui. À son arrivée, les journalistes l'assaillirent pour obtenir une déclaration. Le lendemain, le *New York Post* sortait un papier ayant pour titre « Une huile irlandaise vient se planquer après un scandale sanglant », laissant entendre que Connolly lui-même cherchait à fuir les autorités de son pays.

Quand il arriva à son hôtel sur Madison Avenue, il reçut un nouvel appel de Haughey : il était clair qu'il allait devoir rentrer le plus tôt possible. Ainsi, le lendemain matin, malgré tous ses efforts pour se tenir à l'écart du scandale qui enflait au pays, il rentra à Londres en Concorde. Il passa les trois heures de vol à lire les journaux britanniques que le consulat de New York lui avait passés et à rédiger un communiqué de presse pour clarifier la nature de ses rapports avec Macarthur. Il expliqua pourquoi Macarthur avait logé chez lui et pourquoi il avait décidé de partir pour New York plutôt que de rester à Dublin pour faire face aux conséquences de son arrestation. La Gardaí, écrivait-il, lui avait confirmé qu'il avait le droit de partir. « Je leur avais déjà fourni toutes les informations dont je disposais concernant la présence de Mr Macarthur à mon domicile », écrivit-il.

Il fut accueilli à Heathrow par une équipe de BBC News qu'il ignora pour se diriger vers le jet de l'Irish Air Corps qui avait été affrété pour le ramener à Dublin. Il se rendit alors directement chez Haughey, pour présenter sa démission.

*

L'affaire Macarthur – les meurtres, l'enquête, le scandale et ses conséquences politiques – est souvent perçue comme une longue et étrange note de bas de page dans la carrière de Charles Haughey. L'arrestation du meurtrier suspecté chez le procureur général, à l'issue d'une traque fort publique, n'a en aucun cas été la cause immédiate de la chute du gouvernement Haughey, neuf mois seulement après qu'il eut été formé. Mais elle a alimenté une défiance grandissante du public à l'égard du Taoiseach et de son entourage.

L'étendue de la corruption dont Haughey s'est rendu coupable n'a été révélée qu'après son dernier mandat. (Il a accédé au pouvoir une troisième et dernière fois en 1987 avant de prendre sa retraite en 1992, preuve de la tolérance de l'électorat irlandais en matière de vénalité.) Mais dès 1982, il était évident pour quiconque prenait la peine de se poser la question qu'il se servait dans la caisse. Malgré ses origines assez modestes et une vie passée en politique, c'était un homme qui ne cachait pas sa fortune. Il habitait à Dublin dans un vaste manoir géorgien bâti sur une propriété de cent vingt hectares qu'il avait achetée au début des années 1960 alors qu'il était ministre des Finances. Il possédait un cheval de course nommé Aristocracy et une île au large du Kerry qu'il avait acquise pour une somme équivalente à cinq fois son salaire annuel. Il était propriétaire d'un yacht baptisé le *Celtic Mist*.

En 1997, cinq ans après sa retraite, un tribunal mit au jour des faits de corruption dans les moindres détails : il avait reçu huit millions de livres en pots-de-vin de la part de divers hommes d'affaires au cours de ses mandats, sommes qu'il avait cachées sur des comptes aux îles Caïman. Le tout, à une époque où l'Irlande était l'un des pays les plus pauvres d'Europe. Durant les années 1980, l'économie était en perpétuelle récession, le chômage atteignait les 17 % et la plus haute tranche de l'impôt sur le revenu était de 60 %.

Le lendemain de la démission de Connolly, Haughey donna une conférence de presse qui devait initialement porter sur les revendications salariales du secteur public, mais les journalistes présents étaient plus intéressés par son procureur général et le scandale qui entourait sa démission. Lorsqu'il voulut décrire les événements qui avaient entouré l'arrestation de Macarthur et le fiasco qui avait éclaboussé son procureur général, Haughey eut recours à une série d'expressions qui devinrent rapidement le symbole de son propre mandat. Toute l'affaire, dit-il, était « un événement bizarre », une situation « grotesque et inédite » et « un coup du sort assez incroyable ».

Le lendemain, l'*Irish Times* publiait une chronique de Conor Cruise O'Brien, un ardent critique du Taoiseach, comprenant un acronyme de son invention qui devint aussitôt synonyme de l'affaire Macarthur et qui définirait plus généralement la carrière politique de Haughey : « Si la situation tenait du GIBI[1] – c'est-à-dire du grotesque, de l'incroyable, du bizarre et de l'inédit – alors le mérite de Mr Haughey, qui l'a prise à bras-le-corps, n'en est que plus important. Plus l'Hydre a de têtes, et plus ces têtes ont de crocs, plus nous admirons Hercule. »

La conférence de presse marqua les esprits pour une autre raison : Haughey manqua de faire dérailler le procès de Macarthur. Il lui fut demandé pourquoi il n'y avait eu aucun communiqué officiel pour féliciter la Gardaí de son travail. (Le sous-entendu était que Haughey était terriblement embarrassé par cette arrestation et qu'il évitait de la mettre en avant, certains disaient même que

1. L'acronyme anglais *GUBU* (*grotesque, unbelievable, bizarre and unprecedented*) est toujours employé par les Irlandais (*N.d.T.*).

la Gardaí avait délibérément choisi d'arrêter Macarthur à l'intérieur de l'appartement plutôt que dehors pour éviter de nuire à l'image de Haughey.) Il répondit que c'était une très belle enquête de police, qu'ils avaient fait du très bon travail et qu'ils avaient « lentement, soigneusement, assemblé toutes les pièces jusqu'à retrouver la bonne personne ».

Haughey ne se rendit pas tout de suite compte de ce qu'il avait fait, en l'occurrence évoquer la culpabilité d'un suspect qui n'avait pas encore été jugé, mais Frank Dunlop, son porte-parole, savait reconnaître une remarque préjudiciable quand il en entendait une. Dès la fin de la conférence de presse, il le lui expliqua aussi calmement que possible.

« Oh mon Dieu, dit Haughey. Je n'ai quand même pas fait ça ? »

*

S'il avait cherché à éteindre la controverse, Haughey parvint seulement à la raviver. La remarque n'apparut pas dans les médias irlandais, car cela aurait constitué un outrage à la Cour, mais les journalistes britanniques n'étaient pas tenus par de telles restrictions. Une fois que le commentaire de Haughey fut diffusé sur la BBC – que recevaient beaucoup de foyers irlandais –, les avocats de Macarthur, tout juste désignés, saisirent la Haute Cour, arguant que le Taoiseach s'était rendu coupable d'un outrage et que la procédure en serait irrémédiablement affectée.

« Dans une atmosphère particulièrement tendue, écrit Dunlop, certains ont fait semblant de croire que ce n'était pas un lapsus mais une tentative délibérée d'entraver le cours de la justice. »

Bien que la cour conclût à une simple maladresse de Haughey, une partie de l'opinion persista à croire que cela cachait quelque chose, que le lien entre Macarthur, Connolly et le gouvernement de Haughey n'était pas aussi fortuit qu'il y paraissait et que Connolly n'était peut-être pas blanc bleu dans toute cette affaire.

« C'était bien trop haugheyesque, résuma plus tard le journaliste Fintan O'Toole. Seul un imbécile pouvait croire qu'ils n'avaient rien à cacher. Mais le plus étrange, c'était qu'il n'y avait effectivement rien du tout. »

*

L'été s'acheva et tandis que le meurtrier attendait son procès fixé au début de l'année suivante, l'affaire Macarthur disparut de la une des journaux. En octobre, des membres de son parti, le Fianna Fáil, lancèrent une motion de censure contre lui pour le destituer à la fois comme Taoiseach et comme chef du parti. La motion fut défaite mais il en ressortit affaibli. Son gouvernement était minoritaire et tenait grâce au soutien du Parti des travailleurs et de quelques indépendants. En novembre, Haughey proposa un vote de confiance pour conforter sa position et perdit. N'ayant plus le soutien des partenaires de sa coalition, il n'avait d'autre choix que de convoquer des élections. Son gouvernement ne passerait pas l'année.

*

Je ne sais pas quoi penser du fait suivant, à part y voir un nouvel exemple de la profonde étrangeté de cette affaire et de la si petite taille de ce pays : la ferme dans laquelle Bridie Gargan avait grandi, et où sa famille vivait toujours à l'époque des meurtres, avait autrefois appartenu aux parents de Charles Haughey. C'était là, dans cette même ferme, que le Taoiseach avait passé les premières années de son enfance.

20

Il existe une photo de Macarthur prise à la sortie du tribunal de Bridewell quelques jours après son arrestation. Il est totalement dissimulé sous une veste en velours côtelé beige tendue au-dessus de sa tête par des policiers en civil – dont Hickey, Conroy et Donegan – occupés à le faire monter dans une voiture après qu'il a été présenté devant la juge. Saturée par la présence des policiers et des badauds, la scène est un chaos de mains et de visages. On y lit de la colère et du mépris, mais aussi de la curiosité, voire de l'amusement. Deux garçons se tiennent à l'entrée du tribunal, comme s'ils profitaient du spectacle ; l'homme qui se trouve à côté d'eux, peut-être leur père, a l'air aussi tendu que mal à l'aise. Devant eux se trouve un homme plus âgé, costaud, les narines dilatées, la bouche tordue en un rictus de dégoût fasciné. La photo dégage une intensité sauvage et l'impression d'une hilarité réprimée.

Sur un autre cliché de la même scène, Macarthur est flanqué de Conroy et Donegan. Conroy regarde droit vers l'objectif avec un air de reproche austère, tandis que Donegan repousse un homme qui essaie de parler à Macarthur. L'homme – vieillissant, dégarni, débraillé – se penche devant le meurtrier dissimulé, son visage tourné vers le haut pour voir sous la veste en velours qui le recouvre. Il a la main levée dans un geste de supplication ou de violence.

Mary Kotsonouris, la juge qui présidait l'audience, a décrit dans ses mémoires le bruit de la foule tandis que l'on menait Macarthur jusqu'à elle. « À travers les fenêtres à barreaux, écrit-elle, j'ai entendu un son qui n'était ni humain ni animal, un grondement de tonnerre bas, qui grossissait, vague et incohérent. C'était un son que j'espère ne plus jamais entendre : un appel à la vengeance. »

La violence était bien présente ce jour-là, dans les mots et dans les faits. Le tribunal lui-même était plein à craquer, ceux qui n'avaient pas trouvé de place dans la galerie ouverte au public se pressaient dans les escaliers, se penchant par-dessus les balustrades pour apercevoir le tueur capturé. Ils voulaient la voir en chair et en os, cette créature paradoxale, le sauvage bien né. D'après un compte-rendu de l'*Irish Times*, il semblait « terriblement nerveux », son regard se portant partout autour de lui tandis qu'il montait les marches. Des gens se jetaient sur lui, écartés par les policiers qui l'escortaient.

Une fois dans la salle d'audience, il se tint debout devant le banc des accusés, une petite carte blanche dans la main. Il la tordait entre ses doigts, la regardait souvent, comme s'il allait la lire, mais ne parlait pas.

« L'élégance un brin canaille de sa chemise blanche, son nœud papillon de soie grise, son mouchoir doré et soyeux et de son veston tricoté blanc contrastait étrangement avec la veste de velours beige désormais froissée et sale qu'il portait déjà au tribunal de Dún Laoghaire, son pantalon gris fripé et ses chaussures marron mal cirées, écrivit le journaliste du *Times*. Ses cheveux, très épais, très sombres, très bien peignés, retombaient sur le col de sa veste. Il paraissait tout à la fois singulier, intelligent et inquiet. »

L'audience fut promptement menée. La juge Kotsonouris le plaça en détention jusqu'au 9 septembre puis il fut traîné dans l'escalier et dans la rue bondée. Une trentaine de personnes se pressèrent vers lui quand il fut conduit à la voiture de police. Quelqu'un hurla le mot « salaud » plusieurs fois. Un autre cria aux policiers de retirer la veste de sa tête pour qu'ils puissent voir son visage.

Une femme rugit sur son passage. « Porc ! Porc ! Salaud ! »

La masse continuait d'attiser sa rage vertueuse et des poings jaillirent de la mêlée, féroces et déterminés. L'un d'eux passa sous le bras protecteur des policiers et atteignit maladroitement Macarthur au visage. Un autre le frappa dans le bas du dos. Sortie de nulle part et malgré les rebuffades des policiers, une femme – peut-être celle qui l'avait traité de porc – parvint avec une habileté haineuse à porter un coup de sac à main autoritaire sur la nuque de Macarthur.

Un article de l'*Irish Independent* donnait la parole à une femme interrogée sur les marches du tribunal : « Je l'ai vu entrer. Quel toupet. Il savait qu'il l'avait fait, et je le savais aussi, et il est rentré tout calme, comme si ça ne lui faisait rien du tout. »

L'article évoquait aussi un groupe d'agriculteurs qui « se préparaient à exprimer leur colère plus concrètement encore ». « Je vais aller lui en mettre une, disait l'un, je vais l'envoyer direct chez saint Pierre. »

Macarthur venait de commencer une nouvelle vie, un changement radical et irréversible. Il était désormais un homme que l'on pouvait maltraiter à bon droit : coups de poing, crachats, coups de sac à main. Il avait atteint un état d'abjection dont il ne pourrait jamais être rédimé.

*

Durant les cinq mois au cours desquels Macarthur attendit son procès, il dut se présenter régulièrement à des audiences préliminaires, et ces scènes de cohue devinrent un événement quasi hebdomadaire. Macarthur savait, bien sûr, que les marqueurs de sa classe – son accent, son apparence, ses relations – étaient un facteur aggravant. Mais il regrettait la façon dont la presse se concentrait sur ce point de tension entre lui et les foules. Il acceptait le fait d'être perçu comme un meurtrier, puisqu'il l'était, mais il n'aimait pas qu'on le tienne pour élitiste.

Plus d'une fois, il m'a parlé d'un article paru, selon lui, après l'une de ces bousculades à la sortie du tribunal. « Un chroniqueur a écrit que mon attitude envers les manifestants pouvait se lire comme, *Oh, j'ai tué l'un des leurs.* Que c'était une histoire de classe sociale. Mais je ne suis pas snob. Je traite les gens comme des individus. Oh, je suis conscient de la classe et de ce qu'on appelle *les marqueurs de classe*. Les manières, l'accent, toutes ces choses. Mais je n'ai jamais été snob. »

Je lui ai répondu que j'avais lu tout ce que j'avais pu trouver sur « son affaire » dans les archives et que je n'avais pas vu d'article avançant de telles interprétations de son attitude à l'égard de la foule. Pourtant, tout ceci me paraissait étrangement familier.

J'ai par la suite fouillé toutes les sources possibles, tous les principaux journaux, et je n'ai rien trouvé. Puis j'ai compris pourquoi ça me disait quelque chose : ça venait du *Livre des aveux*. J'ai sorti mon exemplaire du roman et j'ai trouvé le passage où Freddie est pris à partie à la sortie du tribunal : « Ils brandirent le poing, poussèrent des hurlements. Une ou deux personnes parurent prêtes à se détacher des autres pour fondre sur moi. Une femme y alla d'un crachat, et me traita d'ignoble salaud. Moi, je restai planté là, les lèvres figées en un sourire terrorisé, à hocher la tête et à agiter la main comme un automate.

C'est à ce moment-là que je compris, pour la première fois, que c'était *un des leurs* que j'avais tué[1]. »

Macarthur avait apparemment confondu sa propre vie avec celle d'une fiction basée sur celle-ci et ce, encore plus littéralement que d'habitude.

*

Une fois les poursuites engagées, les avocats commis d'office de Macarthur firent appel à un confrère chevronné pour le représenter devant le tribunal. Cet avocat, Me Paddy McEntee, était à l'époque le pénaliste le plus en vue du pays. D'après un reportage sur sa stratégie de défense réalisé par le magazine d'actualité *Magill*, McEntee avait d'abord envisagé de plaider l'irresponsabilité. Ainsi, quelques jours après son arrestation, McEntee alla rendre visite à Macarthur à la prison de Mountjoy, où il avait été placé en détention provisoire. D'après l'article, il voulait voir quelle impression Macarthur ferait devant le tribunal et si le jury était susceptible d'être convaincu de sa démence. Quand il vit Macarthur, celui-ci sembla être parfaitement lucide. Les rapports des psychiatres qui l'avaient examiné en prison allaient aussi à l'encontre de cette stratégie initiale : rien ne suggérait un trouble psychiatrique ou ne pouvait laisser supposer qu'il n'était pas en pleine possession de ses facultés.

Plaider l'irresponsabilité supposait de compter sur un jury extrêmement compréhensif et la couverture médiatique de l'affaire rendait cette perspective bien peu vraisemblable. Chaque jour, le portrait de Macarthur dépeint comme un dandy hautain et un play-boy louche était gravé un peu plus profondément dans l'opinion publique.

---

1. John Banville, *Le Livre des aveux*, traduction Michèle Albaret, Babel [Flammarion, 1990], p. 301.

Pour couronner le tout, l'implication de Connolly dans le dossier alimentait au sein d'un électorat de plus en plus cynique et déçu des rumeurs complotistes autour d'une vaste opération d'enfumage et d'un acquittement de Macarthur du fait de l'intervention du gouvernement dans la procédure.

D'après le reportage de *Magill*, McEntee examina les pièces du dossier et conseilla à Macarthur d'envisager de plaider coupable : « Plaider non coupable aurait conduit à trois semaines d'audience et au cirque médiatique qui va avec. Le moindre détail scabreux allait être révélé, les éléments les plus sensationnalistes allaient être montés en épingle jour après jour. Les journaux du soir allaient faire la course au titre le plus racoleur dans leurs comptes-rendus du procès. Les premières éditions allaient dire que le jardinier de l'ambassade des États-Unis avait vu la voiture osciller et le sang couler sur la portière. Les suivantes parleraient de la course-poursuite et des efforts désespérés de Bridie Gargan pour attirer l'attention des passants. » Plus la couverture médiatique serait sensationnaliste, moins Macarthur avait de chances d'être entendu – ou, le moment venu, d'obtenir une remise en liberté.

Une bizarrerie du système judiciaire irlandais de l'époque faisait que la décision d'accorder la remise en liberté des détenus condamnés à perpétuité revenait au ministre de la Justice. Un politicien ne choisirait jamais de libérer un meurtrier si la presse et le public étaient résolument contre cette décision. Le point de vue de McEntee (qui semble, en fin de compte, avoir prévalu) était que moins le procès de Macarthur serait public, plus vite il pourrait être libéré.

Quelques minutes après le début du procès, McEntee demanda au juge, James McMahon, une suspension d'audience de vingt-quatre heures. Harry Hill, l'avocat général, l'avait informé de l'existence de certains documents qu'il comptait présenter devant la cour : rapports psychiatriques attestant de la santé mentale de Macarthur, les notes retrouvées par les enquêteurs entre les pages du manuel de médecine légale qui semblaient indiquer qu'il préparait un troisième meurtre. McEntee dit au juge qu'il devait examiner ces pièces, demander l'avis d'experts et consulter son client. La suspension fut accordée.

L'équipe de Macarthur voyait quelle direction les débats allaient prendre. Le lendemain matin, Macarthur plaida coupable du meurtre de Bridie Gargan. Avec une condamnation qui assurait à Macarthur une peine de prison à perpétuité, la sentence la plus sévère du droit irlandais, le ministère public décida de renoncer aux poursuites pour le meurtre de Dunne.

Harry Hill demanda le droit de lire un énoncé des faits et d'appeler le commissaire John Courtney à la barre. L'idée était de s'assurer que les grandes lignes de l'affaire apparaissent dans le dossier pour satisfaire au moins partiellement la curiosité du public et peut-être mettre un terme aux rumeurs de couverture politique. Le juge McMahon maintint toutefois que c'était inutile. Macarthur avait plaidé coupable, et une condamnation pour meurtre entraînait une peine de prison à perpétuité.

Ainsi, sans que le moindre témoin prenne la parole, Macarthur fut condamné à perpétuité pour le meurtre de Bridie Gargan. L'absence de débats fit que sa famille, et le public, n'eurent jamais accès aux preuves réunies par les enquêteurs. Sa mort et la personnalité du tueur restèrent irrémédiablement nimbées de mystère.

*

Si la décision fut douloureuse pour les Gargan, la situation des Dunne était quant à elle intolérable. C'était comme si, du point de vue de la justice, le meurtre de Donal n'avait tout simplement pas compté. Même si

Macarthur avait avoué l'avoir abattu, il n'y avait aucun témoin du meurtre, et la version qu'il soutenait selon laquelle il y avait eu une lutte entre eux aurait pu compliquer une condamnation pour meurtre, puisqu'il aurait alors pu plaider l'homicide involontaire. Toutes ces difficultés pesant sur l'accusation conduisirent à un abandon des poursuites. Ils l'avaient déjà coincé avec le premier meurtre et il allait de toute façon passer sa vie en prison : c'était tout ce qui comptait aux yeux du ministère public.

La famille Dunne ne fut pas avertie en amont de la décision de ne pas maintenir les poursuites pour le meurtre de Donal. Ils la découvrirent au tribunal, lors de l'annonce du juge. Ils ne reçurent aucune explication et tout ce qu'ils apprirent, ce fut grâce à ce qui avait émergé dans la presse. La famille parvint à réunir un millier de signatures pour demander une explication et pousser le ministère public à poursuivre Macarthur pour le meurtre de Donal, mais la pétition n'eut aucun effet. Ils apprirent par les médias que le parquet ne motivait pas de telles décisions.

En 2002, vingt ans après le meurtre de Donal, une émission d'information évoqua la possibilité que Macarthur soit remis en liberté surveillée. Le lendemain, Christopher Dunne, le frère de Donal, publia un bref communiqué de presse au nom de la famille. « Il est difficile de décrire la douleur et l'angoisse que ressentent les familles confrontées aux suites d'un crime. Nous n'avons en l'occurrence reçu aucun soutien de l'État », écrivait-il. Il était d'avis qu'« une négociation de peine avait eu lieu pour le meurtre de l'infirmière Gargan. Cela a offert à l'État la possibilité d'abandonner les poursuites dans l'affaire de Donal et, visiblement, d'enterrer ce qui aurait été un dossier gênant pour le gouvernement de l'époque. »

*

L'un des effets les plus troublants de tout ce temps passé en compagnie de Macarthur était que, bien que les meurtres fussent presque toujours, directement ou indirectement, l'objet de nos conversations, il était souvent difficile de garder consciemment à l'esprit la réalité de ce que cet homme avait fait et ce que signifiait son passage à l'acte. Une dissonance cognitive bien particulière était en jeu, dans le malaise qu'il y avait à réconcilier l'élégante personne âgée que j'avais devant moi ou qui marchait à mes côtés – figure presque majestueuse qui s'exprimait avec un aplomb autoritaire sur un sujet d'intérêt scientifique ou historique – avec le fait qu'il avait commis ces meurtres d'une incroyable brutalité.

Cela nécessitait parfois un effort délibéré pour me souvenir, faire remonter ses actes dans mon esprit et les envisager abstraitement mais aussi d'essayer d'imaginer la terreur et la douleur de ses victimes tandis qu'il mettait fin à leurs jours de la façon la plus barbare qui soit, pour les raisons les plus stupides et basses qui soient. Il était difficile de concevoir ce que cela impliquait pour les familles, d'imaginer l'immensité de leur deuil que même le récit le plus exhaustif ne saurait embrasser. Malgré mes tentatives pour entrer en contact avec les Gargan et les Dunne, je n'ai reçu aucune réponse. Et même si j'avais pu leur parler, je ne suis pas sûr que cela aurait aidé à mesurer leur souffrance. Des décennies s'étaient écoulées depuis les actes de Macarthur mais j'imagine le peu de différence que cela faisait pour des personnes qui vivaient tous les jours avec les conséquences de ceux-ci.

Il m'arrive parfois de penser à Macarthur dans les moments où je suis le plus heureux. Je suis au jardin avec ma fille que je regarde jouer dans le bac à sable, ou je donne un baiser à mon fils pour lui dire bonne nuit en passant la main sur ses cheveux doux, et je ressens mon amour pour eux sous la forme d'une brusque pointe de tendresse qui n'est pas totalement distincte de la peur, parce que aimer une personne à ce point revient à sentir, viscéralement et irrémédiablement, la vulnérabilité de sa vie, comme de la sienne propre. Et dans de tels moments, je me souviens de Macarthur et je le vois comme un émissaire de la corruption et de la perfidie du monde, un avatar des forces qui menacent ce bonheur et cet amour. Je le vois, dans de tels instants, pour ce qu'il est : la pire chose qui puisse un jour nous arriver à moi et à mes proches.

Dans ce communiqué, Christopher Dunne rappelle brièvement le mobile apparent de Macarthur, déclarant qu'il avait battu Bridie Gargan à mort avec un marteau pour lui dérober sa voiture, qu'il comptait utiliser pour se rendre à Edenderry afin de voler un fusil, lequel devait lui servir pour réaliser un braquage. Puis il écrit : « Il a tiré sur mon frère à bout portant et lui a fait exploser la tête. »

J'ai beau avoir, au fil des années, lu un nombre incalculable de récits de ces meurtres, c'est cette phrase, dans sa choquante brièveté, qui me semble le plus viscéralement et douloureusement vraie. La réalité de ce que Malcolm Macarthur a fait à Donal Dunne, et à ceux qui l'aimaient, prend vie d'une façon presque obscène dans les mots de son frère. Je dois me forcer à imaginer ce que ce serait d'écrire ceci au sujet d'une personne que j'aime.

Et puis j'essaie d'imaginer ce que cela me ferait de lire, dans un journal (ou dans un livre tel que celui-ci), le récit du meurtre que Macarthur a donné dans sa déposition à la Gardaí, dans laquelle il avoue avoir tué Donal Dunne d'un seul coup de fusil et avoir remarqué, alors qu'il traînait son corps vers des buissons que « sa tête était dans un sale état ». J'essaie d'imaginer qu'il fait référence à quelqu'un que j'aime, mon frère ou ma sœur ou ma fille ou mon fils. Mais même envisagée abstraitement, cette idée est trop douloureuse à porter. Leurs visages, leurs corps, sont trop tendres, trop vivants, trop réels. Je n'y arrive pas.

CINQUIÈME PARTIE

Transformé en monstre

21

Près de quarante ans après sa condamnation, Macarthur pouvait encore s'agacer du tapage qui avait entouré son affaire. C'était comme s'il y voyait moins la conséquence des meurtres qu'il avait commis et des circonstances inhabituelles de son arrestation que le lamentable exemple des pratiques d'une presse racoleuse et de l'appétit du public pour celle-ci. Il comprenait pourquoi il était le méchant de cette histoire, mais cela ne l'empêchait pas de juger puéril l'intérêt sensationnaliste que les gens y portaient.

La couverture médiatique a causé un grand nombre de « dommages collatéraux », ainsi qu'il les décrivait, dans la vie de ses proches, même s'il n'en a pas été affecté personnellement pour la simple raison qu'il était lui-même « occupé » à cette époque. Des membres de la famille de Brenda Little ont été forcés de quitter leur maison, de porter des perruques pour fuir les journalistes et les photographes. Paddy Connolly a lui aussi dû quitter son appartement et se réfugier chez un ami.

« Les réactions ont été assez folles, m'a-t-il dit. C'était une explosion extraordinaire d'irrationalité et d'incontinence émotionnelle. »

Dans les années qui ont suivi son arrestation, alors qu'il était sous les verrous et avait beaucoup de temps devant lui, Macarthur a eu le sentiment qu'il n'avait pas su renvoyer une image publique authentique. Il n'était pas la personne que se représentaient les gens massés devant le tribunal, témoins furieux de son iniquité – ceux qui crachaient, l'attrapaient, réclamaient de voir son épouvantable visage. Il était « transformé en monstre » par l'opinion publique, disait-il, et en particulier par la presse. Il comprenait bien qu'il ne pouvait s'en prendre qu'à lui-même mais il le vivait comme une injustice.

Il se considérait comme un réaliste : un homme qui acceptait l'évidence, qui regardait la réalité en face et s'y confrontait avec stoïcisme. Mais sa situation, dans les jours et les semaines qui avaient suivi son arrestation, était tellement désastreuse qu'il était paralysé par une impression de futilité, si bien que la possibilité de faire quoi que ce fût pour arranger les choses le dépassait totalement, et pour tout dire l'avait à peine effleuré.

Il avait accepté son sort et faisait avec. Ainsi, selon lui, il n'avait pas pris la peine de corriger ce que les gens disaient de lui et qu'il estimait faux : qu'il était un sociopathe, un psychopathe, et ainsi de suite. (Quant à savoir comment il s'y serait pris pour corriger cette perception, il n'en disait rien.)

En prison, il a rencontré des hommes à qui de telles étiquettes auraient mieux convenu, des individus dénués d'empathie ou de conscience. Or, il était certain de ne pas être comme eux. Il n'était pas ce que l'on appellerait un *criminel-né*. Et, selon lui, c'était précisément pour cette raison que son entreprise avait échoué. Il avait un esprit analytique mais n'avait pas l'instinct d'un criminel.

Il avait commis des crimes atroces, certes, mais il était un homme d'une moralité et d'une décence innées, que des circonstances extrêmes – en partie matérielles, en partie psychologiques – avaient poussé à agir d'une façon qui ne lui ressemblait pas le moins du monde. Nul ne pouvait interpréter la signification d'un récit dans son intégralité en ne s'arrêtant que sur un seul épisode, aussi central fût-il.

Et puisque ces actions avaient découlé non pas d'une réserve de violence cachée au fond de lui, mais de l'intensité de la situation dans laquelle il s'était trouvé, il en résultait qu'il n'était pas dans sa nature d'être un assassin.

*

Il y avait à mon sens un paradoxe au cœur du récit que Macarthur faisait de sa vie. Quand nous parlions des meurtres, il tenait toujours à me faire comprendre qu'il avait agi avec logique. (« Tout provenait du cortex cérébral », disait-il.) Les crimes prenaient la forme d'un syllogisme impitoyable. Il avait besoin d'argent : la solution était donc de braquer une banque : il avait donc besoin d'acquérir, par quelque moyen que ce fût, une voiture et un fusil.

Toutefois, la préservation de l'image qu'il se faisait de lui-même exigeait d'expliquer un geste d'un rationalisme aussi froid de telle façon que celui-ci ne risque pas de le définir en tant que personne. Ainsi, il fallait aussi que ce geste soit vu, fondamentalement, comme un geste de folie, qui n'avait pas de relation évidente avec le récit plus général de sa vie. Il fallait qu'il soit perçu comme un *épisode*.

Je lui ai dit un jour que, compte tenu de sa grande célébrité en tant qu'assassin, je trouvais étonnante l'importance qu'il semblait accorder à sa réputation, la fréquence à laquelle il faisait référence à sa « bonne conduite », sa fondamentale décence, son amour et son respect de ses frères humains.

« Eh bien, cela confirme ma connaissance de moi-même, m'a-t-il répondu. Je me considère comme une personne normale. Les gens qui me connaissent trouvent que je suis quelqu'un de très agréable. On m'a dit que j'avais un *fort capital sympathie*. Et j'aime les gens. Je suis à l'aise en société. Je suis sympathique et empathique et tout ce qui s'ensuit. »

Pour absurde que cela puisse paraître, ce n'était pas totalement faux. Il était très poli. Il évoquait parfois avec un soupçon d'amertume les personnes qu'il avait connues par le passé, mais il en parlait toujours convenablement et avec une grande maîtrise. De tous les après-midi que j'ai passés avec lui, il n'a pas une fois prononcé le moindre juron. Une chose qu'il ne supportait pas, disait-il, était la vulgarité, surtout si elle était dirigée envers les femmes.

« J'ai toujours réprouvé les discours et les attitudes sexistes ou misogynes, irrespectueux, salaces ou vulgaires. Je ne pense pas avoir jamais été impoli de ma vie. Je ne pense pas avoir été discourtois d'une façon ou d'une autre. »

J'allais lui faire remarquer que des objections assez évidentes pouvaient être soulevées quand il m'a interrompu.

« En dehors de l'épisode criminel lui-même, oui, c'étaient là des crimes », a-t-il précisé, comme si les meurtres étaient l'exception qui confirmait la règle.

Ce n'était pas que Macarthur avait tendance à minimiser l'ampleur de ce qu'il avait fait. Il était vrai qu'il avait mis un terme aux jours de deux parfaits inconnus. Impossible de le nier. Il avait tué, certes, mais il aurait préféré ne pas et il le regrettait immensément. Toute cette affaire avait été une incommensurable catastrophe, et il avait causé des souffrances profondes et durables à de nombreuses personnes. Mais il se voyait, et semblait désirer que je le voie, comme un meurtrier particulier : un meurtrier qui avait été motivé non par ses dispositions mais par les circonstances. Ce n'était pas comme s'il avait tué par plaisir.

La bizarrerie de cette autojustification était renforcée, plus qu'atténuée, par le rationalisme qui l'accompagnait. Je pensais, là encore, à un passage du *Ripley s'amuse* de Patricia Highsmith : « Tom détestait avoir recours au meurtre, à moins que ce ne soit absolument nécessaire[1]. » Macarthur n'avait dans le fond pas grand-chose en commun avec l'ingénieux psychopathe qu'était Tom Ripley, mais il y avait tout de même quelque chose de ripleyen dans ce saupoudrage poussif de subtilités morales.

*

Au fil des mois, mes conversations avec Macarthur s'approchaient de plus en plus de la question du remords. Il y avait dans sa façon de parler de sa propre contrition quelque chose d'essentiellement abstrait. J'avais parfois le sentiment qu'il me décrivait l'aile d'une vieille demeure fermée au public dont l'accès m'était malheureusement interdit. J'attendais quelque chose de lui, quelque chose de sincère et spontané. Je voulais voir qu'il avait souffert – non pas à cause des conséquences de ce qu'il avait fait subir à ces deux personnes, mais à cause du fait même de les avoir tuées.

Quand j'ai insisté sur cette question, il m'a répondu que oui, il ressentait du remords, un grand et terrible remords, mais qu'il n'avait jamais voulu qu'il le submerge, qu'il devienne la définition même de son existence. Quel bien cela aurait-il fait, à lui ou aux autres ? On lui disait parfois qu'il devait être définitivement brisé, et même anéanti, par ce qu'il avait fait. Mais il ne pensait pas que c'était le cas.

---

1. Patricia Highsmith, *Ripley s'amuse*, traduction Janine Hérisson, Le Livre de Poche, 2005 [Calmann-Lévy, 1974], p. 9.

Même si je savais que Macarthur était un narrateur de sa propre vie à la fiabilité profondément défaillante, il y avait des moments, comme celui-ci, où j'étais désemparé par son inflexible honnêteté. Cela ne lui aurait rien coûté d'exagérer l'ampleur de sa contrition, on peut même supposer que cela lui aurait été bénéfique. Je me demandais si dans un sens, ce n'était pas la manifestation perverse d'une forme d'intégrité, s'il n'était pas constitutionnellement incapable de prétendre ressentir une émotion qu'il n'éprouvait pas réellement.

*

Plus je passais de temps avec Macarthur, plus je trouvais frappante sa façon de parler de ses crimes. Il avait à sa disposition tout un arsenal de stratégies discursives lui permettant de se distancier de la réalité émotionnelle des meurtres. Il ne disait pas « je l'ai fait » mais « cela a eu lieu ». Il ne disait pas « je suis responsable » mais « la responsabilité est établie ». Et, plus remarquable encore, il abandonnait totalement l'utilisation de la première personne du singulier et ne parlait pas d'un « je » mais d'un « vous » désincarné et générique. « Vous ne pouvez pas vous permettre de vous mettre dans tous vos états, disait-il par exemple, alors vous compartimentez. »

Cette grammaire du déplacement était sans doute tout à fait inconsciente, mais elle révélait aussi quelque chose d'important sur les rapports de Macarthur à l'horreur incompressible de ses propres actes. Ce n'était pas une simple question de malhonnêteté. Que ce fût parce qu'il se faisait des illusions ou du fait d'une blessure psychologique qu'il s'infligeait, il était incapable de narrer l'intégralité de cette histoire à la première personne. C'était sa vie mais il ne pouvait pas la raconter.

Il n'était en aucun cas dans le déni. Les meurtres étaient après tout des faits centraux de son existence, les seules choses, en réalité, dont il pouvait dire qu'elles étaient vraies. Mais cet attachement à ce qu'il appelait du stoïcisme relevait, à mon avis, principalement d'une propension à éviter la force émotionnelle de cette vérité.

Un après-midi, dans le salon de son petit appartement, j'ai de nouveau soulevé la question du remords. J'étais assis à ma place habituelle à la table de la cuisine et il était dans son fauteuil, les bras derrière la tête dans une position de repos quelque peu tendu. Je lui ai demandé ce que ça lui avait fait, lors des jours qui avaient suivi son arrestation, de savoir qu'il allait devoir vivre avec les conséquences de ses actes jusqu'à la fin de ses jours.

« Je crois que je ne m'en souviens plus, a-t-il répondu d'une voix douce et hésitante en se replaçant dans son fauteuil. Je n'arrive pas à y revenir. C'est une combinaison de différentes choses, je suppose. Ce n'est pas que de la culpabilité, même si je me sentais bel et bien coupable. Je savais que j'avais tué. Mais c'est beaucoup de choses. Vous êtes aussi désolé pour vous, à cause de ce qui vous arrive et des conséquences de vos actes. Vous vous en voulez pour les conséquences de ces morts sur les personnes endeuillées. L'effet sur les proches endeuillées est en fait plus immédiat, parce que les morts sont morts. C'est affreux à dire, mais telle est la réalité. Ils sont au-delà de tout cela – de toutes ces inquiétudes. Et l'effet sur ma propre famille, forcée de venir me voir en prison. L'effet sur la carrière de Mr. Connolly, aussi. C'est toute l'expérience, combinée avec la conscience d'avoir mal agi. Et depuis ce temps, j'envie les gens qui n'ont pas mal agi. Instinctivement, je les envie. J'aimerais tellement pouvoir dire “je n'ai pas fait ça”. Non pas à cause des conséquences auxquelles j'ai été confronté mais simplement ne pas l'avoir fait. C'est un sentiment que j'ai encore. Moins souvent aujourd'hui, j'imagine, parce qu'il faut continuer de vivre. Cela passe au second plan mais ce sentiment est toujours présent. Je ne veux pas exagérer. Je suis philosophe avec les choses que je ne peux pas changer. Il faut être stoïque. Cela revient parfois à l'esprit selon les circonstances, mais c'est toujours présent. On s'arrête dessus, on y pense. Mais j'envie réellement ceux qui n'ont pas enfreint la loi et ce sera toujours le cas. Ma vie n'est pas brisée. Mais elle est endommagée. »

*

J'avais souvent entendu que Macarthur n'avait pas démontré la moindre repentance pour ce qu'il avait fait, ni après son arrestation ni durant les décennies qui ont suivi. C'était vrai, au moins techniquement. Au cours de l'interrogatoire mené par la Gardaí, le seul moment où il semble avoir manifesté une émotion est l'étrange épisode raconté par Tony Hickey : les yeux révulsés, le discours intense et tout juste cohérent sur la régression. Il s'était pour le reste montré froidement détaché. Au tribunal, il n'avait exprimé aucun regret pour ses crimes, pour la simple et bonne raison qu'il n'avait pas pris la parole et qu'il y avait à peine eu un procès. Et il ne s'était pas non plus exprimé publiquement sur le sujet depuis sa sortie de prison, malgré les nombreuses demandes d'interview de la part de journalistes de la télévision et de la presse écrite, de podcasteurs et de documentaristes.

Quand je lui ai parlé de cette perception du public, il m'a répondu qu'il avait effectivement lu cela. Il maintenait toutefois qu'il avait bien des émotions et qu'elles étaient très puissantes et profondes.

« C'est une question de *style*, a-t-il poursuivi. Cela vient sans doute en partie de là où j'ai grandi et de l'éducation que j'ai reçue : les excès d'émotion étaient fondamentalement perçus comme inconvenants. Il y avait une part de self-control et ce que l'on pourrait appeler le décorum. Mais cela ne signifie pas que je n'ai pas de vives émotions. Au contraire, bien au contraire. »

Était-il possible qu'il y ait un lien entre ce qu'il décrivait comme une approche *stylistique* des émotions et le fait qu'il ait commis ces meurtres : peut-être était-ce sa capacité de distanciation émotionnelle qui lui avait justement permis d'accomplir des choses aussi terribles ? Il a poussé un long soupir, pas tellement d'irritation mais, semblait-il, de résignation.

« Eh bien oui, c'est possible. C'est bien possible. »

Il arrivait parfois, disait-il, à faire émerger certains aspects des meurtres.

« Quand je pense aux détails, c'est réellement douloureux. Mais j'y pense, parce que je crois que quelque part il vaut mieux que je sois réaliste et que je me souvienne de ce que j'ai fait. Je ne le fais pas très souvent, mais de temps en temps. »

Je lui ai demandé si cela avait à voir avec un besoin d'expiation et il a secoué la tête. Le terme avait peut-être une trop forte connotation religieuse à son goût. Non : il se forçait à s'en souvenir simplement parce que ça avait eu lieu. Et ce serait une erreur, une erreur factuelle, de se persuader du contraire. Ce n'était pas une question spirituelle ou existentielle, mais un problème empirique.

Je l'ai interrogé sur ce que ça faisait de se forcer à se rappeler les meurtres. Le premier, m'a-t-il dit en faisant référence à celui de Bridie Gargan, était un souvenir très douloureux. Quand j'ai voulu savoir pourquoi, il est resté silencieux un long moment – si longtemps que j'ai douté qu'il réponde finalement à ma question – puis il a parlé d'une voix basse et hésitante.

« Tirer sur quelqu'un, c'est différent de lui infliger des coups. Vous ne saisissez pas la différence ?

— Vous voulez dire que c'est moins intime ?

— Intime ? Peut-être. Je ne suis pas sûr. L'expérience est… je ne trouve pas le mot. Elle est moins intense pour le système nerveux. Je n'arrive pas à bien le décrire. »

Il s'est à nouveau interrompu et j'ai encore une fois eu le sentiment qu'il refermait l'accès à quelque chose de sincère et de douloureux, même si je ne savais pas si c'était lui ou moi qu'il repoussait ainsi.

J'ignore encore aujourd'hui si, quand il se forçait à se souvenir des détails du meurtre, il le revoyait tel qu'il avait réellement eu lieu ou s'il lui revenait une version édulcorée, comme celle qu'il m'avait proposée et dans laquelle les coups de marteau étaient simplement destinés à maîtriser Bridie Gargan et dans laquelle, alors qu'il l'abandonnait dans la voiture et fuyait, elle ne montrait aucun signe de détresse.

« Quoi qu'il en soit, le résultat est que deux vies ont été perdues et, de ce point de vue, cela ne fait aucune différence. Deux personnes ont perdu la vie et c'est ainsi. Et j'en suis la cause. Je n'ai jamais protesté contre le fait que les journaux disent que j'étais un *double M*.

— Par "double M" je suppose que vous voulez dire double meurtrier.

— Oui. Je l'accepte. Je n'ai rien à redire à cela. C'est simplement la réalité. Mais oui, la façon dont on exprime ses émotions est fondamentalement une question stylistique et de vie privée. Mon style, c'est de le faire en privé. Mais les gens qui me connaissaient bien n'auraient pas été d'accord pour dire qu'il n'y avait aucun remords. »

Je lui ai dit que j'étais porté à le croire quand il me disait éprouver des remords mais qu'un certain degré de transparence et même d'émotivité était peut-être nécessaire pour la plupart des gens.

« C'est là toute la question, voyez-vous, a-t-il rétorqué, retrouvant toute l'énergie et la hauteur intellectuelle qui l'avaient momentanément quitté. Il y a une certaine façon de faire ces choses. Et c'est pour cette raison que je trouve la culture irlandaise quelque peu mielleuse. L'Irlande est même un bastion mondial du mielleux. Je n'ai rien contre mais j'apprécie une approche plus en retenue. On pourrait même parler d'une approche plus *digne*, mais je ne veux pas en faire toute une affaire. C'est simplement ma façon de voir les choses. »

Cet après-midi-là, alors que je me préparais à partir, que je rangeais mon carnet et mon stylo et que je reprenais ma veste sur le dossier de ma chaise, il s'est mis à me parler de sa détention. (Il faisait toujours ça : je disais que je devais y aller – parce que j'allais chercher mon fils à l'école, travailler sur autre chose ou retrouver quelqu'un – et il se lançait alors dans une digression sur un aspect de sa vie ou de ses opinions. J'ai fini par prendre le pli et je me suis mis à annoncer mes départs très en avance.) Il m'a dit que différents employés de différentes institutions carcérales lui avaient fait remarquer qu'il avait l'air totalement normal. Puis il s'est repris.

« Je risque de donner l'impression que je minimise la gravité de ce qui s'est passé. Des vies ont été perdues. C'est un fait. »

Il a regardé par terre un moment puis a promené son regard sur la pièce. Il a tapoté le sol avec la semelle de sa chaussure, comme il le faisait si souvent quand il était pensif ou gêné.

« Des vies ont été *prises*, devrais-je dire. Ce serait plus exact. Je n'ai jamais cherché à fuir cette vérité. Jamais je n'ai voulu la minimiser. Je n'ai jamais utilisé la voix passive pour en parler.

— Eh bien, vous venez de dire que *des vies ont été prises*, ce qui est un bon exemple d'emploi du passif.

— C'est vrai. Très bien. J'ai pris des vies. »

Il ne semblait pas particulièrement agacé par ma remarque mais il ne paraissait pas non plus réellement surpris ou intéressé par la force avec laquelle il venait de se contredire.

*

Pour ma part, j'étais prêt à accepter de Macarthur n'importe quel argument qui lui évitait de se considérer comme une âme damnée. Je ne voyais pas la pertinence de le contredire frontalement parce que je craignais que cela le conduise à se renfermer, ce qui aurait été contre-productif.

Mais quelquefois je ne supportais plus ses dérobades, ce qui donnait lieu à des discussions absurdes. Je lui ai fait remarquer un jour, alors que nous échangions depuis près d'un an, qu'il me paraissait avoir une personnalité fondamentalement divisée. Cette caractérisation lui déplut, et il m'a dit qu'il n'était pas divisé du tout, qu'il reconnaissait pleinement la gravité de ce qu'il avait fait, et qu'il était désormais en paix avec lui-même, qu'il savait qui et ce qu'il était : un être humain normal et décent qui avait agi, des années auparavant, d'une façon qui allait totalement à l'encontre de sa nature fondamentale.

J'ai alors suggéré que *contradictoire* ou même paradoxal seraient des termes plus exacts, puisque le fait central de son existence était qu'il avait commis des meurtres violents, dont il acceptait la responsabilité, et qu'il ne se percevait pourtant pas fondamentalement comme un meurtrier.

« J'ai commis des meurtres, a-t-il admis. Je suis une personne qui a illégalement tué. C'est une action qui a eu lieu, à un moment, au cours de mes soixante-quinze années d'existence. »

J'ai rétorqué qu'il ne voulait peut-être pas être défini par les choses qu'il avait faites quarante ans plus tôt, mais que l'acte de tuer n'en demeurait pas moins irréversible. Une fois que l'on a commis un meurtre, on est, irrémédiablement, un meurtrier.

« Eh bien, ne perdons pas de temps avec des lapalissades », a-t-il évacué.

Je me demande aujourd'hui s'il n'y avait pas quelque chose d'étrange, voire de cruel, dans mes tentatives répétées de lui faire admettre qu'il avait commis non seulement des meurtres mais qu'il *était un meurtrier*. La distinction que je recherchais était moins linguistique que morale : je voulais qu'il dise non pas qu'il avait péché, mais qu'il était, au plus profond de lui-même, un pécheur. Je voulais percer la carapace de sang-froid et d'aplomb stoïque, et arriver à quelque chose de plus douloureux et chargé de sens et vrai. Pourtant, plus je passais de temps avec Macarthur, plus j'entendais son histoire et moins j'arrivais à croire à l'existence d'une vérité ultime de sa vie ou, tout du moins, à la possibilité que je parvienne à la trouver.

22

En 1992, près d'une décennie après que son fils fut envoyé en prison, un journaliste d'un tabloïd interpella Irene Macarthur sur le pas de sa porte tandis qu'elle sortait de sa petite maison de Mullingar. Il lui demanda si elle avait hâte que Malcolm soit libéré, ce à quoi elle répondit que si le moment était venu pour lui de sortir, alors qu'il sorte. (Il ne serait en réalité libéré que vingt-deux ans plus tard et elle ne vécut pas assez longtemps pour en être témoin.)

Elle mentionna ensuite un sujet sur lequel circulaient depuis longtemps de nombreuses rumeurs. « Il a écrit un livre, bien sûr. Le saviez-vous ? »

Au fil des ans, des articles étaient parus dans la presse affirmant que Macarthur consacrait son temps derrière les barreaux à la rédaction d'une sorte d'autobiographie. Le lendemain du verdict, l'*Irish Independent* publia un article ayant pour titre : « La fortune assurée : un livre sur les meurtres ».

« Malcolm Macarthur, l'assassin condamné par la justice, aurait pour projet d'écrire un livre sur ses états d'âme et ses pensées avant, pendant et après les meurtres brutaux qui ont choqué le pays. Il aurait déclaré à sa compagne, Brenda Little, la mère de son fils, qu'il ferait d'elle une femme riche grâce aux ventes. »

Je lui ai un jour demandé au téléphone s'il était vrai qu'il avait écrit un tel livre. Il a hésité un instant. Il m'a dit qu'il avait rédigé quelque chose – un « document », disait-il – qui relatait sa vie, « l'épisode criminel » et son incarcération. Il l'avait écrit pour les membres de sa famille : non pas, contrairement à ce que la presse avait rapporté, pour un bénéfice financier, puisqu'il ne serait jamais publié, mais pour qu'ils puissent comprendre ce qu'il avait fait et la vie qu'il avait vécue.

Je lui ai dit que j'aurais beaucoup aimé voir ce document mais il m'a répondu que ce ne serait pas possible. Pendant un moment, je me suis inquiété de l'existence d'un autre texte et de ce qu'il pourrait révéler. Je lui en ai reparlé plusieurs fois mais j'ai finalement renoncé à le lire un jour, me disant que ce qu'il contenait ne devait de toute façon pas être bien différent de ce qu'il m'avait raconté.

Quand je pensais à ce document au contenu inaccessible, la vitrine dans l'appartement de Macarthur et sa protection en sac-poubelle me revenaient invariablement. Le document, s'il existait bel et bien, devait sans doute s'y trouver dissimulé, à quelques mètres de l'endroit où je passais tous ces après-midi.

Cette housse de plastique noir en est venue à symboliser à mes yeux le défi qui se posait à moi lorsque j'écrivais sur Macarthur : une sorte de biffure géante qui caviardait les informations sensibles de sa vie intérieure et de tant d'autres choses dont je savais que je ne pouvais pas les connaître.

*

À vrai dire, la prison n'était pas le pire endroit sur terre pour un homme qui aimait passer son temps à lire et à réfléchir. Durant ses trois décennies d'incarcération,

Macarthur fut en mesure de garder le fil de sa vie intellectuelle plus ou moins sans obstacle. Alors que d'autres détenus faisaient entrer de l'héroïne, lui recevait dans ses colis une variété de périodiques, scientifiques ou autres. Il fut pendant des années le seul détenu de la prison de Mountjoy abonné au *Times Literary Supplement*. (John Banville a raconté dans une interview l'histoire d'une de ses connaissances qui, dans les années 1980, avait remarqué un exemplaire du *TLS* chez un marchand de journaux proche de la prison. Quand il a dit à la vendeuse qu'il voulait le prendre, celle-ci lui a répondu qu'il n'était en fait pas à vendre car il était destiné à Mr Macarthur de la prison.)

Du fait de l'intense couverture médiatique de ses crimes, les autorités avaient d'abord craint qu'il soit la cible d'agressions gratuites, si bien qu'il fut d'abord envoyé dans la section de la prison réservée aux détenus les moins dangereux, dans les sous-sols de Mountjoy. Il finit toutefois par rejoindre le reste de la population carcérale. Un ancien agent pénitentiaire m'a dit qu'il était toujours très demandé chez les détenus moins lettrés pour ses qualités d'écrivain public et de conseiller, sur des sujets légaux ou autres, et qu'il était aussi très apprécié des gardiens.

Il ne reçut jamais le moindre avertissement, même verbal, et ne subit aucune sanction disciplinaire – un exploit de taille pour un homme qui a passé trente ans derrière les barreaux. Il aurait préféré être ailleurs, bien entendu, mais il avait fait ce qu'il avait fait, il ne pouvait rien y changer, et il y avait pire façon pour un homme de se languir tandis que les années passaient. Les meurtres découlaient, d'une certaine façon, de son refus de renoncer à une vie d'apprentissage et de lecture : il voyait bien l'ironie qui existait dans le fait que, grâce à son incarcération, il avait curieusement retrouvé cette liberté.

Non, ce n'était pas l'expérience de la prison en elle-même qui lui faisait de la peine, mais le coût d'opportunité associé à l'emprisonnement. Il y avait des choses qu'il aurait aimé faire. Sans son épisode criminel et sa longue peine, Brenda et lui auraient très probablement eu un autre enfant. C'était une belle femme et cela le rendait très mélancolique de penser à tout ce qu'il allait manquer. Non pas qu'elle l'ait abandonné : son fils et elle, ainsi que des sources anonymes le signalaient assez fréquemment dans la presse, étaient des visiteurs réguliers des divers établissements où il était incarcéré.

Il essaya, au cours de ces années, de jouer autant que possible son rôle de père. Le tutorat de son fils s'était bien entendu achevé avec sa condamnation, mais quand Colin prit une année de césure, à quinze ans, il commença à se désintéresser de l'école et envisageait d'arrêter le lycée. Macarthur, qui était alors à la prison d'Arbour Hill, décida d'essayer encore une fois de jouer un rôle actif dans son éducation. Lorsque Colin venait lui rendre visite, il lui donnait des lectures à faire – surtout des livres d'histoire mais parfois de la littérature anglaise ou des ouvrages consacrés à d'autres domaines – et des sujets de dissertation. Quand il revenait la fois suivante, il lui apportait son devoir, que Macarthur lisait, commentait et notait.

*

Sa mère lui rendait également visite, quoique moins souvent. Au début de sa peine, elle venait deux à trois fois par an. Ils ne parlaient jamais des meurtres, elle ne lui demanda jamais pourquoi il avait agi ainsi. Ils discutaient d'autres choses : les amis de la famille, d'anciens employés. Qui se mariait, qui était mort.

Dans les premiers temps, alors qu'il était encore en détention provisoire, il y eut des disputes. Quand elle avait appris que son fils avait été arrêté pour des homicides, Irene avait envoyé une carte du souvenir aux familles Dunne et Gargan pour transmettre ses condoléances et leur assurer qu'une prière serait dite à l'église pour leurs enfants. C'était d'un goût douteux mais pour Macarthur, le problème était surtout légal : il n'avait pas encore été jugé pour ces crimes et les condoléances transmises par sa mère aux familles des défunts n'allaient pas forcément jouer en sa faveur dans le dossier.

Macarthur s'agaçait également de la propension de sa mère à répondre aux demandes d'interview. Elle apparut plusieurs fois dans les médias après son arrestation, à un moment où elle aurait mieux fait de garder le silence. Certaines de ses remarques étaient au mieux ambigu, au pire désastreuses.

Quand David Hanley interviewa Irene pour la RTE, par exemple, il lui demanda si elle était partisane de la peine capitale.

« Oui je dois le dire, et depuis toujours.

— Quand un meurtre est commis, vous êtes d'avis que le coupable, quel qu'il soit, devrait être pendu ?

— Je suis adepte du vieux précepte d'une vie pour une vie. Cela vient de la Bible, si je ne m'abuse ?

— Vous êtes donc d'avis que votre fils devrait être pendu ?

— C'est très difficile de répondre à cette question pour le moment, éluda-t-elle. Mais je sais que ma première réaction, quand j'ai appris qu'il y avait eu un meurtre dans le parc, a été que cela reviendrait à jeter de l'argent par les fenêtres de tenir un procès. »

Hanley lui demanda ensuite si elle allait soutenir son fils.

« Eh bien, le soutenir, au sens où je me garderais de juger qui que ce soit. En d'autres termes, je vais continuer comme avant et me montrer chaleureuse. »

*

Bien qu'aucun des parents de Macarthur n'ait jamais travaillé, sa mère avait un diplôme d'infirmière et son père, lorsqu'il devait remplir un document officiel, indiquait qu'il était agriculteur. Est-il significatif que ses victimes aient été une infirmière et un agriculteur ? Probablement pas. Leurs professions n'avaient rien à voir avec son mobile. C'est une coïncidence troublante, ni plus ni moins.

*

En 2003, vingt ans après sa condamnation, Macarthur apprit qu'il allait être transféré d'Arbour Hill à Shelton Abbey, un établissement pénitentiaire à régime assoupli situé dans le comté de Wicklow. Peu de temps après, il eut sa mère au téléphone et lui annonça ce changement bienvenu.

« Je change d'adresse, mère. Shelton Abbey, à Wicklow.

— Tu y es déjà allé, bien sûr, lui répondit-elle.

— Vraiment ?

— Oui, mais tu étais sans doute trop jeune pour t'en souvenir. »

Avant d'être vendu à l'État pour en faire un centre de détention, le vaste manoir gothique de Shelton Abbey avait été la demeure des comtes de Wicklow. Les parents de Macarthur fréquentaient William Howard, le huitième et dernier comte de Wicklow (« Billy Wicklow » pour ses proches), et ils étaient allés une ou deux fois lui rendre une visite dominicale accompagnés de leur fils. Ni Macarthur ni sa mère ne s'attardèrent lors de cet échange sur la vertigineuse ironie de ce qu'elle venait d'évoquer : le fait que, depuis sa dernière visite du domaine, la maison soit devenue une prison et lui un meurtrier sur le point d'y être transféré.

Après son transfert à Shelton, Irene cessa de venir le voir. Le trajet était un peu long et elle n'était plus en très bonne santé. Durant les huit dernières années de sa vie, elle ne fit plus partie des visiteurs de Macarthur.

Quand Irene Macarthur mourut en 2008, son fils fut autorisé à se rendre à son enterrement. Il prit le bus jusqu'à Meath et déposa un bouquet de roses rouges sur sa tombe. Il rentra à Shelton dans la soirée.

*

Les détenus condamnés à perpétuité pour meurtre peuvent passer devant le comité de probation pour une mise en liberté conditionnelle au bout de douze années de détention et ils se voient souvent accorder une libération anticipée pour bonne conduite. La durée d'incarcération moyenne pour meurtre est d'environ dix-sept ans et demi. Même si le dossier disciplinaire de Macarthur était impeccable et malgré les recommandations du comité, il fut débouté par les ministres de la Justice successifs. Différentes raisons peuvent l'expliquer. Sa notoriété, bien entendu, et le scandale politique lié à son dossier ont sans doute joué contre lui, tout comme l'impact de sa libération sur les familles des victimes.

En 1993, alors que Macarthur approchait ce fameux cap des douze ans, le frère de Donal Dunne, Christopher, fit une déclaration pour demander que le tueur ne bénéficie pas d'une remise en liberté conditionnelle. « On n'oublie pas ces choses-là, dit-il. J'aimerais le voir purger l'intégralité de sa peine. S'il est possible pour un type qui a tué sans aucune raison de sortir plus tôt, alors il faudrait se poser des questions. »

La responsabilité de cette libération incombait au ministre de la Justice. La ministre en exercice à la fin de sa période de sûreté n'était autre que Máire Geoghegan-Quinn, la femme qui s'était retrouvée à côté de Macarthur dans le parking de Croke Park après le match de hurling en 1982. Elle refusa sa demande.

Des années plus tard, le ministre était Michael McDowell, qui avait fait partie de l'équipe de défense de Macarthur à l'époque où il était un jeune avocat et qui fut donc obligé de se récuser. La responsabilité fut transmise à Willie O'Dea, un secrétaire d'État rattaché au ministère de la Justice qui ne fut pas convaincu par le dossier transmis par les avocats de Macarthur.

Après la mort d'Irene, O'Dea déclara dans la presse que sa décision avait été en partie motivée par le fait que, selon lui, Irene Macarthur était terrifiée à l'idée que Malcolm puisse sortir de prison. « Elle pensait que ce n'était pas prudent qu'il soit relâché et j'ai appris qu'elle craignait pour sa sécurité. J'en ai tenu compte quand j'ai dû statuer sur sa remise en liberté. »

Après la mort de sa mère, Macarthur eut plus fréquemment droit à des sorties d'une journée dans le cadre d'un programme de réinsertion. Il prenait le bus et passait la journée à Dublin ou à Dún Laoghaire. Il allait dans des galeries ou des musées et se promenait en ville, puis il prenait le bus pour rentrer à Wicklow et retournait à la prison avant la nuit. La presse eut bientôt vent de ces sorties et ses brefs trajets en ville furent accompagnés d'articles des tabloïds sur le « gentleman tueur » et « le meurtrier GIBI » que l'on autorisait à rôder de nouveau parmi nous. Un jour, une vieille dame le reconnut dans la rue et vint se planter devant lui pour lui reprocher d'oser se montrer en public. « La perpétuité, c'est pour toujours, Malcolm », lui dit-elle.

Un autre jour, alors qu'il marchait vers le National History Museum dans Kildare Street, il fut repéré par des photographes de presse qui se trouvaient à la sortie de Leinster House, le siège du Parlement, juste à côté du musée. Il fit demi-tour mais l'un des photographes le suivit dans Molesworth Street puis Nassau Street. Un bus s'arrêta et Macarthur grimpa dedans. Plus tard dans la journée, l'*Evening Herald* publia une photo de lui montant à l'étage de ce bus pour nulle part, sous le titre : « Le meurtrier profite d'une nouvelle sortie ».

Quelques mois plus tard, après dix-huit années de refus, le ministre de la Justice, Alan Shatter, accorda un aménagement de peine à Macarthur. Il fut libéré sous conditions, ce qui signifiait que s'il contrevenait à certaines règles, il serait réincarcéré sans autre forme de procès. Dans ce cas de figure, la perpétuité voudrait bien dire pour toujours. C'était une liberté provisoire et circonscrite, mais c'était néanmoins la liberté.

Macarthur n'en avait pas connu de telle depuis des décennies et il s'attendait à ce que le monde lui paraisse incommensurablement vaste et ouvert. Mais non. Dublin lui paraissait même plus petit. Le Bartley Dunne's avait disparu, remplacé par un affreux hôtel en brique rouge pseudo-géorgien avec au rez-de-chaussée un bar-restaurant baptisé Bartley's, dont la décoration Art déco criarde était une insulte à la mémoire de l'original. Au cours des jours et des mois qui suivirent sa libération, quand il regardait autour de lui dans le bus ou le tramway, il voyait les gens rivés sur l'écran de leur téléphone. C'était totalement nouveau et étrange. Les gens s'habillaient différemment. Il était désormais rare de croiser un homme bien mis ou une femme élégante. Ce n'était plus que jeans et anoraks, survêtements et baskets. Même l'argent avait changé, le passage à l'euro ayant eu lieu plus de dix ans plus tôt.

*

Quand Macarthur fut remis en liberté, Christopher Gargan déclara à un journaliste qui l'avait contacté qu'il n'accepterait pas ses excuses pour le meurtre de sa sœur. Christopher avait quartoze ans quand Macarthur avait assassiné Bridie et la douleur du deuil avait été au cœur de son existence depuis lors. Ses frères et sœurs et lui pensaient encore à elle pratiquement tous les jours, dit-il. Ses parents étaient morts au début des années 2000. Il expliqua que « tout était devenu très dur » à la maison après le meurtre et qu'il avait l'impression que ça leur avait « coûté des années de vie ».

Il pensait qu'il ne fallait pas libérer Macarthur car, disait-il, « qui pouvait prédire de quoi il était capable ? Dans ce pays, il n'y a pas de perpétuité réelle. Il devrait rester en prison jusqu'à la fin de ses jours. »

Quand le journaliste lui demanda si Macarthur avait cherché à entrer en contact avec lui, il rétorqua : « Je n'ai rien à lui dire. »

Dans une interview télévisée de 1995, les sœurs de Bridie Gargan, Anna et Frances, évoquait leur perte. Ce n'était pas uniquement leur sœur qu'on leur avait arrachée, expliqua Frances, mais aussi leur meilleure amie. « C'était une fille très prévenante et généreuse, dit-elle. Elle prenait toujours du temps pour les autres. C'était toujours elle qui organisait les sorties et on allait danser ou boire un verre ou autre. Ça nous a pris beaucoup de temps de reconstruire nos vies et de nous habituer à la vie sans Bridie. »

« Tout le monde a été très affecté, ajouta Ann. Et elle manque encore à tout le monde, vraiment. On organise des réunions de famille, pour les anniversaires et tout ça, et on fait un dîner à la maison. Et juste avant le repas, il y a toujours deux minutes où on sait que tout le monde pense à la même chose. Et on dit en général une prière pour elle puis on commence le repas. Mais c'est pas tout à fait pareil. »

*

Je me disais parfois que la raison pour laquelle Macarthur exprimait plus facilement et plus explicitement ses remords pour ce qu'il avait fait subir à Patrick Connolly, à Brenda et à leur fils qu'aux familles des victimes était qu'il était tout simplement plus facile pour lui de le concevoir et d'en parler. La vie de Brenda Little, en tant que mère et en tant que personne, a sans nul doute été terriblement affectée par ce qui s'est passé en 1982, et il en va sans doute de même pour son fils. (C'est une supposition raisonnable, mais rien de plus car l'une des premières conditions posées par Macarthur était que je ne les contacterais jamais. Cela ne m'a pas semblé être une grosse concession puisque, du peu que je savais de Brenda et Colin Little, la possibilité qu'ils consentent à me parler me semblait dérisoire.)

La vie professionnelle de Connolly fut profondément altérée par Macarthur mais elle ne périclita pas pour autant. Après sa démission comme procureur général, il reprit la robe. D'après ses collègues, sans l'affaire GIBI, il aurait pu prétendre à la Cour suprême. Cependant, les gens comprenaient généralement que son implication dans cette histoire était tout à fait involontaire et il put poursuivre une longue carrière fructueuse au barreau. Quand Connolly mourut célibataire en 2016, il légua cent mille euros à Brenda Little ainsi qu'un petit appartement dans l'un des quartiers chic du Southside de Dublin. À Colin, il laissa soixante-quinze mille euros et sa collection de cartes que l'on trouvait autrefois dans les paquets de cigarettes.

En d'autres termes, Macarthur a bel et bien causé des torts considérables à sa famille et ses amis mais il n'était pas impossible d'évaluer l'étendue de ceux-ci. Le mal qu'il avait fait aux familles de Bridie Gargan et Donal Dunne était quant à lui si vaste et absolu que le regarder en face lui faisait courir le risque d'une forme d'annihilation morale.

Je ne pouvais pas imaginer ce qu'impliquait une telle démarche. Mais plus je me retrouvais à parcourir en long et en large les mêmes terrains conversationnels en compagnie de Macarthur, plus j'en venais à comprendre que c'était précisément ce genre de repentir que je recherchais depuis le début. Je voulais savoir qu'il avait réellement souffert pour ce qu'il avait fait. Au bout d'une année ou presque d'échanges, je commençais à me demander si ce moment viendrait.

*

Après sa libération, Macarthur avait tout le temps libre dont il pouvait rêver. Il n'avait même que ça. Il devait certes vivre avec une petite allocation de l'État mais il n'avait aucune obligation. Colin était maintenant quadragénaire, il avait une compagne et un enfant. Macarthur ne voyait pas souvent son fils et son petit-fils, mais cela venait autant du fait qu'ils habitaient en Grande-Bretagne que de la vie qu'il avait vécue. Les voyages lui étaient plus ou moins interdits, du fait des termes de sa mise en liberté. Il était seul et, pour ce que ça valait, il était libre.

Il avait ses promenades. Il assistait à des événements à Trinity, à une soirée littéraire ou une conférence de temps à autre. Il allait assez souvent au cinéma.

Un soir d'automne en 2012, une semaine seulement après sa sortie, il était allé voir un film étranger à l'Irish Film Institute. Il était seul, comme pour la plupart des choses qu'il faisait. Quand le film se termina, il sortit de la salle, traversa le bruyant atrium de la cinémathèque et alla au café pour prendre un thé. Quand il revint à sa table, il remarqua un homme qui le dévisageait. Il ne le reconnut pas mais, comme souvent à l'époque, lui savait visiblement qui il était. Du fait de sa libération, sa photo avait circulé dans les journaux toute la semaine. L'homme quitta le petit groupe avec lequel il se trouvait et s'approcha de la table de Macarthur.

« Je sais qui vous êtes », dit-il. Ce n'était pas une menace, il énonçait un fait.

« Ah oui ? » fit Macarthur.

Il lui dit qu'il était un ami des parents de Bridie Gargan, la jeune fille qu'il avait assassinée sauvagement trente ans auparavant.

« Vous savez ce que vous avez fait », ajouta-t-il. Il recula un peu en prononçant ces mots, comme s'il craignait d'être trop proche de l'homme qui avait tué l'enfant de ses amis.

« Bien sûr, dit Macarthur. Je le sais, bien sûr.

— Vous savez ce que vous avez fait, répéta l'homme.

— Oui. Je le sais. »

Macarthur proposa à l'homme de se joindre à lui mais il refusa. Il s'éloigna et disparut dans la foule.

Dans les années qui suivirent, Macarthur pensa souvent à cet homme et à leur brève conversation. Il aurait aimé qu'il s'assoie pour qu'ils puissent discuter plus longuement. En vertu des conditions de sa remise en liberté, il lui était interdit d'entrer en contact avec les familles des victimes – les « endeuillés », comme il les appelait. Il se disait parfois que, si cela lui avait été autorisé, il aurait aimé leur parler en privé. Mais il se disait souvent que c'était la dernière chose à faire et la dernière chose qu'ils pourraient souhaiter.

Il regrettait de ne pas avoir parlé plus longuement à cet homme croisé au café du Film Institute parce qu'il aurait pu faire office de substitut pour la famille de Bridie Gargan, voire être une sorte de confesseur. Il aurait voulu lui faire part de certaines choses qu'il n'aurait pas pu dire aux parents de Bridie, même de leur vivant. Il lui aurait dit qu'il était désolé pour ce qu'il avait fait, pour ce qu'il leur avait pris. Il aurait parlé de son profond regret d'avoir pris la vie de leur fille et pour les conséquences que cette perte avait eues sur leur existence.

Mais l'homme était reparti et il n'avait rien dit de tout cela. Alors il resta seul à sa table pour finir son thé, puis il remit son manteau et sortit prendre son bus.

23

Par un bel après-midi d'automne, près d'un an après avoir fait sa connaissance, j'ai donné rendez-vous à Macarthur en bas de son immeuble. Nous avons déambulé dans les rues du centre-ville pendant deux heures, peut-être trois. Il s'est arrêté un instant pour donner de l'argent à un sans-abri assis contre un mur, un gobelet en carton à la main, le saluant rapidement mais poliment. Quand nous sommes repartis, il m'a appris que cet homme avait été détenu à Mountjoy en même temps que lui.

« Je salue toujours mes anciens camarades de promo », a-t-il plaisanté.

Il m'a raconté que, quelques semaines plus tôt, alors qu'il longeait Stephen's Green par cette même rue, il avait croisé une calèche. Le cocher l'avait salué et il l'avait reconnu : c'était lui aussi un ancien détenu. Plus tard, cet après-midi-là, il était allé au Shelbourne Hotel pour utiliser les toilettes et, alors qu'il ressortait dans le foyer, il avait entendu quelqu'un l'appeler par son prénom. Il se retourna et découvrit un homme qu'il ne connaissait pas, un peu plus jeune que lui.

L'homme se présenta et expliqua qu'il était le passager de la calèche croisée un peu plus tôt et que le cocher lui avait dit qui il était. Il était dentiste, il était en ville pour une conférence et voulait savoir si Macarthur aurait envie de dîner avec lui. Il accepta l'invitation et ils passèrent une soirée très agréable à l'Ivy dans Molesworth Street, pas très loin du Shelbourne.

Je voyais bien que Macarthur savourait le souvenir de cette expérience. Le dentiste avait peut-être été animé par une curiosité malsaine, mais restait qu'il l'avait invité à dîner et qu'ils avaient apprécié la compagnie et la conversation de l'autre. C'était le genre de soirée qui avait dû faire partie de sa vie d'avant. Il avait dû être grisant de faire l'expérience, même brève, d'autre chose que l'abjection et la honte, de se faire servir des bons vins et des mets coûteux et d'apprécier la compagnie d'un convive cultivé et chaleureux.

*

Je savais que Macarthur se sentait seul et il ne faisait pas de doute que cette solitude expliquait en grande partie pourquoi il avait accepté de me parler. Il m'a dit un jour que, avant la pandémie, il avait eu l'intention de sortir davantage – « relancer », disait-il, sa vie sociale. Il voulait être connu pour autre chose que les deux homicides qu'il avait commis – du moins auprès d'un groupe de personnes triées sur le volet. Il était convaincu que, socialement parlant, il avait beaucoup à offrir.

« Je sais que j'ai fait la pire chose qui soit, a-t-il poursuivi. Mais j'ai une grande propension à la bienveillance, la considération et la générosité. Tous les jours, j'accomplis de menus actes de bonté. Je donne généralement un petit quelque chose aux mendiants. Cela doit revenir à dix ou quinze euros par semaine. C'est rare que j'en croise un sans donner une pièce. Et je tiens à ouvrir ma porte aux autres. Ou bien mettons que je trouve un billet de cinq euros au supermarché, comme cela m'est arrivé il y a peu, alors dans ce cas-là, je vais le rendre. J'ai un penchant inné pour la décence et la compassion. J'ai un fort instinct qui me pousse, affectivement, vers l'espèce humaine. »

Je le croyais sur parole. Je n'avais aucun mal à l'imaginer trouver cinq euros au rayon surgelés et aller directement à l'accueil pour le remettre avec un zèle guindé. Je l'avais vu de mes yeux, en diverses occasions, ouvrir son porte-monnaie et tendre des sous à des sans-abri, des « mendiants », comme il les appelait – et pas seulement ses anciens codétenus. Il aurait été absurde de le décrire comme un homme bon mais je voyais qu'il était capable d'agir avec décence et générosité.

Les rares fois où il rencontrait de nouvelles personnes, il n'essayait pas de cacher ce qu'il avait fait mais il ne cherchait pas non plus à le faire savoir. Il donnait parfois son nom puis demandait si cela disait quelque chose à son interlocuteur, surtout si celui-ci était en âge de se souvenir de son affaire. Il aimait faire des rencontres, disait-il, être lui-même et laisser les autres se débrouiller avec le contraste entre leurs attentes et la réalité qu'ils découvraient.

Ainsi, avant la pandémie, il avait été un habitué des conférences publiques données à Trinity College : littérature, histoire, et autres – ces apparitions sur le campus qui avaient justement fait naître mon intérêt pour lui des années avant notre rencontre. Les autres *habitués**, comme il les appelait, étaient généralement des personnes âgées, donc davantage susceptibles de le reconnaître. Ces soirées étaient souvent accompagnées d'un moment de convivialité : des verres de vin blanc ou rouge, des petits bols de chips, des vol-au-vent aux champignons. Les gens engageaient la conversation avec lui et son identité émergeait au détour de la discussion. La plupart du temps, les uns et les autres s'efforçaient de faire comme si de rien n'était.

Il m'a parlé d'un autre habitué des conférences, un Américain. Lors de ses promenades sur le campus, Macarthur le voyait souvent, assis seul sur un banc près des terrains de cricket. Il savait qu'il l'avait déjà vu dans le public et cet homme l'intriguait : il se demandait si c'était un professeur ou s'il était en reprise d'études.

Il assista un soir aux portes ouvertes de la 1937 Reading Room, une petite bibliothèque de l'université habituellement fermée au public, et sur le chemin de la sortie, il salua cet homme. Il avait remarqué son accent américain et il lui demanda de quel État il était originaire. L'homme lui dit qu'il venait du Massachusetts et ils engagèrent la conversation. Macarthur lui parla de ses années à l'université de Californie. L'Américain lui expliqua qu'il avait vécu la plus grande partie de sa vie à Boston mais qu'il était venu passer sa retraite à Dublin. Il possédait plusieurs propriétés dans le Massachusetts et vivait de ses rentes.

Alors qu'ils discutaient sur les marches du bâtiment, une troisième habituée, une Irlandaise, passa la porte et vint les interrompre. Excusez-moi, dit-elle, mais vous êtes bien Malcolm Macarthur ? Lui-même, répondit-il.

Elle ne s'attarda pas et tandis qu'elle traversait les pavés de Fellows'Square, Macarthur se retourna vers son nouvel ami américain et lui demanda si par hasard ce nom lui disait quelque chose.

« Phoenix Park ? » demanda l'Américain.

Macarthur acquiesça et lui dit qu'il n'avait pas de raison de s'inquiéter. Or, l'homme ne semblait pas particulièrement inquiet. Il n'avait en tout cas eu aucun mouvement de recul. Il ne lui posa aucune question sur le sujet. Il semblait recevoir cela comme une information intéressante mais dispensable. Il n'en reparla plus, m'a dit Macarthur, mais il lui posa une ou deux fois des questions sur la politique irlandaise, comme s'il considérait qu'il était de la partie, ce qui, d'une certaine façon, était un peu le cas.

L'Américain était une personnalité intéressante, m'a dit Macarthur. Il collectionnait les horloges. Il était lui aussi athée et darwiniste. C'était une personne très ouverte d'esprit et ils étaient du même avis sur la plupart des sujets de société. Et s'il voulait le voir, il lui suffisait de venir à Trinity et de s'asseoir sur un banc près des terrains de sport et, invariablement, l'Américain passait, en chemin vers le Marks & Spencer ou de retour de ses courses, alors Macarthur l'appelait et ils se promenaient ensemble un moment.

L'Américain semblait apprécier l'érudition de Macarthur et ils pouvaient discuter d'histoire, de science ou de philosophie lors de leurs promenades en ville. Si l'Américain devait rentrer chez lui, Macarthur prenait soin de partir dans une autre direction bien avant d'arriver à sa rue, pour ne pas donner l'impression qu'il attendait une invitation de sa part. Il n'avait aucune envie de rendre la situation gênante, ni de s'imposer.

Il n'avait pas vu l'Américain depuis que toute cette terrible histoire de virus avait débuté, m'a-t-il confié. L'homme avait à peu près son âge, il approchait des quatre-vingts ans, et n'était pas exactement en pleine santé. Il espérait qu'il était encore de ce monde. Macarthur parlait de ce riche retraité sur un ton quelque peu mélancolique. Je comprenais qu'il avait pour cet homme quelque chose qui s'approchait d'une affection sincère.

*

J'ai déjà dit que ce que j'attendais de Macarthur, c'était l'expression d'un véritable remords, d'une vraie souffrance. Je voulais qu'il soit tourmenté par ce qu'il avait fait, le voir trembler de terreur et d'effroi devant l'ampleur de sa faute morale. Je voulais être témoin de la chute de ses défenses égotistes, de la révélation d'une terrible vérité émotionnelle émergeant au fond de lui. Je voulais qu'il soit Raskolnikov dans les dernières pages de *Crime et Châtiment*, confessant son crime, tombant à genoux, en larmes, devant Dieu.

Je me demande aujourd'hui pourquoi j'ai pu vouloir tout ça. Et je pense que cela a moins à voir avec un désir de justice qu'avec un besoin d'une résolution apportée par une telle catharsis émotionnelle. En refusant de se confronter à l'atroce énormité de ses péchés – en refusant d'être annihilé par celle-ci – Macarthur m'avait trahi comme personnage. Il m'avait refusé la satisfaction d'un dénouement.

*

Peu après le nouvel an, Macarthur m'a appelé. Il s'inquiétait – à un point qui, selon moi, frisait la paranoïa – à cause d'un podcast sur ses crimes réalisé par la BBC. J'en avais entendu parler la semaine précédente car la sortie était imminente et je l'en avais informé. Il craignait depuis que la BBC l'enregistre secrètement et qu'elle ait même accès, grâce à la Gardaí, à des images de caméras de surveillance. Je lui ai assuré que c'était hautement improbable, que d'un point de vue éthique et légal ce genre de chose était plus ou moins infaisable. J'ai dû lui expliquer pourquoi des enregistrements de vidéosurveillance, quand bien même ils auraient été accessibles, ne seraient d'aucune utilité dans un podcast, qui était, lui ai-je appris, un format audio similaire à une émission de radio. (Malgré son intérêt pour les sujets scientifiques, Macarthur ne connaissait presque rien à l'informatique et à Internet.)

J'avais eu vent du projet de la BBC par John O'Mahony, qui m'avait dit en passant que Tony

Hickey et lui avaient été interviewés. De mon côté, j'étais atterré de découvrir que, après pratiquement un an et demi à travailler sur ce sujet, je n'étais plus le seul sur le coup. Je savais qu'ils n'avaient pas parlé à Macarthur – qu'ils n'avaient même pas réussi à le retrouver. Il fallait donc que je parvienne à un équilibre entre le rassurer – sur le fait que la BBC ne l'enregistrait pas en secret et n'était pas de mèche avec la Gardaí – et faire en sorte qu'il soit encore suffisamment méfiant pour ne pas avoir envie de leur répondre. C'était mon personnage après tout.

« J'imagine que vous n'allez pas leur parler.

— Non, a-t-il répondu. Je pourrais échanger avec eux officieusement mais pas sur le podcast.

— Écoutez, ai-je dit avec une conviction qui m'a étonné moi-même. Déclarer qu'une conversation est en off, ça ne fonctionne pas comme une formule magique. Ce n'est pas contractuel. C'est simplement un accord qui repose sur la déontologie et un journaliste pourra choisir de ne pas l'honorer avec quelqu'un comme vous. »

Je ne savais pas à quel point il comprenait que je voulais simplement protéger l'unicité de mon bien dans un marché soudain chargé. Il semblait penser que je cherchais à la protéger d'acteurs peu scrupuleux et se montrait reconnaissant.

« Vous savez, j'ai pioché.

— Comment ça ?

— Piocher ? Vous ne connaissez pas cette expression ?

— Je ne crois pas l'avoir jamais entendue dans ce contexte.

— Eh bien, les gens ne doivent plus beaucoup l'employer.

— Pas dans mon entourage en tout cas.

— Ça veut dire étudier, potasser. J'ai étudié, j'ai pioché mon dossier. Et les raisons pour lesquelles j'ai fait ce que j'ai fait, a-t-il précisé, employant, comme d'habitude, des termes vagues pour faire référence à ses crimes.

— Pour l'argent ?

— Oui, bien sûr, pour l'argent. Mais la raison pour laquelle j'ai eu recours à cette technique en particulier.

— Le meurtre.

— Disons l'adoption de méthodes criminelles.

— Je vous écoute.

— Je ne tiens pas à en parler au téléphone. »

La Gardaí, ai-je pensé. La BBC.

Je lui ai dit que je passerais le lendemain dans l'après-midi.

J'étais sceptique quant à cette apparente épiphanie. Après une année de conversations labyrinthiques, de recherches dans des coupures de presse, des documents et des anecdotes qui formaient un portrait composite de sa vie, je m'étais résigné à ce que Macarthur et ses crimes ne soient jamais que partiellement compréhensibles, comme une photo sous-exposée dont le sujet n'apparaît qu'en silhouette. Mais à mesure que la soirée avançait, mon scepticisme s'est mué en curiosité et ma curiosité en espoir.

Je me demandais ce qu'il avait déterré en « piochant ». Je me souvenais de ce qu'il avait dit, quelques mois plus tôt, quant au fait que je ne comprendrais peut-être jamais le véritable sens de ses crimes. J'avais l'impression à l'époque qu'il faisait allusion à une information cruciale, biographique ou psychologique, qu'il avait décidée – pour le moment peut-être – de garder pour lui mais qui, une fois révélée, éclairerait tout. Je pensais à la housse en sac-poubelle sur sa vitrine, au « document » qu'il avait mentionné.

Alors que la soirée avançait, je commençais à être préoccupé par l'idée qu'une vérité inconnue, restée si longtemps inaccessible, soit sur le point d'être placée entre mes mains. Peut-être prendrait-elle la forme du document ? Je ne pouvais m'empêcher d'espérer – à tort, je le sentais – que la lumière allait finalement être faite.

*

Le lendemain, le gouvernement a annoncé la levée de pratiquement toutes les restrictions liées au Covid. La décision avait mis bien trop longtemps à arriver, et pourtant elle avait quelque chose d'abrupt, d'assez inattendu. On avait l'impression que la pandémie était sinon terminée, du moins enfin reléguée à l'arrière-plan, qu'elle n'était plus la grille de lecture de la réalité. Il y avait déjà plus de monde dans les rues, plus de mouvement, plus de vie. C'était une journée ensoleillée, froide et lumineuse. Tout semblait curieusement à propos, comme si la fin des restrictions et l'arrivée du beau temps servaient à refléter mon impression que la vérité allait bientôt éclater au grand jour.

Quand Macarthur est venu m'accueillir à la porte de son immeuble, j'ai été un peu surpris de découvrir qu'il portait toujours un masque. Je me suis souvenu qu'il m'avait dit, lors de notre rencontre, que le masque lui offrait une dose d'anonymat et qu'il comptait le porter le plus longtemps possible. Dans l'ascenseur, que nous prenions désormais ensemble, il m'a prévenu qu'il n'avait pas été chez lui durant les fêtes et qu'il y avait de la poussière partout. C'était un vrai problème, pestait-il, toute cette poussière. Il ne comprenait pas d'où elle venait.

Si l'appartement était plus poussiéreux que d'habitude, cela ne m'a pas sauté aux yeux : il me semblait être tel que je le connaissais. Des serviettes séchaient sur l'étendoir entre le canapé et le radiateur. Même si les fêtes étaient passées depuis un certain temps, des cartes de vœux traînaient encore sur la table en verre, signées de noms que je ne connaissais pas. Il y avait aussi un boîtier de DVD : *Retour à Brideshead*. Je lui ai demandé si c'était l'adaptation avec Jeremy Irons.

« Oui. La version de 1981 pour ITV. Celle qu'ils ont sortie récemment n'était qu'une pâle copie. »

Il m'avait parlé d'une vague connexion, du côté de sa mère, avec la famille dont s'était inspiré Evelyn Waugh pour créer les personnages des Marchmain de Brideshead. Il m'en avait déjà parlé mais je n'avais pas réussi à retenir toutes ces ramifications généalogiques.

Puis, debout au milieu de la pièce, il s'est légèrement éclairci la gorge et a tiré sur les revers de sa veste beige, comme pour annoncer le début de sa présentation. Il a commencé par me préciser que ce qu'il allait dire était « une rationalisation *ex post facto* » : une déduction rétrospective de ce qu'il avait pu penser au moment des meurtres.

« J'ai essayé de fouiller ma mémoire sur cette question, a-t-il dit, et j'ai fait émerger quelque chose qui me semble symptomatique du désordre mental dans lequel j'étais à l'époque de l'épisode. Et je me souviens de m'être dit, avant de m'embarquer dans mon entreprise criminelle, que si – et le mot si est très important ici – *si* je devais me consacrer à un projet important, et *si* je devais accomplir quelque chose de mémorable, quelque chose qui mérite d'être relaté par écrit, l'inclusion, dans le récit, d'un compte-rendu de l'activité banale qui consiste à gagner sa vie constituerait, esthétiquement parlant, une tache, une imperfection. Aussi la solution était-elle la criminalité. Et je n'entends pas *esthétique*, au sens de Wilde, que j'estime superficiel, mais dans une acception plus profonde et philosophique. Esthétique au sens où ma vie pouvait être prise comme un récit qui ne devait pas être souillé par la question d'un revenu laborieux. Car cela constituait, dans mon esprit, une activité d'un ordre inférieur. Un temps qui n'était pas consacré aux activités élevées, intellectuelles, aurait été pour moi un temps *dégradé.* »

Je griffonnais ses mots dans mon carnet, essayant de ne rien rater. J'ai souligné les termes « temps dégradé », puis je les ai entourés. Je sentais que cela devait vouloir dire quelque chose, même si je ne voyais pas encore quoi.

Macarthur désigna mon carnet. « Ce qui est crucial, c'est que cette phrase commence par *si. Si* je devais accomplir quelque chose d'important. La phrase eût-elle commencé par *quand*, nous serions alors dans le domaine du désordre psychologique, de la mégalomanie ou autre. Or, il n'en était rien. C'était un trouble non pas de la personnalité, mais du raisonnement. Je crois très franchement que c'était une forme de folie passagère. »

Je lui ai demandé si son hypothèse selon laquelle les meurtres étaient le résultat d'un « trouble du raisonnement », d'une folie temporaire, lui permettait de se dissocier de ce qu'il avait fait, de croire que, d'une certaine façon, ce n'était pas vraiment lui qui avait agi.

« Moralement, oui, c'est une évidence. C'est pour cela que chaque jour, en prison, je savais que je n'étais pas le genre de personne à commettre ce geste.

— Mais la réalité, c'est que vous l'avez fait. Et donc par définition vous êtes exactement ce genre de personne.

— En effet, a-t-il répondu avec conviction. Mais je ne l'ai pas fait en agissant immoralement, puisque j'y étais poussé ou incité par un trouble du raisonnement. Mon côté éthique s'est trouvé submergé. Débranché, si vous préférez. Je n'étais plus dans un état normal. Car si j'avais été dans un état normal, je ne l'aurais pas fait. »

Il a alors parlé pendant un moment de ce qu'il appelait sa vision « ironique » de l'existence. J'avais du mal à voir ce qu'il entendait par là et il était lui-même insatisfait de la façon dont il la présentait. Cela avait à voir, pour ce que j'en comprenais, avec la tension entre l'immense importance cosmique de l'humanité prise comme un tout et la parfaite insignifiance de chaque vie humaine envisagée individuellement. La tension entre ces deux faits était, disait-il, le problème central de l'humanité.

Je lui ai répondu qu'il m'était impossible d'appréhender cette conception du monde – sa conviction essentiellement abstraite selon laquelle l'individu n'avait pas d'importance – autrement qu'à la lumière du fait qu'il ait lui-même tué deux de ces individus près de quarante ans plus tôt. Il m'a rétorqué que l'individu était sans importance si on adoptait un point de vue cosmique, dans le grand ordre de l'univers. Pris isolément, un individu était dérisoire. Mais il était en réalité impossible de prendre un individu isolément, puisque nous ne fonctionnons pas isolément.

J'étais attiré par l'idée que c'était en « esthétisant » sa vie – en l'envisageant comme un récit composé d'intrigues, d'un cadre, de personnages – qu'il en était venu à commettre ses crimes. Après tout, depuis que j'avais rencontré Macarthur et que j'avais commencé à écrire sur ces meurtres, j'étais moi-même préoccupé par un problème similaire : comme met-on en récit une vie, ou une mort ? Comme agence-t-on des événements disparates pour en faire quelque chose qui soit non seulement cohérent, mais satisfaisant ? Était-il possible que Macarthur ait été aux prises avec une variation de cette problématique ?

S'il n'avait pas considéré son existence de cette façon, Bridie Gargan et Donal Dunne auraient-ils encore été en vie ?

C'était une idée extraordinaire, et elle me semblait pourtant si bien tomber qu'elle en devenait décevante. En fin de compte, elle était repoussante pour les raisons mêmes qui la rendaient séduisante.

Macarthur a continué de parler un moment pendant lequel je me suis d'abord efforcé de saisir ses arguments, mais j'ai fini par renoncer. L'abstraction philosophique n'était finalement d'aucune aide pour comprendre ce qui avait poussé Macarthur à commettre des meurtres. C'était peut-être même cette abstraction philosophique qui l'avait poussé à tuer.

Il se faisait tard et le salon, qui recevait dans le meilleur des cas peu de lumière naturelle, s'assombrissait progressivement. Je me suis demandé s'il fallait que je lui propose d'allumer la lumière, mais je ne l'ai pas fait. Alors que l'obscurité s'installait, Macarthur, dans sa veste et son pantalon beiges, a paru se fondre dans le beige clair des murs, si bien que j'avais la curieuse impression qu'il se dématérialisait, qu'il se transformait peu à peu en une voix désincarnée, un flot ininterrompu d'assertions qui, peu importait combien de temps ou avec quelle attention je le suivais, ne m'approcherait jamais de la vérité. J'ai eu à cet instant l'étrange intuition que cette voix, qui n'aurait jamais réellement de sens, ne me quitterait jamais.

Il a enfin été l'heure de partir et, tandis que je lui disais au revoir, j'ai appuyé sur l'interrupteur proche de la kitchenette. Sans effet. Peut-être avait-il oublié de payer sa facture d'électricité ou bien il fallait plus probablement changer l'ampoule. Aucun de nous deux n'a fait de remarque.

Macarthur m'a raccompagné à la porte d'entrée et tandis que je tâtonnais pour l'ouvrir, il m'a, comme à chaque fois, dit au revoir un peu sèchement puis il est parti dans sa chambre. Avant de sortir sur le palier, je me suis retourné. La porte de la chambre était entrouverte, mais il n'y avait pas de lumière dans la pièce. Il s'était retiré dans la pénombre, et je ne voyais rien d'autre, ou presque, que le noir.

REMERCIEMENTS

Ce livre a vécu avec moi pendant de nombreuses années avant que j'en entame la rédaction et un certain nombre de personnes et de conversations m'ont mené au point où j'ai pu commencer à travailler dessus. Sans les encouragements et l'enthousiasme de mon épouse, Amy Smith, je n'aurais pas débuté ce projet, ses idées ont été essentielles de bien des façons tout au long du processus d'écriture. Elle m'a aidé à voir les choses plus clairement et sous une perspective nouvelle. Pour cela, et pour tant d'autres choses, je lui suis reconnaissant. Ed Caesar a été, presque aussi tôt dans la vie de ce livre, une source fiable et précieuse de conseils et de soutien. Ed a également lu une première version du manuscrit, ce qui m'a grandement aidé. À la fin de l'année 2019, j'ai eu une conversation avec mon agente américaine, Molly Atlas, qui m'a convaincu que c'était une histoire qu'il fallait raconter et que j'étais la bonne personne pour le faire. C'est l'enthousiasme de Molly qui a marqué la transition opérée par ce livre entre préoccupation ancienne et projet bien vivant. Je suis toujours très chanceux d'avoir Karolina Sutton dans mon équipe comme agente au Royaume-Uni. La présence de Molly et Karolina, tout au long de la rédaction et tout au long de ma carrière, a été extrêmement rassurante et je n'aurais pu rêver deux agentes plus prévenantes et attentives.

Alors que j'écrivais ce livre, j'ai eu la chance de pouvoir faire le point sur mes avancées et mes réflexions avec Sally Rooney : la première lecture du manuscrit par Sally a été un moment déterminant dans le développement de celui-ci. Rosa Lyster, au bureau de Londres, a été une inépuisable source de suggestions. Je suis aussi très reconnaissant envers Alice Gregory pour avoir lu un premier jet et pour les échanges que nous avons eus sur l'écriture et la structure. Son discernement a été précieux. Adam Kelly et Dan Kois ont lu des versions ultérieures et leur retour a été d'une aide immense. J'ai aussi eu la chance de pouvoir profiter de la profonde sagesse de David Kenny, à divers moments clés du processus de rédaction.

Yaniv Soha, chez Doubleday à New York, est mon éditeur depuis mon premier livre et mon travail avec lui a pris la forme d'une collaboration permanente. Je suis profondément reconnaissant que Yaniv ait compris intuitivement ce que je voulais de ce livre, et pour son approche sensible et perspicace de mon écriture. Anne Meadows, lorsqu'elle était chez Granta Books à Londres, a joué un rôle tout aussi primordial dans la mise en forme et l'amélioration de ce texte. Son enthousiasme, sa curiosité éditoriale et son intelligence, ont beaucoup compté pour moi et comptent toujours beaucoup. Laura Barber, chez Granta, a vu ce livre (et son auteur) dans une période bien difficile, et je lui suis profondément reconnaissant pour son soutien. J'aurais été chanceux d'avoir un bon éditeur pour ce manuscrit, le fait que j'en aie eu trois me paraît, pour tout dire, un peu beaucoup.

J'aimerais aussi remercier Katie Raissian, Sam Bungey, Trevor White, Ian Cobain et Pamela Cassidy, qui ont tous, par leurs conseils et leur aide, donné forme à ce texte.

Ma gratitude va encore aux personnes, citées ou non, qui ont pris le temps de me parler pour ce projet. John O'Mahony et Tony Hickey, en particulier, ont passé de nombreuses heures à me raconter leurs histoires et à répondre à mes questions. Enfin, ce livre n'existerait pas sous sa forme si Malcolm Macarthur n'avait pas accepté de me raconter sa vie et les crimes qu'il a commis en 1982. Il prenait un risque en le faisant, l'expérience a donc été inconfortable et difficile pour lui. Je suis reconnaissant pour le temps qu'il m'a accordé et pour la bonne volonté avec laquelle il a répondu à mes questions.

Enfin, je souhaite remercie l'Arts Council pour son soutien dans les premiers temps de ce projet.

NOTES

L'histoire relatée dans ces pages est, dans ses grandes lignes, bien connue des Irlandais. Les meurtres commis par Malcolm Macarthur en 1982, et leurs conséquences politiques, ont été le sujet de nombreux reportages à l'époque. Lors de la rédaction de ce livre, je me suis appuyé sur le travail des innombrables journalistes irlandais qui ont couvert l'enquête policière, l'arrestation et la condamnation de Macarthur ou qui ont enquêté sur sa famille et sa jeunesse.

Il ne s'agit toutefois pas au premier chef d'un travail sur archives. Son contenu, et dans une certaine mesure sa forme, ont été déterminés par une série de conversations que j'ai eues avec Macarthur en 2021 et 2022. Ces conversations ont duré plusieurs dizaines d'heures au total. La plupart ont eu lieu chez lui, en face à face, mais il y a aussi eu de nombreuses heures d'échanges par téléphone. Quand je cite Macarthur directement, ces déclarations s'appuient principalement sur des enregistrements audio et parfois des notes manuscrites. La version des événements et de ses crimes donnée par Macarthur diffère fréquemment de celle relatée dans les journaux, et parfois de ses déclarations aux enquêteurs, si bien que la question de la vérité et de la fiabilité est régulièrement soulevée et bien souvent insoluble. J'ai parfois laissé au lecteur la possibilité de trancher mais il y a d'autres moments où je me suis senti tenu de préciser que je trouvais la version de Macarthur peu convaincante.

Le compte-rendu de l'enquête dans la quatrième partie de ce livre ainsi qu'un certain nombre de sources secondaires sont principalement issus d'une série de conversations avec deux anciens policiers, Tony Hickey et John O'Mahony, qui avaient enquêté sur les meurtres de Bridie Gargan et Donal Dunne et participé à l'arrestation de Macarthur.

1

Le paragraphe qui commence par « Ce n'est que des années plus tard… » comprend un portrait de Macarthur jeune, en train de lire *Le Monde* dans un bar. Ce détail, à la fiabilité incertaine, provient d'une conversation que j'ai eue avec un homme qui fréquentait les mêmes bars que Macarthur dans les années 1970 et qui a souhaité rester anonyme.

2

L'article sur la rencontre fortuite de Macarthur avec l'économiste David McWilliams, écrit par Ken Foy, est paru dans l'*Evening Herald* le 14 novembre 2011. Le portrait de Macarthur à la rencontre littéraire au Long Room Hub provient de deux sources : un article de John Spain dans l'*Irish Independent* publié le 15 décembre 2012 (« Alors que Banville allait parler, il a reconnu un visage dans la foule… ») et la brève description de la scène offerte par John Burns dans sa chronique « Aticus », publiée dans le *Sunday Times* le 9 décembre 2012. La version des événements de Trevor White provient de son journal, qu'il a eu la gentillesse de me laisser consulter. La présence de Macarthur à la soirée de lancement du livre de l'ancien ministre de la Justice Alan Shatter est mentionnée dans un article de

Liam Collins pour l'*Irish Independent* (20 septembre 2017).

Dans ce chapitre et dans le reste du livre, je cite abondamment la longue déposition que Macarthur a faite auprès des enquêteurs après son arrestation. Ma source est un fac-similé paru dans un article du *Sunday World* intitulé « Macarthur de sang-froid » (18 avril 2004). Le livre *It Was Murder* (« C'était un meurtre », non traduit) de John Courtney, l'ancien commissaire en charge de l'enquête, contient aussi de longs passages de la déposition.

3

L'article dans lequel Macarthur commente les mesures anti-Covid a été écrit par Padraig O'Reilly et publié le 25 mars 2021dans *The Irish Sun*.

4

Le récit de ma première rencontre avec Macarthur est fondé sur les notes manuscrites que j'ai prises immédiatement après notre entrevue. Les conversations suivantes ont été enregistrées.

5

Je fais référence dans ce chapitre à des notes manuscrites trouvées par les inspecteurs dans la chambre de Macarthur. Ma source ici, et dans le reste du livre, est un fac-similé de ces notes que l'on peut trouver en annexe de l'ouvrage de Stephen Rae *Killers: Murders in Ireland* (« Tueurs: meurtres en Irlande », non traduit).

6

L'histoire de Daniel Macarthur, le grand-père de Macarthur, et de l'esprit de Breemount est tirée d'un article intitulé « Malcolm était "trop malin", déclare un ouvrier agricole » (*The Irish Press*, 13 janvier 1983).

L'anecdote de l'accident que Malcolm aurait eu enfant vient du même article et de déclarations de sa mère dans l'*Evening Herald* (« Un garçon délicat devenu un tueur », 12 janvier 1983). Je m'appuie beaucoup, ici et ailleurs, sur la longue interview qu'Irene Macarthur a accordée au journaliste David Hanley pour *This Week*, une émission radiophonique diffusée par la RTE le 16 janvier 1983 et dont les archivistes de la radio publique irlandaise m'ont fourni une copie. Irene a aussi donné des interviews dans la presse écrite que je cite ici et ailleurs. L'article qui comprend le portrait de Macarthur en jeune homme est intitulé « Personne n'imaginait que le garçon à la lavallière était un assassin », il a été écrit par David Reilly et publié le 6 juin 2010 dans le *Sunday Independent*.

L'un des sujets les plus débattus lors de mes conversations avec Macarthur a été le mariage de ses parents. Je me suis principalement fondé sur les déclarations de la mère de Macarthur pour évoquer ses relations avec son mari et l'enfance de son fils. Cette version entrait souvent en contradiction avec celle de Macarthur.

7

Les années que Macarthur a passées aux États-Unis ont été racontées très sommairement dans les articles de 1982 et 1983. Le compte-rendu de cette expérience provient intégralement de mes échanges avec Macarthur.

8

La citation d'Irene Macarthur au sujet de « la marque sur l'Europe de l'Ouest » vient d'un article de l'*Evening Herald* (« Un garçon délicat devenu un tueur », 12 janvier 1983). Le récit de sa première rencontre avec son petit-fils provient du même article. L'article évoquant les suspicions qui auraient entouré la mort du père de Macarthur a été publié dans l'*Irish Independent*, le 18 juillet 2004

(« Des notes glaçantes qui montrent l'esprit tordu de Malcolm Macarthur »). Les informations sur la maladie et la mort de Daniel Macarthur viennent de mes conversations avec Macarthur.

Les descriptions du Bartley Dunne's viennent des souvenirs de Macarthur, d'un long article consacré au bar et publié sur comeheretome.com, un site Internet sur la vie culturelle dublinoise, et de la nécrologie de Barry Dunne publiée dans l'*Irish Times* (24 septembre 2016). J'ai également puisé dans *A Kick Against the Pricks* (« Un coup de pied aux casse-couilles », non traduit), l'autobiographie du politicien et militant LGBT David Norris. Les citations de ses connaissances qui croyaient que Macarthur était chercheur viennent d'un article de l'*Irish Times* (« Un universitaire taiseux à l'air excentrique », 13 janvier 1983). Les détails sur la vie de Brenda Little et les débuts de sa relation avec Macarthur viennent de diverses sources journalistiques dont « Comment Brenda a rencontré Malcolm » (*The Irish Press*, 13 janvier 1983), et du livre de Joe Joyce et Peter Murtagh, *The Boss* (non traduit). Ce livre sur la carrière politique de Charles Haughey contient un formidable chapitre sur Macarthur et le scandale du GIBI et il a été, à l'instar des articles de Murtagh dans l'*Irish Times* à l'époque du procès, une ressource inestimable pour mon livre.

L'interview dans laquelle Patrick Connolly décrit Macarthur comme « le genre de personne que vous êtes content d'inviter à un dîner » est incluse dans un épisode de la série télévisée *Thou Shalt Not Kill* (« Tu ne tueras point »), diffusé sur la RTE en 1995.

9

Ma source principale sur la vie de Macarthur juste avant son retour de Tenerife a été mes conversations avec lui. Comme indiqué explicitement dans ces pages, la difficulté à distinguer le vrai du faux et la question de la fiabilité de la mémoire, sont centrales dans ma conception de cette histoire, ici plus qu'ailleurs. La déposition de Macarthur et *The Boss* sont des sources fréquentes dans ce chapitre. Je m'appuie aussi sur différents articles comme « Le secret de la maison de Glasnevin » ou « D'une vie de play-boy à un projet meurtrier » (*The Irish Press*, 13 janvier 1983).

10

Là encore, les comptes-rendus des jours qui ont précédé les meurtres s'appuient sur les entretiens avec Macarthur et sur sa déposition. Il est également instruit par le travail de Joyce et Murtagh pour *The Boss* et, dans une moindre mesure, par le chapitre dédié à Macarthur dans *Killers* de Stephen Rea. (Les détails du livre de philosophie et du manuel de médecine légale viennent de l'ouvrage de Rea.) Il y a aussi un certain nombre de détails provenant d'articles publiés au moment de la condamnation de Macarthur. L'épisode de *Thou Shalt Not Kill* a été une ressource précieuse, en particulier au sujet des visites de Macarthur dans les clubs de tir.

11

Mon récit du meurtre de Bridie Gargan à Phoenix Park et des événements qui l'ont immédiatement précédé s'appuie là encore sur la déposition de Macarthur et sur nos entretiens. Je me réfère aussi à une série d'interviews avec les inspecteurs Tony Hickey et John O'Mahony. Le point de vue de Paddy Byrne sur l'agression vient d'un article de 2011 (« Libération du tueur : le témoin brise le silence, trente ans après », *Irish Examiner*) et d'une interview donnée dans le *Daily Mail* à la même époque (« Bridie était là et il lui a sauté dessus : l'unique témoin qui a vu le massacre de l'infirmière Gargan raconte le cauchemar », 20 novembre 2011). Les articles de Tom Brady, Gregg

Ryan et Michael Keane pour l'*Irish Press* ont également été une ressource très précieuse. Les citations de Vincent Gargan, le père de Bridie, sont extraites d'un article de l'*Irish Press* (« La peine de la famille Gargan est toujours vive », 13 janvier 1983) et d'un article d'Alan O'Keefe et Ces Cassidy pour l'*Irish Independent* (« Bridie : la fille en or qui leur manque tant », 13 janvier 1983).

12

Comme dans le chapitre précédent, mes sources sur le meurtre de Donal Dunne sont les entretiens avec Macarthur et avec Tony Hickey et John O'Mahony. Bien que mes échanges avec Macarthur aient porté sur les deux meurtres, il était réticent à en parler en détail, car il disait craindre la réaction des familles de ses victimes. (Il ne souhaitait pas, disait-il, qu'ils découvrent des choses sur la mort de leur proche dans mon livre, perspective qu'il jugeait intolérable.) Il m'a longuement parlé, cependant, des heures qui ont précédé le meurtre de Donal Dunne. Les diverses descriptions de Macarthur données par des témoins à la Gardaí se trouvent en annexe de *The Boss*. Outre les articles de l'époque, je m'appuie aussi sur *Killers* et *It Was Murder*.

13

Outre mes échanges avec Macarthur, *The Boss* a été précieux pour retracer les journées qui ont séparé les meurtres de Macarthur de son arrestation. Mes entretiens avec Tom Hickey et John O'Mahony ont aussi été très utiles. L'anecdote de la rencontre de Macarthur avec ses anciens voisins vient de mes rencontres avec lui et de sources journalistiques, dont un article de l'*Irish Times* (« Un braquage après avoir dilapidé l'héritage », Willy Clingan et Dermot Kelly, 13 janvier 1983). La plupart des articles sur les meurtres et l'enquête publiés à l'époque par l'*Irish Times* étaient signés de Peter Mutagh, qui travaillait alors à la rubrique faits divers du journal. Nombre de ces articles – sur la découverte du pull, sur le lien entre les deux meurtres – ont été lus à l'époque par Macarthur tandis qu'il essayait d'échapper à la Gardaí.

14

La tentative de braquage chez Harry Bieling a été reconstruite à partir de différentes sources : la déposition de Macarthur, les interviews de Tony Hickey et John O'Mahony, l'excellent chapitre de *The Boss* et les souvenirs de Macarthur. Le chapitre sur Macarthur dans *Killers* comprend des détails décisifs. Je me suis aussi appuyé sur un article de l'*Irish Times* du 15 décembre 1983 intitulé « Une visite de Malcolm Macarthur ».

15

Ma principale source au sujet de l'enquête sur les meurtres de Bridie Gargan et Donal Dunne a été la série de conversations que j'ai eues avec Tony Hickey et John O'Mahony au cours de l'année 2021. Leurs souvenirs de cette période sont extraordinairement détaillés. Je me suis aussi appuyé sur les chapitres consacrés à Macarthur dans *The Boss, Killers* et *It Was Murder*. Une interview de John Courtney publiée dans l'*Irish Times* le 15 janvier 1983 (« Macarthur a appelé la Gardaí avant son arrestation ») m'a également servi dans ce chapitre. Un article de Sean Flynn dans le *Sunday Press* du 16 janvier 1983 (« Coup de filet sur le tueur ») contenait aussi des informations pertinentes sur l'enquête.

16

Outre les sources citées plus haut et mes entretiens avec Macarthur, cette période de l'enquête a été reconstruite à partir de mes échanges avec Tony Hickey et John O'Mahony.

17

Comme dans les chapitres précédents, l'arrestation de Macarthur et l'interrogatoire décrits dans ces pages s'appuient sur mes conversations avec Hickey et O'Mahony. Hickey ayant été impliqué dans l'arrestation et dans l'interrogatoire qui a suivi, ses souvenirs m'ont été particulièrement précieux ici.

18

L'interview de Patrick Connolly dont je parle ici est celle de la série *Thou Shalt Not Kill*. Les autres sources sur la façon dont Connolly a vécu l'arrestation et ses conséquences sont notamment *It Was Murder* et *The Boss*. L'invraisemblable note de Macarthur destinée à Charles Haughey est citée dans le livre de John Courtney. Je me suis aussi appuyé sur la déposition de Connolly, laquelle a été reproduite en partie dans *The Irish Press* après sa démission (« Connolly démissionne », 17 août 1982). La couverture des événements dans le numéro du 31 août 1982 du magazine *Magill* m'a aussi servi.

19

Comme ailleurs dans la livre, mon récit du scandale politique qui a résulté de l'arrestation de Macarthur s'appuie sur l'excellent travail de Joyce et Murtagh dans *The Boss*. La couverture de l'événement dans le numéro de *Magill* de juillet 1983 a aussi été une source utile. Je cite également le livre de Frank Dunlop *Yes, Taoiseach*, et ses souvenirs de la conférence de presse à partir de laquelle a été forgé l'acronyme GIBI. La couverture de l'affaire dans la presse irlandaise, notamment *The Irish Press* et *The Irish Times*, a été une ressource inestimable pour rendre compte du scandale et de la démission de Connolly. *Haughey*, la biographie publiée en 2021 par Gary Murphy offre de nombreux détails sur la vie et la carrière de Charles Haughey.

20

Le compte-rendu des audiences et de la condamnation de Macarthur provient des articles publiés à la mi-janvier 1983 par *The Irish Times* et *The Irish Press*. Les intrications juridiques qui ont conduit à la décision du parquet de ne pas poursuivre Macarthur pour l'assassinat de Donal Dunne proviennent en grande partie de la couverture de l'affaire par *Magill* (notamment « La justice à huis clos : l'affaire Malcolm Macarthur »), dans son numéro du 31 juillet 1983.

La description du bruit de la foule réunie devant le tribunal vient de *'Tis All Lies, Your Worship* (« C'est des craques, votre grandeur », non traduit), l'autobiographie de la juge Mary Kotsonouris. Une description de ces scènes se trouve aussi dans un article de l'*Irish Press* (« Une foule en colère hue l'accusé », 16 août 1982). Un article de l'*Evening Press* rend compte d'événements similaires (« Macarthur pris à partie devant le tribunal », 19 août 1982). Je m'appuie aussi sur la couverture de l'*Irish Independent* (« Émeute devant le tribunal, Macarthur frappé », 20 août 1982).

La déclaration de Christopher Dunne est apparue dans un article de l'*Irish Times* du 30 août 2002 sous le titre : « McArthur est "une menace pour la société et pour notre famille" ».

21

Comme la majorité de la dernière partie de ce livre, ce chapitre s'appuie sur mes conversations avec Macarthur.

22

L'interview d'Irene Macarthur à laquelle je me réfère est citée dans un article de Kevin Farrell publié dans *The Sunday World* du 30 août 1992 (« Macarthur raconte tout dans un nouveau livre »). La prise de parole de Christopher Dunne contre la libération de Macarthur a été citée dans un article de l'*Evening Press* du 16 novembre 1993 (« “Ne libérez pas ce tueur” : l'appel du frère de la victime »). Les déclarations de Willie O'Dea sur les craintes d'Irene Macarthur à l'égard de son fils viennent d'un article paru dans le *Meath Chronicle* le 6 septembre 2008 (« Mort d'Irene Macarthur, mère du tueur GIBI »). L'interview avec Christopher Gargan, le petit frère de Bridie, dans laquelle il s'exprime sur la perspective de sa libération, a été publiée dans l'*Irish Independent* le 15 novembre 2011 (« Qui peut dire de quoi il est capable ? », Luke Byrne). L'interview télévisée des sœurs Gargan a été diffusée dans l'épisode de *Thou Shalt Not Kill* de 1995.

23

Le contenu de ce chapitre provient intégralement de mes conversations avec Macarthur.

Cet ouvrage a été composé
par Belle Page
et achevé d'imprimer en août 2025
par Rotativas de Estella
pour le compte des Éditions Stock
21, rue du Montparnasse, 75006 Paris
stock@editions-stock.fr

PAPIER CERTIFIÉ

Stock s'engage pour l'environnement en réduisant l'empreinte carbone de ses livres. Celle de cet exemplaire est de :
550 g éq. CO_2
Rendez-vous sur www.editions-stock-durable.fr

Imprimé en Espagne

Dépôt légal : septembre 2025
N° d'éditeur : 01
69-08-3128/7